メナハウス・ホテルの殺人

エリカ・ルース・ノイバウアー

JN095609

戦争で夫を亡くし若くして寡婦となったジェーンは、叔母の付き添いでエジプトのギザに建つメナハウス・ホテルに滞在していた。エキゾチックな異国の地での優雅なバカンス。だが、ホテルの客室で若い女性客が殺害され、偶然第一発見者となったジェーンは、地元警察に疑われる羽目になってしまう。疑いを晴らすべく、魅力的だがいまひとつ信用できかねる自称銀行員のレドヴァースの協力を得て真犯人を捜そうと奔走するが、さらに死体が増え……。エジプトの高級ホテルを舞台に巻き起こる殺人事件を描く、旅情溢れるミステリ。シリーズ第一弾！

登場人物

メナハウスの滞在客

ジェーン・ヴンダリー……夫を戦争で亡くした女性
ミリセント（ミリー）・スタンリー……ジェーンの叔母
レドヴァース……自称銀行員
ジャスティス・スティントン……大佐
アンナ……スティントン大佐の娘
リリアン・ヒューズ……イギリスから来た若い女性
マリー・コリンズ……リリアンの友人
アモン・カナム・サマラ……自称〝革命家〟
チャーリー・パークス……ヴォードヴィルの芸人
ディアナ……チャーリーの妻

ザキ……メナハウスの給仕頭
ウィリアムズ……メナハウスのホテル・ドクター
ネネット……衣装屋の女性
ハマディ……カイロ警察の警部

メナハウス・ホテルの殺人

エリカ・ルース・ノイバウアー
山　田　順　子　訳

創元推理文庫

MURDER AT THE MENA HOUSE

by

Erica Ruth Neubauer

This book is published in Japan
by TOKYO SOGENSHA Co., Ltd.
Japanese translation published by arrangement with
Kensington Publishing Corp.
through The English Agency (Japan) Ltd.

メナハウス・ホテルの殺人

父に
日々、会えないのを寂しく思っていますよ、署長さん

1

一九二六年　エジプト

　エキゾチックな土地に旅をしたいときには、死にそうになるような気温のところは避けたほうがいい。わたし自身、次回は、それを肝《きも》に銘じて旅先を選びたい。

「ジェーン、この暑さに参ってるみたいだね。ひどい汗」

　ミリー叔母は口をすぼめてそういったが、それでもくちびるの両端には、うっすらと笑みが浮かんでいる。叔母はしわひとつないリネンさながらにぱりっとして見えるが、あいにく、上質のリネンほどの光沢《つや》はない。

　わたしは胸の内でため息をついた。

「この季節に、まだこんなに暑いなんて思いもしなかったんだもの」わたしは頭上でゆるやかに回っている扇風機の、長くて大きな羽根《ブレード》をみつめた。そして、あれは重い空気をかきまわしているのではなく、そのふりをしているだけのお飾りだと思った。

ミリー叔母はふんと鼻を鳴らし、またバーを眺めた。プラム色の口紅が少しばかり薄れているのは、片手につかんでいるハイボールのグラスの縁に口紅がくっついたせいだ。つい先ほど、このメナハウスに着いたのだが、部屋におちつく間《ま》もあらばこそ、叔母はバーラウンジに直行し、酒を注文したのだ。故国アメリカの粗悪な自家製ジンではなく、本物の酒。その最初の一杯だった。

叔母にとって、アメリカの禁酒法は最悪最大の敵なのだ。

本物のハイボールが飲めて悦に入っている叔母に、失礼と断ってから、わたしは自分の飲み物を注文しようとバーカウンターに向かった。そう大勢ではないが、それなりにひとが群がっているなかをすりぬけて、磨きぬかれたバーカウンターにたどりつくと、わたしは飲み物を注文した。何時間もの移動のあと、こうして地に足をつけているのは、なかなかいいものだ。ジンリッキーを待つあいだ、わたしはそっと体をのばした。

待つほどもなく、若いバーテンダーがわたしの肘のそばにジンリッキーのグラスを置いた。旅の埃《ほこり》と砂塵《さじん》でまだじゃりじゃりしている口のなかを、ライムのきいた冷たいジンリッキーが、さっぱりと洗い流してくれるのではないか。ミリー叔母はホテルに着いても、すぐに客室に入ることはめったにない。わたしを急《せ》かしてバーに直行し、なにはともあれ、バーで一杯飲む。もちろん、わたしもそれにつきあうしかない。今日はかろうじて着替えだけはできた。

このホテル、メナハウスのすぐ近くに大ピラミッドがあるのは知っているが、到着時のどたばたで、ピラミッドをちらっとでも見る余裕はなかった。

思ったよりも喉が渇いていたらしく、わたしはジンリッキーをごくごくと飲んだ。そしてひと息ついて、バーに集う旅行客たちを眺めた。

「失礼ですが、ミセス・ヴンダリーですね？」

周囲をぼんやり眺めていたところに、いきなり、快活な響きのある低い声で呼びかけられ、わたしはびっくりして跳びあがりそうになった。英国上流階級のアクセントで話しかけてきたのは、肩幅の広い男だった。わたしの薄茶色の目と、男性の黒みの強い褐色の目とが合う。止めようもなく。背筋に戦慄が走る。いや、だめだ。わたしにとって、ハンサムな男は関心外の存在なのだ。

女性の標準でいえば、わたしだって決して小柄なほうではないが、そのわたしが見あげるほど背の高い男だ。紹介者もいないのに、なぜ名前を知っているのか合点がいかず、わたしは片方の眉をつりあげた。この男には魔法の力があるのだろうか。背筋にまた戦慄が走る。

「まあ、帽子からわたしの名前を引き出したんですか。ほかにも手品を見せてくださるの？　わたしの耳からコインを取りだすとか？　そのコインは、遠慮なく、このお酒の代金に使わせていただくわ」

男のくちびるの片端がくいっとあがった。「ついいましがた、あなたの叔母上があなたのお名前を教えてくださったんですよ」

「それはまたすばやいこと」わたしは小さくつぶやき、自分の迂闊《うかつ》さを呪った。驚くほどのことではない。ミリー叔母はこの男をすばやく類別し、わたしに近づけようともくろんだのだ。抜かりなく、男が結婚指輪をしていないことを見てとったのはまちがいない。わたしはようやくそこに気づいて、また迂闊な自分を呪った。それにしても、叔母の早業《はやわざ》には畏《おそ》れいる。

「あいにく、もうこれ以上、ご披露できるような手品の種はもちあわせていません」男はいった。

「あら、それは残念ですこと」

「失望させたお詫びに、一杯おごらせていただくというのはいかがでしょう」

「それはお受けしなくてはね」

男はハンサムな顔ににっこりと笑みを浮かべた。男がバーテンダーのほうを向いたすきに、わたしは軽く気を引き締め、男たちにうっかり気を許してはいけないと、自分にいいきかせた。男はわたしにジンリッキーを、自分には水を注文した。

お代わりのジンリッキーは、前のよりもたっぷりと量があった。今度はしとやかに飲む。一気にごくごくと飲んだりせず、ちびちびと。ゆっくり飲まないと、気づいたら、酔っぱらってテーブルの下で寝ていることになりかねない。

「飲まないんですか？」わたしは男の水の入ったグラスをみつめた。男の長い指で支えられたグラスの外側には、無数の小さな水滴が玉を結び、それが流れ落ちて、下のカウンターに水溜まりを作っている。

「今日は炎天下に長くいたもので。水だけにしておくほうが無難でしょう」

「ああ、なるほど」わたしは男を一瞥《いちべつ》して観察した。「どういうお仕事を……ええっと、ミスター……？」

男の名前をいいかけて、まだ自己紹介もしてもらっていないことに気づく。

「レドヴァースです。レドヴァースと呼んでください」そういって、いたずらっぽくにやりと笑う。わたしは思わず両方の眉をつりあげてしまった。それは洗礼名？　それとも姓？　これだけの情報では、どっちとも判断できないではないか。

「それで、どういうお仕事を？　ええっと、そのう、ミスター・レドヴァース？」

「銀行員です」

それを聞いて、わたしは大声で笑ってしまった。

公衆の面前で不都合な関係が暴露されたかのように、レドヴァースはかすかにひるんだ表情を浮かべた。なにしろ、幾人ものひとがいっせいにふりむき、わたしたちに注目したからだ。「失礼しました」わたしは気を引き締め、胸の内で、無作法なふるまいをしてしまった自分を叱った。「いえ、銀行員にしては、とても危険なかたに見えるものですから」

まさにそうなのだ。着ているスーツは上質のリネンで、筋骨たくましい体にぴったりフィットしている。そういうことにくわしくないわたしにさえ、注文仕立ての高級な品だとわかる。黒い髪は今風のスタイルにきちんとととのえられているが、かなりのくせっ毛なので、これをなでつけるのは手間がかかるだろう。エネルギッシュで行動的なタイプ。にやりと笑った顔はかなり剣呑《けんのん》だ。褐色――黒に近い――の目には知的な輝きがあり、デスクに縛りつけられて金を数えるだけが仕事だというふうには、ぜったいに見えない。

なんとか愛想よく会話をつづけたが、会話が途切れる前に、わたしは急いで逃げを打った。

「ミスター・レドヴァース、ほかにお約束がおありなら、どうぞそちらにいらしてください。そういうことなら叔母も納得するでしょうし、わたしとしても、これ以上、お引き止めする気はありませんから」

今度はレドヴァースがわたしを観察しているのがわかった。

「あなたに自己紹介するよう勧めてくれたのは、あなたの叔母上ですが、わたしはそれを幸運だと思っていますよ」

わたしは肩をすくめた。この男とは親しくならないほうがいいと判断したにもかかわらず、彼との会話を楽しんでいるし、会話をするのも嫌ではなかった。だが、彼にまちがった印象をもたれるのは困る。世間からは、わたしはもう若くないとみなされているのを充分に承知しているとはいえ、これぐらいはいってもいいと思う――わたしは寡婦になってから、いくつもの再婚の申し出を受けたが、それをことごとくしりぞけてきたのだ。たいていの男は、断られたことをいさぎよく受け容れようとはしなかった。だがわたしは、心地よい会話を交わすこと以外、男にはなにも期待していないのだ。

それは心に固く決めている。

だが、このレドヴァースという男には、するどいユーモア感覚がある。わたしが故国では見出せなかった感覚。ミリー叔母が泳ぎまわっている社交界は、控えめにいっても、じつに退屈でつまらない。わたしの父の一族は堅実な上位中流階級なのだが、父の妹であるミリー叔母は、結婚してから上流階級の一員となった。そのため、そのころ世間知らずの二十歳《はたち》のうぶな娘だったわたしは、叔母を取り巻くハイソな社交界に否応なく引きずりこまれた。いま思えば、そのときに、お上品な社交界なるものがいかに退屈か、とっくりと見せつけられたといえる。

レドヴァースの目がわたしの肩越しのどこかに向けられたとたん、すぐに申しわけなさそうな表情になった。「すみませんが、ちょっと失礼します。すぐにもどりますので」

わたしは片方の眉をつりあげたが、快《こころよ》く彼の言を受け容れた。レドヴァースはわたしと話をすることになったのは幸運だといったばかりだったのに、そそくさとこの場を離れなくてはならないとは、いったいなにを——あるいは誰を——見たのだろう。

わたしはまたバーラウンジをじっくり眺めはじめた。

しばらくすると、背後にひとの気配がしたので、ふりむいてみる。口髭の紳士が立っていた。木製のステッキに寄りかかっている。大きな手でステッキを握りなおしたので、一瞬だったが、黒っぽいマホガニーのステッキのトップに、真鍮《しんちゅう》のライオンの頭がついているのが見えた。強気で裕福な男のようだ。

「こんばんは」男はやさしげな笑みを浮かべた。「元気回復の一杯をお楽しみですか？」

男の礼儀正しいふるまいに安心して、わたしも笑みを返した。「もう充分に元気は回復しましたわ。バーテンダーの気遣いのおかげで」

「それはよかった」男は若いバーテンダーの目を捉えた。「シェリーを」そう注文すると、わたしのほうを向き、片手をさしだした。「ジャスティス・ステイントン大佐です。どうぞよろしく」

〝大佐〟といわなくても、切れのいい英国的な母音の発音と、かっちりした立ち居ふるまいから、軍人だったことは容易にわかる。

「ジェーン・ヴンダリーです」わたしも片手をさしだし、大佐と握手を交わした。わたしがしっかり力をこめて握手したせいか、大佐の青い目がいくぶんか大きくみひらかれた。お返しに、わたしはまた微笑した。

大佐はこほんと咳払いをした。「どうしてはるばるとこのメナハウスまでいらしたんですか、ミス・ヴンダリー?」

世間的慣習では、わたしは〝ミセス〟と名のるほうが適切なのだが、〝ミス〟といわれても、わざわざ訂正する気にはならなかった。たとえ相手が友人であろうと、寡婦であることをいいふらすよりも、あえてなにもいわないほうがいい。ましてや、相手は見知らぬ人間なのだから、誤解は誤解のまま放っておこう。それに、夫をあの大戦で亡くしたというたびに、お気の毒にという顔をされるのには、もうあきあきしているのだ。憐憫《れんびん》という仮面の下に、ドラマじみた話を聞きたいという欲望が透けて見える質問をされるのも恐ろしい。大佐はそういうことはしそうにない印象だが、眠れる犬は起こさないにかぎる。

「叔母といっしょに旅をしているんです」わたしはグラスを持っていないほうの手でミリーを示した。叔母はわたしには注意を払っていなかったが、お代わりが届くと、さもうれしげにグラスをつかんだ。

叔母がいっしょに外国に行かないかと誘ってきたとき、行く先の条件は、上質の酒があり、気候が暖かいところの二点だった——そしておまけのように、費用はいっさい自分がもつといった。失明する危険のない、本物のジンが飲めるという楽しみもさることながら、この目でピラミッドを見るという長年の夢がかなうかと思うと、わたしの胸はときめき、叔母の提案を喜んで受け容れたのだ。

「で、あなたは?」わたしはステイントン大佐に訊きかえした。

「娘のアンナに、ロンドンでの夜ごとのパーティや、裕福な若い男たちよりも、世界にはもっといろいろ見るべきものがあることを教えてやりたいと思いましてね」ブラシ形の口髭の両端を皮肉っぽい笑みでゆがませながら、大佐はアンナとおぼしい若い女性を顎で示した。アンナはカウンター前に立ち、人々を眺めながら飲み物をちびちびとすすっている。

ボブスタイルの真鍮のような色あいの金髪が、バーのやわらかい照明を受けてきらめいているが、漂白をくりかえしたせいで髪がもろくなっているらしく、光沢《つや》がない。少年っぽい体つきなので、流行の最先端をいくファッションがぴったり合っている。多量のビーズで飾られた——スカート丈の短い——青い服は、遠目でも、名のあるデザイナー仕立てのものだとわかる。

アンナを見ていると、嫉妬という小さなトゲがちくちくと胸を刺した。わたしときたら、豊かな曲線がもてはやされた前世紀向きの体つきだ。ミリー叔母には一度ならず、今風の肢体に見えるように、軽量のコルセットを着用してはどうかといわれている。最新のファッションは、ウエストラインを無視した寸胴《ずんどう》の服が主流で、子どもっぽい体つきではない者には、恐るべきしろものだ。あるいは、自分から進んで体を締めつける者でなければ着られないというか。

わたしとしては、そういう流行のファッションとは無縁でいられるのがじつにありがたい。

大佐の顔を見て、わたしはにっこり笑った。「きれいなお嬢さんですね」

大佐の顔が誇らしげに明るくなった。

「裕福な若い男性たちも、お嬢さんを放っておけないんじゃないでしょうか」

大佐はくすくすと笑った。

そこから、わたしたちの軽いおしゃべりは、地元の歴史的遺跡や発掘中の遺跡のことに話題が移った。

「この地域に関する知識をあなたに教えてさしあげられるとは、じつにうれしい」大佐の目がいきいきと躍っている。「わたしたちはもうここに数週間滞在していましてね。大戦中、わたしはこの近くに駐屯していたんですよ。近いうちに観光ツアーをなさるご予定ですか？　それでしたら、わたしは喜んで、あなたと叔母上のガイドを務めさせていただきますよ」

「一日か二日かけて、ここの暑さに慣れてから、地元のガイドをたのむつもりでおります」

すぐにもピラミッドを見学したいのはやまやまだが、まずは暑さに体を慣らしてから観光するほうが、ずっと楽しめるはずだ。「でも、お申し出はぜひともお受けしたいですね。ご親切にありがとうございます」

「それはすばらしい。それでは予定を立てましょう」スティントン大佐の視線がわたしの肩の向こうに流れたかと思うと、その左の目元がごくかすかにひきつった。

　わたしはすばやくふりむいて、大佐のいらだちの原因を見てとった。アンナが三人の青年に取り巻かれている。三人ともりゅうとした身なりで、三者三様に魅力的だ。アンナの笑い声がシャボン玉のようにバーのなかを飛んでいき、バーの客たちの頭上ではかなくはじける。三人の青年はアンナの気を惹こうと躍起になっている。いちばん背の高い青年が上体を折り曲げるようにして、アンナの煙草に火をつけてやっている。アンナがぱちぱちとまばたきして睫毛《まつげ》をはためかせているのが、ここからも見える。

「すみませんが、ちょっと失礼しますよ、ミス・ヴンダリー」そういってアンナのほうに向かう大佐を、わたしはやさしい微笑で見送った。

　ほとんど間をおかず、響きのいい声がわたしの耳朶《じだ》をくすぐった。

「やあ、失礼しました」

2

アンナが作りだしている光景にすっかり気をとられていたわたしは、ふいに声をかけられて、またまた跳びあがりそうになった。どきどきと脈打つ心臓のあたりを押さえてふりむく。本人がいったとおり、レドヴァースがもどってきたのだ。

「あなた、ほんとうに手品師じゃないんですか？　いきなりの再登場、すごいトリックですこと」

「いやいや、忍び足が得意なだけですよ」

「あなたより動きが荒っぽい虎ならよく知ってますが」

「仲のいい虎がたくさんいるんですか？」

「わたしに割り当てられた数だけですけど」

レドヴァースはなにもいわず、ちらっとバーを眺めわたした。「つい先ほどまで話をしていた相手は、どなたです？」

「ステイントン大佐です。そうおっしゃいました」

その名前を聞いても、レドヴァースは顔の筋肉ひとつ動かさなかった。レドヴァースは大佐が近づいてくるのを見てさっと移動し、大佐が移動するとすぐにもどってきた――巧妙な動き、という気がする。レドヴァースには大佐を避ける理由があるのだろうか。胸の内で肩をすくめてから、わたしはホテルに着いたばかりだということや、観光計画について大佐に話したことをレドヴァースに説明した。そして、いつのまにか、考古学や、いまの政治情勢について、レドヴァースと意見を交わしていた。

礼儀正しい意見交換は、それほど時間がたたないうちに、熱気を帯びた政治談義に変わり、わたしは遠慮なく、英国に突《ジャブ》きを入れることにした。

「では、英国がこの国をいまだに支配しているのは不法だと、認めないんですね？　四年前、この国は独立を宣言したのに、英国政府はいまでも干渉をやめていないじゃありませんか」

レドヴァースは笑った。「それはアメリカ人の恐るべき偽善的見解というやつですね。あなたの母国であるアメリカが、どれほどの数の植民地を有しているか、ごぞんじですか？　それに、我が国が介入しなければ、この国の現在の体制は、もろくも、完全に崩壊してしまうでしょうね」

レドヴァースはするどい見解を示した。だが、世界の微妙な政治的状況ときては、わたしには表層的な知識しかないので、ここで話題を変えることにした。「だからこの国にいらしたんですか？　もっといい銀行制度を確立するために？」

「おやおや。あなたも銀行家なんですか？　あるいは銀行に預けているだけではなく、唸るほど金をお持ちとか？」

小憎らしい口をきく男だ。

レドヴァースとの話に熱中していたせいで、わたしは近づいてくるひとの気配に気づかなかった。いきなり横手からわりこんできたのは――アンナ・ステイントンだった。会話を邪魔されていらだったものの、なんとかそれを抑える。彼女からどけといわんばかりのまなざしを投げかけられないうちに、にこやかな笑みを浮かべた。観察眼に長けたレドヴァースは、わたしの内心の思いを読みとり、おもしろがっているようだ。

「いや、それほど単純なことではありません」わたしにそういってから、レドヴァースはアンナに顔を向けた。「ミス・ステイントン、ですね?」

「まあ、アンナと呼んでくださいな」

アンナは片手をレドヴァースの腕に置いた。わたしはあきれて目玉をくるっと回したくなったが、かろうじて踏みとどまった。そのかわり、カウンターのほうを向き、バーテンダーに水をたのんだ。二杯もたっぷりと炭酸割りのジンを飲んだために、かなり自制がききにくくなっている。ここいらで平常心をとりもどさなければ。

アンナが甘ったれた声でレドヴァースを質問攻めにしているのを聞き、わたしはこの場を離れようかと思った。男の気を惹こうと、躍起になる気はない。どんな男であろうと。特に、わたしより十歳ぐらいは若く、堂々と男漁《あさ》りにせいを出しているような女と、男の争奪戦をくりひろげる気などまったくない。

バーの奥のほうを見ると、生成りの白いリネンスーツを着た浅黒い肌の男が目に留まった。男がこちらをみつめているとわかり、ほんの一瞬だが、その熱いまなざしはわたしに向けられているのではないかと思った。だが、男が焼け焦げた穴を開けそうなほど熱い視線を向けているのは、アンナの背中だ。

レドヴァースかアンナに、あの男を知っているかと訊こうとして体の向きを変えたとたん、胸に冷たい液体がかかり、足もとの床に、キューブの氷が落ちた涼しい音がした。わたしはずぶ濡れになった胸元をみつめ、ため息をついた。

偶然の事故ではなかった。アンナが目の隅でわたしを見ながら、カウンターに置いてあった自分のグラスを指先で押すのを、わたしの目は捉えていたのだ。わたしのほうが彼女より頭ひとつ分は背が高いことを思えば、狙いあやまたずわたしの胸に酒をかけるとは、なかなかの離れわざだ。最初のショックが怒りに変わった。だが、この若い女の思惑どおりに動揺したふるまいなどするものかと、急いで怒りをなだめた。じっさいのところ、彼女を称賛したいような気になっていたのだ——レドヴァースをひとりじめしたくて、邪魔者を排除するにはじつに効果的な手段ではないか。なんといってもレドヴァースは、バーラウンジではもっとも魅力的な男なのだ。

これは単なる観察の結果にすぎない。なにもわたしが彼に関心をもっているわけではない。認めたくはないものの、服の内側を冷たい液体が流れていく感触が、むしろ気持がいいともいえる——日が落ちたとはいえ、まだ暑いからだ。それにしても、大あわてで夕食にそなえて黒っぽい服に着替えていたのは幸いだった。だが、薄手の生地と液体とは、つつましやかという結果を生じる組み合わせではない。

「まああ、ごめんなさい」アンナは誠意のかけらもない口調でいった。

「だいじょうぶよ。失礼して、部屋で着替えてきますわ」

「その……すてきなブラウスがだいなしにならなきゃいいんですけど」

わたしは笑いだしそうになった。爪を立てた猫が、さらに爪をくいこませようとしてもむだだ。わたしはにっこり笑った。「そうね、あなたの気がすまないようなら、クリーニング代をもっていただこうかしら」

わたしがその場を去ろうとしたとき、白いリネンスーツがさっとわたしたちのそばをかすめ、うしろからアンナの腕にぶつかった。そのはずみで、アンナの手から、銀のビーズのクラッチバッグが落ちた。床にあたってバッグの留め金がはずれ、中身が散乱した。アンナを手伝って、わたしもしゃがんで散らばったものを拾い集めた。レドヴァースはカウンターに寄りかかったままで、わたしたちを手伝おうとはしなかったが、ぴかぴかに磨かれた靴の爪先で、いくつかの品をこちらに押してよこした。わたしは手近に落ちている品々を拾いあげた——口紅のケース、奇跡的に傷がつかずにすんだコンパクト、それに、数枚のコイン。拾いあげたそばからアンナに渡していくと、彼女はすばやくそれらの品々をバッグに詰めこんだ。最後に、カチッと音をたててバッグの留め金を締めると、くちびるを引き結んでわたしをにらんだ。

ひとばんじゅうにらめっこをしても、赤く塗られたくちびるから〝ありがとう〟のひとことは出てきそうもない。

引きあげる潮時だと判断して、ふたりにおやすみなさいとあいさつする。人々のあいだをすりぬけながら、アンナにぶつかった白いリネンスーツの男を捜してみたが、現われたときと同じく、男はすばやく姿を消していた。あれは確かに、遠くからアンナをみつめていた男にちがいないが、なぜアンナのバッグをはたき落とすようなまねをしたのか、わたしにはわからない。彼がわざとやったとしか思えなかった。

利己的ながら、今回は自分がヘマをして公衆の注目をあびたわけではなかったことに、痛いほどの安堵感を覚えていた。今回、不器用なせいできまりの悪い思いをする異邦人は、わたしではない。

いつのまにか、ミリー叔母はふたりの若い女性とテーブルを囲んでいた。そのそばを通りすぎるさいに、わたしは濡れた胸元を片手で示した。叔母はわたしの災難にいらだった一瞥《いちべつ》をくれただけで、若い女性たちとの話をつづけた。いったい何杯きこしめしたのか、わたしには見当もつかないが、叔母のことは心配していない。自分のことは自分でなんとかできるひとだから。

泊まり客の大半は今夜にそなえて部屋で休んでいるのか、あるいはバーラウンジで景気をつけているのか、どちらにしても、廊下に人影はなかった。自分の靴の踵《かかと》が大理石の床にカツカツとあたり、静かな廊下にかすかに反響する音に、わたしは少しばかりびくびくしていた。ホテルのなかは迷路そのもので、あの白いリネンスーツの男がどこに消えたのか、わかったものではない。いくつもの戸口は闇に向かって開いていて、その先には謎めいた小径が何本ものびている。そんな戸口を通りすぎるたびに、つい急ぎ足になった。

自分の部屋に行くには、交差した廊下を曲がらなければならない。だが、またもや戸口があり、その前を通りすぎようとしたとき、ふいに手がのびてきて、わたしの腕をつかんだ。わたしは悲鳴をあげて、前のめりによろけた。

3

「やあ、ミス・ヴンダリー、驚かせてしまってすみません」ステイントン大佐は申しわけなさそうな顔であやまった。「あなたをお見かけしたので、追いかけてきてしまいました。アンナのことをお詫びしたくて――ついいましがた、バーでなにがあったか聞きましてね」大佐はあえてわたしの濡れた胸元には目を向けず、わたしの目をみつめている。いかにも紳士らしい態度だ。

胸に手をあてると、心臓がどきどきと早鐘を打っていたが、わたしは微笑を浮かべ、大佐を安心させてやった。

「お嬢さんがわざとやったのではないことはわかっています。単なる不運な出来事にすぎませんよ」

ちょっとした嘘だが、罪のない嘘でもある。アンナの父親に文句をいってもしかたがない。わたしは胸にあてた手をおろし、濡れた手のひらをこっそりスカートにこすりつけた。

大佐も微笑を浮かべたが、どことなく寂しげな笑みだった。

「そうだと思います。ちょっと事情があって、わがままでぶしつけな娘になってしまいまして……。興奮しやすい性質《たち》でしてね」

〝事情〟とやらについて、大佐はくわしい説明をしなかったし、わたしも強いて訊かなかった。大戦中には多くの家族が悲惨な目にあったものだが、ステイントン家もまた、悲しい害をこうむったのだろう。あの戦争で、誰もがなんらかの影響を受けて生きているのだ。

「いえ、たまたまああなっただけですわ。大佐、ほんとうにたいしたことはなかったんですから」そこでいったん話を切って、話題を変える。「では、明日またお目にかかりましょう。どうぞ楽しい夜を」

ステイントン大佐は微笑した。ほっとした気持がこもった微笑だ。そしてわたしの腕を軽くたたいてから踵《きびす》を返した。大佐は長い廊下をステッキをつきながらゆっくりと歩いていく。そのうしろ姿をつかのま見送ったあと、自分の部屋に向かう。夜になって急激に気温が下がってきたいま、濡れたブラウス姿は不快というだけではなくなっている。誰かと出会わなければいいのだが――濡れたブラウス姿でひとと話すのは……控えめにいっても、体裁が悪い。

部屋に入ると、着ていた衣類をすべてぬぎ、バスルームで水洗いした。アンナがなにを飲んでいたにしろ、臭いがまだ消えていないことから、かなり強い酒だとわかる。服や部屋が、もぐり酒場《スピークイージー》のような臭いに染まるのはごめんこうむりたい。臭いが水とともに排水口に流れていってしまうと、洗った衣類をバスタブの縁に掛けた。あとできちんとクリーニングしてもらうことを、頭のなかにメモしておく。幸いなことに、アンナが飲んでいた酒は色が薄いタイプだったので、染みになるおそれはない。

あらためて夕食用の服に着替えようとしたところで、はたと思いなおした。長い旅路、夕方のハプニング、謎めいた異国というもろもろの刺激で、もう目を開けていられなくなったのだ。やわらかいベッドに倒れこむと、たちまち、夢も見ない眠りに引きずりこまれた。

翌朝は早くに目が覚めた。エジプト滞在時の制服になってしまいそうな、コットンの袖無しブラウスとゆったりしたスカートを着る。ひとりで朝食をとろうと、階下に降りる。ミリー叔母は昨夜の酒でまだ眠っているだろう。わざわざ起こすこともない。今日初めて叔母と顔を合わせるのは、昼食のころになるはずだ。

ダイニングルームに向かう途中、わたしはときどき立ちどまって、アラベスク模様の扉や、黒と白の大理石が敷きつめられた床を鑑賞した。黒と白の板石がくっきりしたストライプ模様を作りだしている。冷たい大理石をそっとなでてみる。指の腹になめらかな感触が伝わってくる。明るい朝には、戸口の見えかたもちがい、昨夜のぶきみな感じなど、まったくない。わたしは自分を笑った――このホテルは美しい。それがすべてだ。廊下を進んでいくと、あちこちにシュロの鉢が置いてあるのに気づいた。冷たい大理石の床や壁に、温かみと生気をもたらしている。

ダイニングルームでは、漆黒《しっこく》の髪のこめかみあたりに白髪がちらほら見えている、浅黒い肌の男に迎えられた。ホテルの従業員と同じ白い長衣《ガラビーヤ》をまとっているが、この男はまっ赤なフエルトの丸い帽子をかぶっている。帽子の横っちょには金色の飾り房がついていて、それが陽気にぶらぶらと揺れている。大きな黒い目はやさしげで、目尻には笑いじわが刻まれている。

睫毛《まつげ》は長くて黒く、女ならうらやましくて死にそうになるようなしろものだ。「おはようございます、マダム」男の英語はきれいな英国アクセントだ。「わたくしはザキと申しまして、当メナハウスで給仕頭を務めております。どうぞこちらへ」

テーブルに案内されていくあいだ、わたしはダイニングルームの光景に息をのんだ。見とれてしまう。イスラム教の礼拝堂《モスク》の内部を思わせる造りで、こういうインテリアは、ほかのホテルでは見たことがない。それをいうなら、ほかのどんなところでも、目にすることはないだろう。ドーム型の高い天井からは、数えきれないほど多数の金属の飾り筒が吊され、そのなかのランプの光が、白いリネンのテーブルクロスに幻想的な影を落とし、銀器類をきらめかせている。壁も窓も天井も、手のこんだ模様が刻みこまれた、すばらしく美しい木製の格子細工でおおわれている。見ていくうちに、装飾品として、アラビア文字の銘板が壁に掛けられているのが目についた。

「ザキ、あの美しい木のパネルはなんなの？」わたしは壁を手で示した。

ザキはわたしのために椅子を引いてくれ、わたしがそれにすわると、朝食のメニューをさしだした。

「お目が高いですね、マダム。あれは〝マシュラビーヤ〟といいまして、とても腕のいい職人が手で彫ったものでございます。数百年前に人気のあったものでして、いまご覧になっている銘板は、当ホテルのオーナーが、近くの町で発見して、救いだしてきたものなんですよ」ザキはわたしににっこり笑いかけた。「なにかご用がございましたら、いつでも、わたくしが承《うけたまわ》ります。どうぞ朝食をお楽しみください」

「ありがとう、ザキ」

わたしは、たまご料理とトーストというシンプルな朝食をとることに決めた。ザキにメニューを返し、注文した料理が届くまで、ダイニングルームを眺めることにした。予想とちがって、朝食をとっているひとは少ない。朝早い時間とはいえ、九月も中旬を過ぎ、オフシーズンも終わりに近いというのに。冬や春には、暖かい気候を求めて、合衆国やヨーロッパ大陸の各地から、大勢の観光客が押しよせるのだろうが、いまは各地の気候もしのぎやすい季節なので、そこを逃げ出す合理的な理由がないのだろう。シーズン直前に来たのは正しかったのかと、ちょっと悩んだが、いまなら遺跡が観光客でごったがえすことはないと思うと、気持がなごんだ。

静かに朝食を終え、ダイニングルームに隣接した広いテラスに出て、大きなシュロの木陰にある椅子にすわった。木々の上方にピラミッドがそびえ、絵はがきさながらの光景が目前に広がっている。わたしはその光景に見とれながら、さまざまな可能性を考えた。ピラミッドはもとより、もしかすると、このエリアで現在発掘中の遺跡も見物できるかもしれない。あとで、ステイントン大佐に特にお薦めの場所があるかどうか訊いてみよう——忘れないように、頭の片隅にメモしておく。

持ってきた本を広げようとしたとき、ミリー叔母がやってきた。

「ミリー叔母さん」わたしは驚きを隠せなかった。「まだ寝てるとばかり思ってたわ！」

「なにをいってるんだか。一日じゅう寝てられやしないよ。ここですごす時間はたっぷりあるけど、ベッドにへばりついてすごすなんて、時間がもったいない。このひとたちがゴルフに誘ってくれたんだよ」

叔母が早起きしたことにすっかり驚いてしまい、わたしはふたつの点を見逃していた。ひとつは叔母がスポーティな服を着ていること、あとひとつは、昨夜バーラウンジで叔母とテーブルを囲んでいた若い女性がふたり、叔母の背後にたたずんでいること。

「こちらはミス・リリアン・ヒューズ」

叔母は背の高い、すらりとした、赤褐色の髪の若い女性を紹介した。彼女はわたしに愛想のいい微笑を見せてくれたが、なにかに気をとられているらしく、視線は木々のかなたをさまよっている。

「それから、こちらはミス・マリー・コリンズ」

マリーはあいさつがわりに軽く片手を振ったが、視線はリリアンの顔に据えられたままで、ほとんど動かなかった。

「ごきげんいかが？　お会いできてうれしいわ」わたしは若いふたりにそういってから、叔母に目をもどした。「ゴルフをなさるなんて、知らなかったわ、ミリー叔母さん」

「わたしについちゃ、あんたが知らないことがたんとあるんじゃないかね、ジェーン」叔母はおどけた笑みを浮かべ、リリアンの腕に自分の腕をからめた。リリアンはミリー叔母にほほえみ、ふたりはゴルフコースがあるとおぼしい方向に歩きだした。ふたりの少しうしろを、マリーがついていく。三人の姿が見えなくなるまで、わたしはぽかんと口を開けて見送っていた。

ミリー叔母が他人に腕をからませるとは。叔母がそれほど積極的に、親愛の情に満ちたしぐさをするところは初めて見た。それに、叔母が二十歳《はたち》そこそこの英国女性たちにどういう共感をもったのか、わたしには想像すらできなかった。

共感する点といえば〝ゴルフ〟しか考えられない。

椅子から立ちあがると、金色の砂地をバックに緑の芝生が広がり、くっきりしたコントラストをなしている光景が見えた。このホテルにゴルフコースが整備されているとは、まったく知らなかった。砂漠のまんなかで芝生が枯れずに育つとは思いもしなかったが、考えてみれば、エジプトがどこもかしこも砂でおおわれているわけではないのだ。理論上、そんなことはありえない。それぐらいは、わたしにもわかる。なんといっても、ナイル河があるのだから。

「ゴルフはなさらないんですか、ミセス・ヴンダリー？」

いきなり声をかけられ、驚いてふりむくと、いつのまにかレドヴァースがそばに立っていた。またもや気配も感じさせずにしのびよってきたようだ。驚きの連発をものともせずに動じないでいたいなら、もっと観察力を働かせる必要がある。

「スポーツには興味がないんです」

「それはそれは」

わたしはくびすじが赤くなってくるのがわかったが、それを無視して、椅子に腰をおろしながら、手まねでレドヴァースにもすわるように勧める。

「コーヒーはいかが、ミスター・レドヴァース？　地元産のコーヒー豆はとてもおいしいですよ。それとも、カップンのほうがよろしいかしら」

わたしが紅茶のことを〝カップ・オブ・ティー〟といわずに〝カップン〟といったので、レドヴァースは英国人らしく、片方の眉をつりあげて疑問を表わした。

「母が英国人なんです」

「なるほど。でもあなたは、紅茶にはなじめなかった？」

「午後にお茶をいただくのはすてきですけど、朝はもう少ししゃっきりする飲み物のほうがいいわ。それはさておき、まだお返事をうかがっていませんよ。なにを注文しましょうか？」

「いや。そうはいかないんですよ、ミセス・ヴンダリー。用があって、街に出かけるところなんです。あなたをお見かけしたので、ちょっとごあいさつに寄っただけでしてね。もしよろしければ、今夜は、一杯飲みながらゆっくりお話ししたいですね。昨夜はあれきりもどってこられなかったので、残念でしたよ」

このハンサムな、そしてどことなく謎めいた男が、わたしのことを気にかけていたとは、思ってもみなかった――というか、考えようともしなかったが、昨夜わたしがもどらなかったことに気づいていたとは、なんとなくうれしい。もちろん、当然もどってくると思われたことについては、かなりおもしろくなかったが。

「女と政治談義をするのは嫌ではないんですか？」わたしはコーヒーをひとくちすすって、カップの陰に顔を隠し、彼の顔を見ないようにした。

「わたしが小ばかにするようなにたにた笑いを浮かべていなかったことは、お気づきだと思いますが」

「ええ、そんなことをなさるようなかただとは思えません」そんな気はなかったのだが、わたしは思わずにっこり笑ってしまった。

レドヴァースは、テーブルに置いてあった白いパナマ帽を手にとった。「では、今夜、お会いしましょう」

酒を飲みながら話をしないかというレドヴァースの誘いに、わたしは返事をしなかった。断ろうかどうしようかと少し迷っていたのだ。彼に誤解されたくはないが、誘いにのれば、ミリー叔母の思惑に添えるし、予想していたよりも、気楽な旅を楽しめそうな気もする。知らない顔ばかりのなかに、友人の顔を見出せるのは、決して悪いことではない。

「楽しみにしていますわ、ミスター・レドヴァース。では、今夜、またお目にかかりましょう」

レドヴァースは立ちあがり、軽くおじぎをしてから、建物の涼しげな陰に消えていった。わたしは本を読むふりをして、広げたページの縁からさりげなく、レドヴァースのうしろ姿をみつめていた。

だが、彼が視界から消えたとたん、ミリー叔母のことが気になった。ひとの意表を衝くという点では、叔母は賭けの対象にしてもいいぐらいだ。

賭け金を失うのは、わたしのほうに決まっているが。

4

午前中はテラスにいて、目の前の美しい庭園と読書とを交互に楽しんですごした。読んでいたのは、アガサ・クリスティの『茶色の服を着た男』だ。息をするのも忘れるようなシーンを読み終えたところで息苦しくなり、空気が必要になった。それに少し頭痛がする。太陽が高く昇るにつれ、頭上の木の枝の陰にひそんでいて姿は見えないが、たがいに呼びあっていた二羽の鳥の鳴き声も、もう聞こえない。気温がどんどん上がり、早くもうだるような暑さになっている。薄暗い部屋に避難すべしという声が、天啓のように頭のなかに響いた。

一時間後、ミリー叔母の部屋のバルコニーで昼食をともにするべく、わたしは自分の部屋を出た。

「このお部屋にご満足かしら？」叔母の部屋はスイートで、専用のバルコニーからは、ギザのいくつものピラミッドが見渡せる。わたしの部屋は叔母の部屋から離れていて、廊下の反対側にあり、美しい庭園は見えるが、叔母の部屋から見える壮大な景観とはくらべものにならない。

ミリー叔母はたいして感慨もなさそうにその光景を一瞥《いちべつ》した。「ああ、けっこうだね」

わたしはあきれ顔をしないように、気持を抑えた。叔母がこのメナハウスを宿泊先に選んだとき、わたしは少なからず驚いたものだ。これまでの経験からいうと、叔母ならカイロのシェパードやコンチネンタルといった、社交が重視される高級ホテルを好むはずなのだ。だがわたしは、このホテルが気に入っている。高低さまざまな平たい屋根が、横長の白いファサードに対していいアクセントになっているし、多数のバルコニーが、いかにもアラビアらしい雰囲気を盛りあげている。いうまでもないが、このホテルはすっぽりと、大ピラミッドの陰におおわれる位置に建っている。

しかも、エジプトでは唯一のプールのあるホテルだというのが、このホテルの売りでもあった。これほど高温がつづくというのなら、近いうちに、わたしはプールに住みついてしまうかもしれない。

バルコニーの詰め物をした椅子に腰をおちつける。ミリー叔母には心を読むという不思議な才能があり、いままた、いきなり、いちばん避けたい話題を振ってきた。

「ねえ、ジェーン、ミスター・レドヴァースと少しはおしゃべりしたんだろう。どうだった?」

「申し分なかったわ」

叔母は失望したといわんばかりにわたしをにらんだ。「せっかくの機会をぶちこわしにするんじゃないよ。ここには、あんたと釣り合う殿がたは、そう大勢いそうもないみたいだからねえ、ジェーン」

「べつに相手を探しているわけじゃないから、平気よ」わたしはランチのメニューを手に取った。メニューの縁越しに、叔母の失望のまなざしが突き刺さってくる。

「グラントが亡くなってから、もうずいぶん時間がたったじゃないか。ジェーン、時は流れているんだよ」

わたしはメニューに目を落としたまま、叔母がその話をやめてくれるよう、内心で祈った。

しかし、彼女はやめなかった。

「ナイジェルのかわいい甥が戦争で死んだりしなければねえ。あんたも——」教会で罪を告白するように、叔母は声をひそめた。「三十歳にもなって、ひとり身でいなくてすんだはず。いまごろは、グラントとのあいだに子どもだって授かっていただろうに」ここで芝居がかったため息。「たった二十二歳で寡婦になったうえに、子どももいない。あんたにはもう時間がないんだよ、ジェーン」

背筋がこわばってきた。肩のあたりがしこってくる。そのしこりを少しずつほぐしてから、なにかちがう話題はないかと頭をひねった。

「メニューを見てごらんなさいな。選り取り見取りよ。どれにする?」

叔母は不満そうに——うるさいぐらい——ぶつぶついいながらも、気を変えたようだ。しかし、残念だが、叔母が折に触れてこの話題をむしかえし、戦いを挑んでくるのはまちがいない。わたしはミリーというひとを知っている——そうやすやすと、これを最後と剣を置いたりはしない。

叔母が料理を選び、わたしはルームサービスに電話した。

料理が届くまで、午前中のゴルフの話にもっていこうとしたが、叔母はいつになく口が重く、そっけない返事しかしなかった。その話題を追求するのはあきらめる。叔母がなにを悩んでいるのかわからないが、それがいずれ解決するといいのだが。そのあとは、叔母の気持を忖度して、ゴルフの話題はもちださなかった。

昼食がすむと、わたしは自分の部屋に帰り、読書にもどったが、しばらくすると、なんだかおちつかない気分に襲われ、また部屋を出ることにした。静まりかえった廊下をゆっくりと歩いていると、ステイントン大佐に出会った。大佐はショートパンツ（わたしの母は半ズボンといっていた）に、カーキ色のシャツ、インド産のショウという草の髄《ずい》を編んで作られたヘルメット型の日よけ帽と、まるでサファリに出かけるような恰好だ。もちろん、片手にはステッキ。

「こんにちは、ミス・ヴンダリー」大佐は日よけ帽をちょっとかしげてあいさつした。「愉快におすごしですかな？」

「ええ。でも、この暑さからは逃げたいですね」

「それがいちばんです。じっさい、暑さに慣れるまでは、逃げてしのぐしかありませんからね。直射日光をあびたら、焼け焦げてしまいますよ」

わたしはうなずき、大佐といっしょにロビーに向かった。

「どちらにいらっしゃるんですか？」

「厩舎《きゆうしや》に行くところです。このホテルがどういう馬をそろえているのか、それを見たくて。アンナは乗馬に夢中でしてね」

アンナが興味をもっているのは馬なのか、それとも馬の乗り手なのかと疑問に思ったが、すぐに、それはあまりにも意地の悪い考えだと反省して、自分をたしなめた。たとえアンナが男好きだとしても、わたしは偏見をもたず、倫理にかなった思考をすべきだ。昨夜は無礼なふるまいをされたとはいえ、心底、彼女をきらう理由はないのだから。

「ごいっしょしてもかまいませんか？」わたしは大佐に訊いた。

「それはうれしいですな」大佐はにっこり笑った。

わたしたちはゆっくりした歩調で、厩舎があるとおぼしい方向に歩いていった。

このホテルは広大な敷地を擁しているのだが、わたしはそのぜんたいをまだつかんでいない。なので、こうしてステイントン大佐と探検のようなまねができるのは、願ってもない機会といえる。歩きながら、エジプトのことや、旅のことを気楽におしゃべりする。ステイントン大佐は、主任をはじめとする厩舎の係員たちのことをよく知っていて、楽しげに語ってくれた。

「乗馬はなさるのかな？」

小道は手入れがいきとどいていて、大佐がステッキを突く音は、芝生に埋もれてくぐもって聞こえる。

「いちおうは知っていますが、故郷《くに》のボストンでは、馬に乗る機会はあまりなくて」子どものころから訓練すべきだという母の主張で、わたしも乗馬のレッスンを受けたのだが、母が亡くなってからは馬に乗ったことはない。ボストンの街なかにも厩舎がいくつかあるけれども、わたしは興味がなくなってしまったのだ。

大佐はくすくす笑った。「そうでしょうな」

「このホテルに厩舎があることすら知りませんでした」

「ほかにも——」

大佐がなにかいいかけたとき、背後から轟音《ごうおん》が迫ってきた。

そのため、このホテルに厩舎のほかになにがあるのか聞けなくなった。というのも、アンナが栗毛の去勢馬の手綱を引いて、わたしたちのすぐそばに止めたからだ。馬は鼻を鳴らし、躍るように足踏みした。こんな大きな馬を乗りこなせるとは、アンナの腕前もなかなかのものだと認めざるをえない。しかも、らくらくとあつかっている。

「あら、おとうさま」アンナは手綱をしっかりつかんだまま、ものうげにいった。気どった口ぶりだ。

「やあ。ミス・ヴンダリーを憶えているだろう」

「もちろん」アンナは両方の口角を軽くゆがめ、わたしを頭のてっぺんから足の先まで、さっと一瞥した。

彼女の乗馬服にくらべれば、わたしのカジュアルな服はボロも同然だ。彼女のほうは、アイヴォリーのシルクのブラウス、ウエストの少し下まである赤いジャケット、茶色がかった灰色の乗馬ズボン。ふくらはぎをつつみこんでいる、なめらかな黒い革の乗馬用の長靴《ブーツ》は、手にした黒い革の鞭の柄とマッチしている。アンナは鞭を何度もブーツにたたきつけて、びしびしと打ったため、わたしは思わずひるんでしまった。わたしを鞭で打てればさぞ愉快だろう、と考えているのが透けて見える。

アンナは嫌悪の目で父親を見た。「おとうさまったら、おつきあい相手に関しては、少しも趣味がよくなってないのね」

「アンナ！」大佐の顔に赤みがさしたかと思うと、みるみるうちに顔ぜんたいが赤く染まっていく。わたしは眉をひそめた。

それ以上なにもいわずに、アンナは手綱を引き、馬の横腹を蹴った。馬はきれいにターンして、ギャロップで走りだした。砂が巻きあがり、馬のうしろに砂塵《さじん》が煙のようにたなびいている。ゆっくりした歩調で歩いてきたとはいえ、軽く汗ばんでいたわたしは、露出した肌にもろに砂塵をあびてしまった。砂風呂に放りこまれたような感じだ。

ステイントン大佐は咳きこみながらわたしのほうを向いた。顔を赤らめ、もごもごとなにやらつぶやいている。わたしは頭を振って、笑顔を見せた。

「気にしてませんよ。お嬢さんはまだお若いんですもの」

「まことに申しわけない、ミス・ヴンダリー」顔から砂を払い落とす。「あの娘は……アンナは、なかなかつらい子ども時代をすごしましてな。わたしが引き取ったときは、若干手遅れだったんです。ほかの子どもたちが……そう、子どもというのは残酷なものです。そのうち、あの娘の実の母親が亡くなりまして……」声が小さくなって消えた。

「お察ししますわ」

弁解したい思いを口にするかどうするか、大佐が胸の内で葛藤《かっとう》しているのが見てとれる。アンナのふるまいの裏にはそれ相応の理由があるのは察しがつくが、いまそれを聞きたいとは思わない。そこまで寛大にはなれない。散歩がてら厩舎まで行こうという思いつきはよかったのだが、その思いに水をさされて、だいなしになった。ここで踵《きびす》を返して部屋にもどり、風呂に入って砂塵を洗い流したくてたまらない。

このあとも、大佐が無礼な娘のことを謝罪するのを聞きながら厩舎まで歩くのも億劫だし、厩舎に着いたら着いたで、またアンナと鉢合わせして、不愉快な思いをするのではないかと懸念が広がる。

「大佐さえよろしければ、わたし、部屋にもどることにします。まだ暑さに慣れていませんし、夕食の前に身だしなみをととのえたいと思いますので」わたしは笑みを浮かべて大佐の目をみつめ、大佐を責める気など毛頭ないことが伝わるよう、ベストを尽くした。

「わかりました。またのちほどお話ししたいものですね」気弱な笑みだったが、大佐も笑顔でそう答えた。

そこで大佐と別れ、わたしは来た道をもどった。この先に気持のいいバスタイムが待っていると思うと、つい急ぎ足になった。

だが、どうしてもアンナのことを考えてしまう。彼女はわたしをきらっているが、それはそれとして、彼女が不快感を抱いている父親のつきあい相手とは、いったい誰のことだろう?

5

部屋にたどりつかないうちにミリー叔母に捕まってしまい、夕食前の酒につきあうようにいわれた。断ってもむだなので、わたしはため息をついた。贅沢《ぜいたく》なバスタイムをゆっくり楽しむのは、先延ばしにするしかない。なにはともあれ部屋にもどり、服をぬぐ。せめて砂や土を一箇所にとどめておけるように、ぬいだ衣服はすべて部屋の隅に重ねておく。ベッドルームの隣の浴室に入る。冷たいタイルを素足で踏みしめながら、バスルームに目を奪われた。格別な眺めというわけではないのだが、鑑賞するにふさわしい造りだ。コバルトブルーのタイル貼りの床など、アメリカではついぞ見かけたことがないし、その色がまた、じつに美しい。

高い窓から、ユーカリの芳香のする微風が吹きこんでくる。金色の蛇口をひねり、猫足のついた大きなバスタブになまぬるい水を溜める。すばらしい香りのバス用品をそろえてあるバスケットに、目が留まる。そのなかからジャスミンの香りの石鹸を選ぶ。エキゾチックな香りのバスソルトは次の機会に使おうと決めた。バスタイムを心ゆくまで楽しめる機会に。

そそくさと入浴をすませると、プラム色のシルクのワンピースを着る。透き通った生地の、肩先をおおうだけの短い袖《キャップスリーヴ》がついている。それから、艶が出るまで髪をブラッシングする。今日は、ミリー叔母にもらった小さなスカラベのブローチをつけることにする。このワンピースにはよく似合うはずだ。だが、ブローチは装身具入れには見あたらず、あちこち捜しても、どうしてもみつからなかった。体をぐるっと回して部屋のなかを見渡し、昨夜はあれをつけたかどうか思い出そうとしたが、記憶があやふやだ。時計を見ると、捜し物をつづける時間はないとわかった。あまり長く待たせたら、叔母の機嫌が悪くなる。

バーラウンジに行くと、叔母は片隅の小さなテーブルを確保していた。テーブルにはすでに空になったグラスがいくつか並んでいる。叔母が早くから待っていたのか、それとも、スカラベのブローチ捜しに思いのほか時間がかかってしまったのか。バーラウンジはこぢんまりしているが、ロビーから離れているのでおちつく。高い天井は、豪華な金の壁紙におおわれた壁とほどよく調和している。馬蹄《ばてい》型のバーカウンターの上方には、美しい彫刻のある木製の天蓋がしつらえてある。天井がこれほど高くなければ、閉塞感を覚えるかもしれない。だが、そうはならず、エキゾチシズムのただよう居心地のよさを感じる。これまた高くて幅の広い窓がずらりと並んでいて、いちばん近いピラミッドが額にはまった絵のように見える。この眺めには、思わず顔がほころんでしまう。

「サービスがなっていないようだよ、ジェーン。バーに行って、ハイボールのお代わりを注文しておくれでないかい?」

すわろうと椅子を引こうとした矢先に、叔母にそういわれた。テーブルに並んでいる空のグラスを見ながら、わたしは眉をひそめたが、なにもいわなかった。ホテルの従業員は気配りがいきとどいているから、叔母がいうようにサービスがなっていないとはとうてい思えない。ただし、叔母の評価――ことに酒がらみとなると――は、ほかのふつうの客とは異なるのだろう。

叔母のハイボールを持って席にもどり、ようやく椅子にすわって、叔母がむさぼるように酒を飲むのを見守った。わたしは自分のカクテル、サイドカーのグラスをテーブルに置き、今度こそはと、ふたりの英国女性の話をもちだした。

「ミリー叔母さん、どうしてリリアンとマリーを知っているの？」

叔母はすぐに返事をしなかった。わたしの気をそらすのにもってこいのおもしろい話題がころがっていないかとばかりに、バーラウンジのなかを見まわしている。やがて、口をすぼめて返事をした。

「むかし、英国でリリアンのおとうさんと知り合ったんだよ。あんたはまだ子どもだったから憶えていないだろうね。わたしの連れあい、つまりあんたの義理の叔父さんの仕事の関係で、わたしたちはロンドンに行った。二年ほどあっちで暮らしていたあいだに知り合ったんだよ。そのときのよしみで、リリアンのおとうさんに、わたしがここにいるあいだ、娘の面倒を見てやってほしいとたのまれたんだ」叔母はまたグラスに口をつけて長々と酒を飲み、わたしの目を避けた。

その話に反発するように、背中がこわばったが、わたしはなにもいわなかった。ぎごちない沈黙のなか、周囲を眺めていると、浅黒い肌の男が入ってきて、まっすぐにバーカウンターに向かうのが見えた。急にミリー叔母がしゃんと背筋をのばした。男をみつめている。それには驚いた。昨夜、アンナにぶつかった男なのだが、叔母が彼を見ていたとは思わなかったからだ。

「ミリー叔母さん、あのひとを知っているの？」わたしは努めて軽い口調で訊いた。「わたしは何度か見かけただけで、話をしたことはないけど」

叔母は返事をしなかった。椅子のなかで何度か身じろぎしてから、グラスを手にして椅子を引いた。

「夕食にしようかね、ジェーン」

叔母はダイニングルームに向かった。わたしがついてきているかどうか、ふりむいて確かめもしなかった。

叔母の行動に呆気にとられていたわたしは、はっと我に返り、急いで叔母のあとを追った。


ダイニングルームの手前で、叔母に追いついた。叔母はわたしの質問を無視し、話をそらしただけではない。どうにも態度が不自然だ。

ほかの客を案内している係がもどってきて、席に案内してくれるのを待っていると、茶色のツイードのスーツという小粋な身なりのレドヴァースがやってきて、ぎこちない沈黙をつづけている叔母とわたしにあいさつした。わたしはほっとして安堵の吐息をついた。

「やあ、こんばんは、ミセス・ヴンダリー」レドヴァースはわたしにそういうと、ミリー叔母のほうに軽く頭をかしげた。

「ミスター・レドヴァース、こちらは叔母のミリセント・スタンリー。もうごぞんじよね」

わたしがあらためて双方を紹介すると、叔母は顔を輝かせ、レドヴァースを頭のてっぺんから足の先まで眺めまわした。レドヴァースの登場で、わたしとふたりきりのぎごちない雰囲気が払拭されて安堵しているのが、手でさわれるほどはっきりわかる。

「ミスター・レドヴァース、またお会いできてうれしいですよ。お食事をごいっしょしませんこと?」

信じられないことに、ミリー叔母はレドヴァースに満面の笑みを見せた。ふだんは見知らぬ他人と食事をするのは、ひどく嫌がるというのに。今夜はわたしと話をするのをとことん避けたい、ということだろう。

例によって、わたしの再婚に話をもっていくという狙いもあるにちがいない。

「喜んで」

レドヴァースはわたしたちのテーブルに同席することになった。

食事中の会話は、もっぱらレドヴァースと彼の子ども時代に話題が集中した。叔母が会話という列車を誘導し、先ほどのわたしの質問からできるだけ遠ざかろうとしているのは確かだ。驚くほどのことではない。それぐらいは想定ずみだ。少なくとも、そのおかげで、レドヴァースの生いたちが少しわかった——歳の離れた兄がいるが、めったに会うことはなかったらしい。〝ミスター・ジョーンズ〟という名の白と茶色のスパニエル犬を飼っていたが、レドヴァースが十歳のときに、犬はいたましい死をとげたそうだ。また、少年時代の夏は、サウス・シールズという海辺の町ですごしたという。

「サウス・シールズって、どこでしたっけ?」叔母が訊いた。

「ニューカッスル・アポン・タインの近くですよ。イングランド北部の町です」

「でも、北部の訛りはありませんね」

わたしはけげんな思いで叔母を見た。叔母が英国各地のアクセントに精通しているとは。

レドヴァースも片方の眉をつりあげた。「ええ、わたしは幼少のころから寄宿学校に入り、そのあとはイートン校に進学しましたので」

その言に完璧な意味を見出したかのように、叔母は小さく〝ふむ〟といってうなずいた。

「ご家族はそちらのご出身ですの？　ニューカッスル近辺の？」

ここで初めて、レドヴァースは気まずそうに口をにごした。「いや……そうではありません」

驚いたことに、叔母は追求の手をゆるめなかった。だが、わたしはすぐにその理由を悟った。

「ご結婚なさっているんですか、ミスター・レドヴァース？」叔母はそう訊くと、くちびるを引き締めた。顔いっぱいに、あからさまに彼の返事を待ち受けている表情が浮かんでいる。

その質問に心底嫌気がさしたのはまちがいないが、それはそれとして、わたしもまた彼の返事に関心があったのは確かだ。レドヴァースは結婚指輪をしていないが、それは必ずしも独身だという証《あかし》にはならない。特に海外を旅行中の男の場合は。

レドヴァースは咳払いをした。黙っていると、いぶかしく思われるのは承知しているようだ。

「していませんよ、ミセス・スタンリー。仕事の関係で時間がなくて。こちらのつごうに合わせて時間を割いてくれるような、奇特な女性にはお目にかかれないといいますか」

「銀行にお勤めなのに？　銀行の勤務時間に合わせられない女性がいるんですか？」

レドヴァースにまっすぐにみつめられ、わたしは口をつぐんだが、一矢報いた感はある。

「姪のいうとおりですよ、ミスター・レドヴァース。いかがです？」

長い間《ま》。叔母もわたしもレドヴァースの返事を待ち受けた。

「銀行業務といっても、わたしの仕事は海外出張が主でして、しょっちゅう家を留守にします。ほら、ごらんのとおり」レドヴァースは両手を広げて微笑した。

この説明に叔母は満足したようだが、わたしは不信感がぬぐえなかった。

わたしたちが食事をしているあいだに、ダイニングルームは満席になっていた。食事を終えた客も多い。わたしはデザートを選ぼうかと思ったが、いつものように食後のポートワインをたのむことにした。ミリー叔母は酒のお代わりを待っていた。それが届くと、叔母は椅子を引いて席を立つそぶりを見せながら、グラスを手にした。

「それじゃあ、保護者としての責務を果たしにいこうかしらね」叔母は一滴も残さずにグラスの酒を飲みほして、そそくさと席を立った。叔母はほんとうにあの若い英国女性たちのことを気にかけているのか、それとも、わたしとレドヴァースをふたりきりにしようという魂胆なのか。

「叔母上は酒にお強いんですね」足どりひとつ乱さずに人々のあいだをすりぬけていく叔母を見送りながら、レドヴァースはそういった。

食事中に叔母が何杯酒を飲んだか、わたしはまったく憶えていない。というか、もうずっと前に、数えるのをやめたのだ。

「じつは……叔母は酒量が多くて、目に余るほどなんです」わたしは眉をひそめた。「でも、今回の旅では、さらに量が増えているように思えます。それというのも、いま現在、アメリカで手に入るお酒にくらべれば、ここでは格段にいいお酒が飲めるせいでしょうね」

レドヴァースはうなずいた。「叔母上とは格別に仲がいいとか？」

「正直に申しますと、いまはそれほどでもありません」

ミリー叔母はわたしの父の妹で、子どものころは叔母とべったりだったし、おとなになってからは——結婚前も結婚後も、やはり近しい間柄だった。だが、長い年月を親しくすごしたとはいえ、彼女がどういう人間なのか、ほとんど知らない。ミリー叔母は自分のプライヴァシーを頑として秘密にしている。

ふと気づくと、レドヴァースは人々がラウンジではなく、ぞろぞろとテラスに向かって歩いていくのに目を留めていた。

「みなさん、食事を終えると、テラスにお出になるようですね。なにがあるのか、ごぞんじですか？」

「今夜は生の余興が観られるんですよ。行ってみますか？」

レドヴァースは立ちあがり、わたしに腕をさしだした。わたしはちょっと躊躇《ちゅうちょ》したが、けっきょく、その腕に自分の腕をからめた。そして、ほかの客たちといっしょにテラスに出た。

6

曲線を描いている手すりから離れたところに席を取る。わたしたちのあとからテラスに出てきた人々が、前からいる人々とまざりあうのがよく見える、絶好の位置だ。ステージのそばには楽団が待機している。ホテルの従業員たちは、前もってテラスに置いてあるテーブルの大半を運びだしたようだ。レドヴァースにダンスはいかがといわれるのではないかと思い、わたしは一瞬、パニックに襲われた。ダンスをしている人々を眺めるのは好きだが、いざ踊るとなると、足がいうことをきかないのだ。わたしは内心で、礼を失しないようにレドヴァースの誘いを断る口実を考えはじめた。礼儀正しく、しかもきっぱりと断らなくてはならない。あれこれ考えていると、ふと彼のハンサムな顔や、がっしりした腕、広い肩が目に入り、ダンスフロアで彼に抱かれて踊るのはさぞ心地いいだろうという気がしてきた。胸の内がほんのりあたたかくなる。と同時に、ちくちくする痛みが背筋を這いのぼってきて、うなじのあたりがむずむずした。

レドヴァースがけげんな目でわたしを見ている。「ぐあいでも悪いんですか?」

わたしはこほんと咳払いした。「いいえ、そんなことはありません。お気遣い、ありがとう」

ちょうどそのときステイントン大佐が、アンナといっしょに、開けっぱなしのフレンチウィンドウからテラスに出てきた。アンナの姿がひときわ目立つ。彼女が歩くにつれて、ほぼすべての顔が彼女の進む方向に動く――じつに正確に。アンナはほとんど透けて見えるような、薄い紗《ゴーズ》の真紅のドレスをまとっている。なんというか……その……きわどい箇所にはビーズがちりばめられているのだが、そのためになおさら、猥褻《わいせつ》な感じがする。父親の大佐は困惑しきっているようすだ――口髭をひくひくさせながら娘を見ては、さっと目をそらしている。ドレスのことで、父と娘のあいだでひと悶着あったのは、容易に察しがつく。とはいえ、正直にいえば、アンナはそのドレスをうまく着こなしている。

「ううむ、あれは確かに……目を惹きますね」レドヴァースはアンナにぞんざいな一瞥《いちべつ》をくれると、わたしに視線をもどした。

わたしは顔色ひとつ変えなかったし、そんな気配も見せなかったが、内心では、レドヴァースの言に小さく快哉《かいさい》を叫んでいた。そして、はっとした――そんなことを思ってはいけない、思うべきではない、と。

遠目だったが、ステイントン大佐はわたしたちに気づき、わたしには親しみをこめてうなずいてくれたが、レドヴァースのことはひややかに無視し、視線をそらした。ステイントン父娘はわたしたちとは逆の方向、楽団が待機している場所の近くに陣取った。大佐の親しみのこもったうなずきは、レドヴァースには向けられていなかったし、レドヴァースも大佐を知っているようではなかったが、なにか奇妙な気がしてならない。大佐はホテルの従業員も含めて、誰に対しても愛想がいい。レドヴァースは……いや、レドヴァースのことはなにも知らない。だが、双方の反応というか、無反応には、妙に興味をそそられた。

　アンナは父親から離れ、騒々しい若者たちが集まっているテーブルに近づいていった。大佐は見るからに怒っていたが、娘のあとを追わずにあたりを見まわし、ぽつんとひとりでテーブルについている浅黒い肌の男に目を留めた。その男と大佐とは知り合いのようにちらりと目を見交わしたが、大佐は男とは同席しなかった。そのかわり、バーコーナーに向かい、群がっている人々をステッキで押しのけるようにして割りこんだ。

「あの男のかたをごぞんじですか？」わたしは昨夜アンナにぶつかった男を目で示しながら、レドヴァースに訊いた。男は優美なグラスを手のなかで回している。大きなカフリンクに照明の光があたっている。縁にぐるりと青い宝石がちりばめられた、金のカフリンクだ。

　レドヴァースはわたしの視線の先に目をやった。「アモン・サマラです」

　それ以上の情報はもらえないようだ。わたしは尋ねるように片方の眉をつりあげた。

「評判しか知りません」レドヴァースはそれきり口をつぐんだ。またか。

「どういう評判ですか？」

　レドヴァースはあいまいに手を振った。「若いご婦人にお聞かせするようなたぐいのものではありません」

　わたしはおもしろがっているような笑みをこしらえた。

　サマラという男のことを追求するのはあきらめてアンナに目をやる。彼女ははでにふるまい、若者たちはいっそう騒がしくなった。そのテーブルのほうに視線を向けてグラスをかたむけているサマラの顔に、困惑の表情が浮かぶ。彼がアモン・サマラという名前だとわかったのは、ひとつの収穫だ。そのサマラがステイントン大佐と知り合いらしいことに興味をそそられる。とすると、アンナとも知り合いかもしれない。だとすれば、昨夜サマラがなぜわざとアンナにぶつかったのか、その意味がわからない。アンナを知っているのなら、なおのこと意味が通らない。だが、この疑問は胸におさめておくことにした。

やがて楽団が演奏を始めると、ロンドンのタブロイド紙で〈社交界の若き綺羅星たち《ブライト・ヤング・シングス》〉とニックネームをつけられている若い男女がダンスフロアに群がり、熱狂的に踊りだした。わたしは年齢的にいって、はしゃぎまくる〝フラッパー世代〟ではないが、ジャズは好きなので、演奏に聞きいった。オープニングのワンセットが終わると、クラレンス・ウィリアムズ作曲の《ケイト姉さんみたいにシミーができれば》の演奏に変わった。わたしの好きな曲だ。〝シミー〟というのは、激しく腰をゆするジャズダンス特有の踊りかたなのだが、聞いているだけでも、つい、足を踏み鳴らしてしまう。もちろん、リズムはとれないが。

「踊りますか?」レドヴァースは礼儀正しい口調を崩さずにいったが、熱気あふれるダンスフロアに出ていく気など、まったくないとわかる。むしろ、そのほうがありがたい。

「ここで充分に楽しめますわ。でも、お気遣いありがとう」

レドヴァースはほっとしたような目でわたしを見た。彼がほっとしたのは、ダンスをしなくてすんだことであって、わたしと踊らずにすんだことではない……そう信じたがっている自分に気づく。どちらなのか、その答を知りたいかどうかは、我ながら疑問だ。

まもなく、あまりにも喧噪が激しくなり、話をするのもむずかしくなってきたので、わたしたちはテラスの端に移動した。小さなテーブルが空いていたので、そこにすわる。音楽はよく聞こえるが、相手の声が聞こえないほどの喧噪からは遠ざかることができた。

「こんなに大勢の若いひと、どこから来たのかしら?」わたしは不思議だった。「このホテルでは見かけたことのないひとばかり」

「メナハウスがカイロ界隈の高級ホテルと連携して宣伝したんですよ。生の余興を堪能してもらえるように、特別に深夜の送迎手段も確保してね」

こういう催しをすれば、ホテルが満室ではないときには臨時収入が得られるのだろう。バーコーナーはひとでごったがえしているし、給仕たちは飲み物を運ぶのにおおわらわだ。

そのうち、アンナがひょろっとした青年ともつれあうようにして歩いていくのが見えた。青年はスマートなピンストライプのスーツを着ている。ささやき声やらくすくす笑いやらをあたりに撒き散らしながら、ふたりは去っていく。青年の顔ははっきり見えなかったが、このホテルで見かけたことがないのは確かだ。

レドヴァースもまた、そのふたりには気づいていた。あの真紅のドレスは嫌でも目につくのだ。わたしたちはふたりが芝生を横切り、その姿が暗闇に呑まれてしまうまで目で追った。レドヴァースは眉をつりあげ、わたしは軽く肩をすくめた。ふたりの行動をどうこうと判断する立場にはない。

飲み物がなくなってきたところで、レドヴァースは、従業員はてんてこまいの状態だから、こちらからバーコーナーに行き、お代わりを注文してくるといった。わたしは水をたのんだ。

レドヴァースを待つあいだ、フロアを見ていると、踊っている人々をかきわけて歩いているステイントン大佐をみつけた。ちょうどこちらを向いた大佐の視線を捉え、わたしは小さく手を振った。大佐はステッキの握りの部分で、踊り手たちがやたらに振りまわしている手足を押しのけ押しのけ、人ごみを縫うようにしてこちらにやってきた。

「ミス・ヴンダリー、すさまじい喧噪から逃れて、ここにおちついていらっしゃるようですな」大佐はいくぶんか息を切らし、愛想よくわたしにほほえんだが、視線は周囲に向けられている。

「ええ、そうなんです」わたしは椅子を動かし、大佐とさしむかいになるようにした。「どなたかお捜しですか？」

「娘ですよ。お見かけになりませんでしたか？」薄青い目がようやくわたしに向けられた。

「ええ、お見かけしましたよ」見たことをどこまで大佐に話していいものか。アンナが若い男と姿をくらましたことを軽々にしゃべってしまうのは、いかがなものかと思われる。なんといっても、アンナは一人前の成人なのだから。

「あの装いですからな、今夜このホテルにいる者は、誰もが彼女を見たはずですよ」大佐はかなたの闇をのぞきこむようにして、そうつぶやいた。

適切なあいづちを打とうと、わたしがことばを捜しているうちに、大佐はため息をついた。

「むかしから手に負えない娘だったわけではないんですよ、ミス・ヴンダリー。わたしたちは……いや、アンナがまだ幼いころに、あれの母親が亡くなったことはもう話しましたな。それ以来、いろいろと変わってしまったんですよ」

よくわかるというように、わたしはうなずいた。

「わたしをあつかましいやつだとは思わないでいただきたい。あなたがとても話しやすいかたなので、つい……」

わたしがほほえむと、大佐はさらにいった。

「じっさい、あなたがわたしの娘だったらよかったのに」

「ご親切なおことば、痛み入りますわ」大佐がその話題にこだわるのを止めたくて、わたしは別の話題をみつけようとした。大佐はやさしいし、話し相手を務めるのも楽しい。故郷の父をなつかしく思い出す。

「まだ軍役についていらっしゃるんですか？　退役なさったのかしら、どうなのかしらと思いまして……」経歴の話題なら、大佐の気をそらすことができるのではないだろうか。

大佐はこの話題にくいついた。「いやいや、ミス・ヴンダリー、先の大戦で軍務を果たしたあと、退役できましてね」くすくすとふくみ笑いをする。「いまは、悠々自適の暮らしです」

「命令でどこかに派遣されるのではなく、ご自分の行きたいところに行けるなんて、すばらしいですね」

「ええ、そうですとも。じつは」大佐は陰謀を打ち明けるかのように、ここでぐっと声をひそめた。「故国に帰ったら、舞台に立ちたいと思っていたんですよ」

内心の驚きがもろに顔に出てしまったようだ。というのも、大佐がしゃんと背筋をのばし、片手を胸にあててポーズをとったからだ。歳をとったナポレオン、というところか。

「わたしは生まれついての役者なんですよ」わざとらしい声音でそういう。

わたしは驚きを抑えて、なんとか微笑した。このステイントン大佐から、まさかそういう言を聞くことになるとは、予想だにしなかったというのがわたしの本音だ。

「まあ、それはすてきですね、大佐。ぜひとも舞台にお立ちにならなければ。ええ……きっと成功なさいますよ」

「ありがとう」大佐の視線がわたしからそれて人々のほうに向けられると同時に、満面の笑みも薄れていった。「おや、あなたのお連れがもどってこられた。では、失礼します」大佐はわたしの肩を軽くたたくと、急ぎ足で闇のなかに消えていった。

そういえば、アンナを見かけたかどうかという話題は立ち消えになったままだ。くわしいことをいわずにすんだことに安堵する。

レドヴァースが水のグラスを渡してくれた。「大佐がいたのでは?」

「ええ、そのとおり」

「ふうむ」レドヴァースは椅子にすわった。「さてと、わたしたちはなんの話をしていたんでしたっけ?」

「あなたがステイントン大佐をごぞんじかどうかという話だったと思いますけど。銀行のお仕事の関係で、お知り合いなのでは?」

レドヴァースのくちびるがゆがんだ。「そんな話はしていませんでしたよ」

「だって、とても気になるものですから」わたしは返事を待った。いまを逃したら、聞きだすチャンスはもう二度と巡ってこないのは確かだ。

レドヴァースは小さなテーブルに片肘をついた。「ずいぶんいろいろとお訊きになるんですね」

「わたしの趣味です」

「ほほう。ならばこちらからも質問させていただきましょうか」

そういったとおり、わたしがどんなことに興味をもっているのかとか、故国《くに》での暮らしはどんなものなのかとか、レドヴァースは次々に質問をくりだしてきた。そのせいで、じきに、スティントン大佐とその娘のことはすっかり忘れてしまった。

しばらくすると、わたしはもうあくびをがまんできなくなった。寒くて体も震えてくる。日が沈み、夜が更けてくると、空気がどれほど冷えてくるか、少しも考えていなかった。遅まきながら気づいたが、夜にテラスですごすには、なにかはおるものが必要なのだ。

レドヴァースはわたしを部屋まで送ってくれた。ドアの前で、礼儀正しく、おやすみのあいさつを交わす。商談を終えて握手を交わす売り手と顧客というところだ。

部屋に入り、ドアを閉めると、これという理由もないのに、わたしは失望感に襲われた。

だが、ベッドに入る仕度をしているうちに、失望感を覚えた自分に失望し、そんな自分に対して怒りがこみあげてきた。男になんらかの感情をもつことは、ぜひとも避けたいと思っている。だのに、失望感はまさにその感情にほかならない。自分には許してはならない感情のひとつなのだ。

ベッドに入ったものの、眠りはなかなか訪れてくれなかった。

7

はればれと夜が明け、木製の鎧戸《よろいど》のすきまからさしこむ陽光がまぶしくて、わたしは目をしばしばさせながら起床した。あと数時間は眠れるのだが、だらだらと寝てすごして、朝の時間をむだにしたくはない。冷たい水で顔を洗い、コーヒーをたっぷり飲めば、眠気も覚めてしゃっきりするだろう。朝食のあとテラスですごすことを考慮して、読みかけの本を手にして部屋を出る。

廊下をゆっくり歩いていると、背後で足音が聞こえた。ふりむくと、ステイントン大佐とホテルの従業員が急ぎ足でやってくるのが見えた。大佐はわたしだとわかると立ちどまった。顔がかすかに赤らみ、そわそわしたしぐさでステッキをいじっている。

「ミス・ヴンダリー。願ったりかなったりだ。いっしょに来ていただけませんか？　娘を起こそうとしたんですが、まったく反応がないんですよ。それで、その……ええっと、まずはご婦人に娘の部屋に入っていただくほうがいいかと」

「テラスは捜してごらんになりました？　厩舎《きゅうしゃ》は？」アンナが早起きした可能性はある。まさかとは思うが。ひょっとすると、早朝の乗馬を楽しんでいるのかもしれない。

大佐はステッキの握りをいじくりまわした。「あちこち捜したんですよ。恥ずかしながら、ホテルの従業員にも手伝ってもらって。あと見ていないのは、娘の部屋だけです。先ほども申しましたように、娘の部屋はご婦人に見ていただくのがいちばんいいかと思います」声が低くなる。「顔見知りのご婦人に」

大佐がちらりとホテルの従業員を見たその表情で、わたしは大佐の気持がわかった。娘が服を着ていない状態にあるとか、あるいは、昨夜ベッドをともにした客がまだいるというような、外聞をはばかる事態を懸念しているのだ。どんな状況が待ち受けているかわからないのに、それを目撃されたうえに、ゴシップが広まる可能性を考慮すれば、ホテルの従業員を部屋に入れるのを躊躇《ちゅうちょ》するのも無理はない。

「お手伝いさせていただきますわ。もうノックなさいましたか?」急ぎ足の男たちに合わせて、わたしの歩幅も大きくなる。わたしの質問に、大佐は是認の唸り声をあげた。わたしは大佐の気持をほぐそうと努めた。「お嬢さん、昨夜は遅くまで外にいらしたんじゃないかしら。わたしが部屋に引きあげたあとも、楽団は演奏をつづけてましたもの。きっと、まだ眠っていらっしゃるんですよ」朝寝坊なら朝寝坊でかまわないから、どうかアンナがひとりで寝ていますようにと、わたしは心から願った。

昨夜も大佐がアンナを捜していたことを思い出した。それと関係があるのだろうか。「昨夜は、お嬢さん、みつかったんですか?」

大佐はちょっとよろけた。ステッキが空《くう》を打つ。「ええ、おかげさまで。それで、朝食をいっしょにしようと約束したんですよ。いつもなら、あの娘は夜更かしをしても、寝坊をしたりはしないんです。だのに、今朝は朝食の席に来なかった」

わたしはこの二日のことをふりかえってみたが、なんだか数年も前のことのように思えた。それにしても、アンナが早起きを厭わないとは、とうてい思えない。それに、アンナが父親と朝食をとっている光景など、想像もつかない。

アンナの部屋に着くと、若い従業員が、まとっている長衣のどこからかマスターキーを取りだした。こういう長衣にポケットがあるのかどうか調べてみるべしと、わたしは頭の片隅にメモした――単なる好奇心にすぎないのだが。

大佐は片手をあげた。「ちょっと待ってほしい」そういって、ドアをたたいた――がんがんと大きな音をたてて。アンナが部屋にいるのなら、このうるさい音が聞こえるはずだ。

これでは、近くの部屋の宿泊客たちは寝ていられないだろう。右隣の部屋のドアが細く開いたからといって、わたしは驚きはしなかった。そのドアから、男が眠そうにゆがめた顔を突きだしたが、大佐に殺気のこもった目でにらまれると、そそくさとドアを閉めた。

それでもまだ、アンナの部屋からは文句をいう声も物音もしない。大佐が鍵穴に手を振ると、マスターキーを持った若い従業員がドアに近づいた。ちょっとぎごちない手つきでキーを回して解錠する。ドアを少しだけ開けてから、すっとうしろに下がる。わたしも同じようにうしろに下がりたい気分だ。

だが、そうはせず、持っていた本を大佐に預けて部屋に入った。男ふたりは開いたドアの前でもぞもぞしている。

部屋のなかはしんと静まりかえっている。部屋に足を踏みいれたわたしは、息をつめて聞き耳を立てた。聴覚がするどくなるのではないかと期待して、目を閉じてみる。やはりなにも聞こえない。部屋の外の音が聞こえるだけだ。

部屋のなかは暗い。少し開いたドアから光がさしこんでいるだけだ。その光が、わたしの足もとに散らばっているドレスのスパンコールや、アクセサリー類をきらめかせる。部屋の居間エリアに向かうには、床にぬぎすてられた何着もの衣服を蹴とばしてわきに寄せ、空いたところを進むしかなかった。衣服をわきに寄せていくにつれ、わたしの足もとには次々とスパンコールの小さな光の渦ができた。目を剝くほど多量の衣服。これまでに目にしたアンナの服装を基本に考えても、いったいどれほど金がかかっているか、想像すらできない。不快なにおいが鼻をつく。部屋の空気を入れ換えたほうがいいのではないかと、大佐にいおうかと思った。

ベッドルームはさらに暗かった。閉ざされた鎧戸のすきまから細く外光がしのびこんでいるおかげで、ベッドの上に黒っぽい人影らしきものが横たわっているのが、かろうじて見えた。人影は微動だにしない。アンナだろう。そばに裸の青年がいたりしませんようにと、わたしは心から願った。まだ朝のコーヒーも飲んでいないのだ。とんでもない光景を目にすることになれば、多量のコーヒーが必要になる。

わたしは鼻にしわを寄せた。不快なにおいが強くなったからだ——つんと鼻を刺す鉄の臭いと、いまだ嗅いだことのない、嫌な臭い。

「ミス・ステイントン」声をかけてみる。返事はない。人影はひくりともしない。暗いなか、両腕をのばし、手探りしながら、小刻みに歩を進めて窓に向かう。脛《すね》をなにかにぶつけることなく窓まで行ければいいのだが。ようやく窓にたどりつくと、鎧戸を開け、朝の陽光を招きいれた。ふりむいて確かめると、ベッドに横たわっているのは、アンナひとりだとわかった。

永遠に目覚めることのない死体となっていた。

8

「なんてこと！」わたしはあえいだ。

アンナの死体は美しい四本柱のベッドの上に斜めに横たわり、その縁から、青白い片方の足がだらりと垂れている。胸には赤黒い血だまりがあり、死体の下の白いリネンのシーツに、色あざやかな赤いしずくが垂れている。アンナは昨夜着ていた真紅のドレス姿のままで、銀色の多量のビーズも血に染まってきらめきを失っている。医療の訓練を受けたことのない者であっても、もはや手遅れだというのは一目瞭然だった。

口中《こうちゅう》に唾があふれ、吐き気がしてきた。吐いたりしないように急いで唾を呑みこみ、それをくりかえしながら、片手で胃のあたりを押さえ、ぎゅっと目をつぶる。深呼吸しても役に立たない。呼吸をするたびに、鼻孔深くに血の臭いが流れこんでくるからだ。左腕を曲げて鼻孔に押しつけると、かすかにジャスミン石鹸の香りがした。そのままじっと動かずにいた。数秒たつと、吐き気がおさまった。

もうだいじょうぶだと確信してから、わたしは生命のないアンナに目をやった。ベッドルームのなかに多量の羽毛が散っているのはなぜだろう、とけげんに思いながら、ほとんど無意識にスカートにくっついた羽毛を片手で払いのける。もう一方の腕は鼻孔に押しつけたままだ。

もう一度目をつぶる。これをステイントン大佐に伝えなければならないのだ。こんな状況に立たされたことに対する怒りと恨めしさとが、大佐への憐れみとアンナに対する悲哀の情とせめぎあっている。アンナは決して好ましい人物ではなかったが、こんな死をとげるのも当然だとは、ぜったいにいえない。

ほんのつかのま、バルコニーをつたって逃げようかと思ったが、その案は却下した。そんな怯懦《きょうだ》な行動は、わたしらしくない。そのかわり、気を強くもって、アンナの父親にどういうふうに娘が殺されたことを伝えればいいかを考えた。背筋をのばし、あわてず急がず、踵《きびす》を返す。ベッドルームを出て居間にもどるまで、鼻をおおった片腕はおろさなかった。曲げた肘が、目にした光景から自分を守ってくれるとでもいうように。

片腕をおろしたとき、ライティングデスクの上に置いてあるルームキーが目に入った。外から解錠するときはキーを使うので、あとでアンナの部屋を調べるさいに、大佐には必要になるかと思い、大佐に渡すつもりで、わたしはルームキーを手に取った。のちのち、そんな気遣いなどなんの意味もないばかりか、警察にとっては、わたしが現場からなにも持ち出さないほうがよかったのだということを思い知ったが、そのときは、さまざまな思考がいちどきに頭に浮かんで、筋道だった思考ができなかったのだ。ベッドの上の死体を見たときと同じだ。

ドアの前でちょっとためらったあと、わたしは廊下に出た。ふいに明るいなかに出たため、目を細くせばめてしまう。大佐はわたしに期待の目を向けたが、わたしの表情からなにかを読みとったのだろう、その目に動揺が走った。

わたしが黙っていると、大佐の取り乱した声が静寂を破った。

「どうでした？　なにかあったんですか？」大佐が訊く。

「ええ、事故が起こったようです」〝事故〟などではありえないことは重々承知のうえでそういうと、わたしはドア口をふさぐようにふたりの男の前に立った。「撃たれて亡くなっています」

「まさか……」大佐は部屋に入ろうとするかのように、わたしに詰め寄った。

「もう手のほどこしようがありません」わたしは大佐の動きを止めようと、片腕をのばして大佐の腕に手を置いた。

大佐はわたしの判断を受け容れてうなずいた。背筋をしゃんとのばし、有名な英国人魂を発揮して、〝ものに動じない〟姿勢をあらわにした。そしてぱちぱちとまばたきして涙を封じ、またうなずいた。

「やはり娘を見たい」

一瞬考えこんだが、最終的に、わたしはわきに寄った。大佐はそっとわたしを押しのけるようにして、部屋のなかに入った。ホテルの従業員は目を大きくみひらいて、わたしと大佐を交互に見ていた。わたしは彼に目を向けると、警察に連絡すると同時に、ホテル・ドクターを呼ぶよう、小声で指示した。彼はこっくりとうなずき、急ぎ足というより駆け足で去っていった。

従業員が行ってしまってから、わたしはアンナの部屋のキーを力をこめて握りしめていることに気づいた。手のひらに跡がつきそうなので、ポケットに落としこみ、その上からなでて、ちゃんとなかにキーが入っていることを確認した。廊下の手すりのそばにわたしの本が置いてあるのに気づき、本を手に取ると、心もとない思いで援軍が到着するのを待った。ここにいたくはないが、この場を去るのも不適切だろう。片方の足からもう一方の足へと体重を移す。数分後、大佐が部屋から出てきた。

「あんなまねをした者をみつけてほしいものです」大佐はしわがれた声でつぶやいた。

わたしが慰めるように大佐の肩を軽くたたいていると、ホテル・ドクターが廊下を走ってきた。医師もわたしも、いまさら急いでもむだだとわかっていたが、大佐はドクターが急いでやってきたことをありがたく思ったようだ。ドクターが部屋に入ると、大佐はポケットからそっとハンカチを取りだして、こっそりと目をぬぐった。

待つほどもなく、警察が大挙して押しかけてきた。大佐とわたしは別々に話を聞かれることになり、わたしは胸の内でほっと息をついた。大佐にはかけることばがなかった。それがわかっていたので、わたしはなにもいわず、黙りこくっている大佐とともに、静かに警察の到着を待っていたのだ。

それからはむやみに忙しくなった。入れ替わり立ち替わり現われる警察官を相手に、わたしは何度もくりかえし事情を話し、いくつもの同じ質問に答えた。誰かひとり、お偉いさんが事情聴取とやらをしてくれればいいのにと、いらだってしまう。だがそれは尋問のテクニックというよりも、ただ単に、指揮系統が混乱しているにすぎないようだ。

同じ質問。同じ話。そのくりかえし。

また同じラウンドが始まるのを待つあいだ、わたしは臆面もなく耳をそばだてて盗み聞きをした。ホテル・ドクターの話も耳に入ってきた。ドクターはオーストラリア訛りを丸出しにして、カイロ警察の指揮官、ハマディ警部にアンナの死因に関する診たてを報告していた。

射殺。

わたしは遺体の傷を見ているので、射殺と判明しても意外ではなかった。また、ドクターと警部の話から、現場検証が終了すれば、即刻、アンナの遺体はカイロの遺体安置所に運ばれ、専門医による解剖がおこなわれるということもわかった。

ついに空腹で気力がなくなり、わたしはいちばん近くにいた刑事にもう行ってもいいかと訊いた。刑事たちは話しあったすえに、行ってもいいといったが、ホテル内にいるようにいわれた。あとでハマディ警部が直接わたしに尋問したいからだそうだ。さらに質問攻めにされることを思うとうんざりしたが、そうはいわずに、階下で朝食をとるつもりなので、そこでみつかるはずだと答えた。

階下に降りると、まっすぐにダイニングルームに向かったが、危惧したとおり、朝食時間はもう終わっていた。不運と一日の始まりが狂ったことを嘆きながら、わたしはテラスに行った。そこでなら、朝食のペストリーか固くなった食パンにありつけるかもしれない。それほどプライドが高くないので、なにか食べさせてくれと泣きつくぐらい、平気でできる。カフェイン欠乏と、過度のアドレナリンのせいで頭がずきずきしてきた。

泣きつく必要はなかった。ホテル内にはすでに客の死亡という話が広まり、わたしが警察に引き止められていたこと――死体を発見したのがわたしであること――を給仕たちも知っていたので、わたしは好奇の視線をあびせられ、食べ物をふんだんにあてがわれることになった。給仕たちはわたしにサービスすることで、展開中のドラマに参加している気になれるのだろう、コーヒーカップはつねに満たされ、ペストリーは籠に山盛りだ。こういう筋書きなら、わたしもよく知っているし、ふだんならうんざりするところだが、給仕たちの気前のいいサービスで空っぽの胃袋を満たし、コーヒーを飲みたいだけ飲めるのはありがたかった。

わたしがペストリーの最後のひとかけらを口に放りこみ、バターでべとつく指先を白いリネンのナプキンでぬぐっていると、ミリー叔母とレドヴァースが、ほぼ同時にわたしのテーブルにやってきた。ミリー叔母は警察がどういっているのか、単刀直入に訊いてきた。レドヴァースは静かに椅子に腰をおろしたが、叔母はふわふわとただようように手近な椅子を選んだものの、枝編み細工の椅子の背の縁をしっかりつかんだだけで、すわろうとはしなかった。立っていることにしたようだ。

「警察がなにか話してくれたわけじゃないわ」わたしはいった。「話をしたのは、主にわたしのほう」

「どうしてまた、あんたが彼女を発見する羽目になったんだい？」叔母の片方の手が椅子の背から離れ、ひらひらとくびすじのほうに移動した。わたしが遺体を発見したというニュースは広まっていたが、なぜそういうことになったのかという理由は知られていないようだ。「あんたはあの女と仲よくする気なんかないと思ってたよ」

わたしは顔をしかめた。「そんなこと、警察にいわないでね」ミリー叔母にわたしの性格証人にはなってほしくない。

わたしは廊下でステイントン大佐に出会ったことから説明を始めた。アンナの部屋でホテルの従業員になにか不適切な……見られては困る……そういう事態を懸念した大佐に、娘の部屋を見てほしいとたのまれたことを話す。叔母のくちびるが咎《とが》めるようにきゅっとすぼまった。叔母がなにを咎めたいのか、わたしにはよくわからなかった――わたしが殺人というあさましい出来事に巻きこまれたことなのか、アンナがなにやら不穏な事柄に関わっていた可能性があることなのか。

「まったく、なんてことだろう」叔母は少しばかり背筋をのばした。「それじゃあ、あんたがこの件に関係があるなんて、誰も考えやしないね」そこで口をつぐみ、目を細くせばめてわたしをみつめる。「関係ないよね、そうだろう?」

「ミリー叔母さん!」わたしを冷血な人殺しだとみなしたも同然の質問に、心底、ショックを受ける。レドヴァースは眉をつりあげたが、なんだか愉快そうな顔だ。

「わかったよ。あんたはなにも知らない」ミリー叔母はレドヴァースに目を向けてから、またわたしを見た。「警察の質問にちゃんと答えて、さっさと引きあげてもらいたいね。身辺を警官にうろつかれるなんて、冗談じゃない。じゃあ、あんたがかまわなければ、わたしはあのお嬢さんたちとちょっとゴルフを楽しんでくるよ」

「ゴルフ三昧なのね、ミリー叔母さん。二日つづけて?」声に嫌みや非難の響きがこもらないよう気をつけたつもりだったが、それでも叔母は、じろりとわたしをにらんだ。

「いっておくけどね、リリアンはセミプロになりたくて、懸命に練習しているんだよ」

「女性がそういう資格をとれるなんて知らなかったわ」わたしはスポーツにはまったく興味がないのだ。

「アメリカでは毎年、〈全国女子アマチュアゴルフ選手権〉が開催されているんだよ、ジェーン。あんたも同性の功績にもっと関心をもつべきだね」そういうと、ミリー叔母はゴルフ場に向かって去っていった。

わたしは叔母のうしろ姿を見送りながら考えこんだ。叔母がわたしの状態を心配することなくゴルフをしにいくと思うと、見捨てられた気がして傷ついたが、それはそれとして、叔母の反応に興味をそそられたのだ。

レドヴァースはちょっと間《ま》をおいてから、静かに訊いた。「なにを考えているんですか?」

「アンナが死んだのに、ミリー叔母が少しも関心をもっていないのは奇妙だと思いません?それに、わたしが警察になにを話したか、聞きたがらないなんて、へんじゃありません?」わたしは思わずレドヴァースに質問してしまった。「叔母が気にしたのは、わたしの身辺に警察がまとわりつくんじゃないかということだけでした」叔母には警察を避けたい理由でもあるのではないかと思ったが、それは邪推だ、ばかげていると、その疑問を打ち消した。叔母はプライヴェートなことに関しては秘密主義者だが、彼女が警察を恐れなければならない理由など、わたしにはひとつも思いつかない。

「確かに奇妙な気がしますが、ただ単に、叔母上は気が動転するような詳細を聞きたくなかっただけではないでしょうか」

「きっとそうでしょうね」とはいえ、たとえ残酷きわまりない話を聞かされようと、あの叔母が動転するかどうかは疑問だ。わたしはぬるくなったコーヒーをすすった。そしてレドヴァースの視線の先を見て、がちゃんと音をたてて受け皿にカップを置いてしまった。

浅黒い肌に毛虫のような眉毛の、いかめしい顔つきの小柄な男がこちらにやってくる。小柄なうえに針金のような細身なので、黒っぽい制服がぶかぶかだ。ぴかぴかの金バッジがついている白いベルトの下のポケットは、シガレットケースの形にふくらんでいる。ぱりっとした上着には縦にずらりと真鍮《しんちゅう》のボタンが並び、胸のボタンの横に、軍服ではおなじみのリボンが幾筋も付帯している。頭には縁なしの黒い帽子。イスラム教徒の男子はこういう帽子できちんと頭をおおうらしい。

ハマディ警部のお出ましだ。

9

「ミセス・ヴンダリー？」ハマディ警部の声は低く、ヘヴィスモーカーらしくかすれている。

わたしは警部がレドヴァースに一瞥《いちべつ》もくれないことに気づいた。「はい」わたしは警部とレドヴァースの中間あたりを見ていた。「こちらはミスター・レドヴァース」

警部はちらっとレドヴァースに目をくれ、軽く頭をかしげた。「どうも、レドヴァース」

「どうも、警部」レドヴァースが応じる。

ふたりの応対から、わたしがレドヴァースを紹介したのは、まったく無用だったのがわかった。警部はこちらが勧めもしないのに、空いていた枝編み細工の椅子を引いて、腰をおろした。

「今朝の出来事を話していただけますか、ミセス・ヴンダリー？」

「もう何度も警察のかたに話しましたけど」わたしがそう応じると、警部の毛虫眉毛がそろりと南下した。わたしはあわてて、喜んで話すといって警部をなだめた。水をひとくち飲んでから、今朝の出来事を話した。警部のために。

「羽毛？」この点に、レドヴァースが反応した。

警部は軽く不快感をこめてレドヴァースをにらんだが、わたしが口を開こうとすると、それに先んじた。「ええ、銃弾が何発も枕を貫通していました。銃声を消すために、犯人が枕を使ったとみられます」

アンナのベッドルームに多量の羽毛が散っていたことは、先ほどレドヴァースには話したのだが、警部の説明で、この羽毛には大いに意味があったのだと、いまになって了解した。レドヴァースが警部の説明にうなずくと、警部はわたしに話をつづけるよううながした。

「ミス・ステイントンと最後に会ったのは?」椅子にすわっていても、細身ながらも警部には驚くほど迫力があり、ことばはシンプルだが、深い意味がこめられていて重みがある。

「昨夜、見かけました。このテラスで。ミスター・レドヴァースとわたしは端のテーブルについていたんです。あちらの」昨夜、そのテーブルが置かれていたほうを指さす。「わたしたちはふたりとも、彼女が若い男性といっしょにパーティ会場からぬけだしていくのを見ました。ホテルの敷地のどこかに向かっていたようです。もしかすると厩舎《きゅうしゃ》かしら? 刑事さんたちにも話したとおり、若い男性の顔は見ていません」

「ええ、昨夜はほかのホテルからも、若い男たちが大勢来ていました」ハマディ警部はいった。「その若者がどこかのホテルに滞在している可能性はあります」警部はポケットに手を突っこんで、ハンカチにくるんだ小さな品を取りだした。

「問題はこれなんですよ、ミセス・ヴンダリー」ハンカチのなかから現われたのは、わたしのブローチだった。どこかにしまい忘れたブローチ。金に緑と青の宝石がはめこまれた小さなスカラベ。

「これがアンナの部屋にあったハンドバッグから発見されました。あなたのものだという証言があります。どうして彼女のハンドバッグにあったのか、わかりますか？」警部の黒い目が光る。レドヴァースに目を向けると、彼はかすかに顔をしかめていた。

「さっぱりわかりません」だが、頭のなかの歯車がくるくると回り、忘れていたことを思い出させてくれた。「あ、待って！　二日前の夜、ミス・ステイントンがバッグを落として中身が散らばったので、わたしはそれを拾うお手伝いをしました。そのときにそのブローチが落ちて彼女のものと紛れてしまい、バッグに入れられてしまったんじゃないかしら」

「でも、あなたはブローチがなくなったことに気づかなかった？」

「気づきましたけど――」

警部はわたしの話をさえぎった。「返してほしいとたのむ時間はたっぷりありましたね、ミセス・ヴンダリー。そう、一日以上も」

まさかアンナが持っているとは思いもしなかったのだと、わたしはもごもごといった。

「このかたがいっていることはほんとうだよ、警部。あのとき、わたしは一部始終を見ていた」レドヴァースは片腕を椅子の背にかけ、リラックスしたポーズをとっていたが、警部に向けられた視線はするどかった。

警部はいまいましそうなまなざしでレドヴァースを一瞥して、彼の言を聞き流した。

「それ、返していただいていいですか？」胃がもやもやしているが、わたしはブローチをとりもどしたかった。

「だめです」警部はスカラベのブローチをハンカチに包みなおし、上着の内ポケットにしまいこんだ。「殺人事件の捜査のうえで必要なんですよ、ミセス・ヴンダリー。今朝、午前五時ごろ、どこにいましたか?」

遠回しの質問に、わたしは目を大きくみひらいた。有事のさいにそなえてしつけられたとおりに、速くなった心臓の鼓動を抑えようと、深く息を吸った。

「どこにいたんですか、ミセス・ヴンダリー?」ハマディ警部はせかせかと重ねて訊いた。

昨夜遅くレドヴァースが部屋まで送ってくれたことを話し、事件が起こった時間にはベッドで寝ていたと説明する。

警部はわたしとレドヴァースをじっとみつめた。口にはしなかったものの、警部が勘ぐっていることがわかり、わたしは狼狽した。「なるほど」警部はこほんと咳払いした。「おとといの夜、あなたはミス・ステイントンと口論したそうですね」

あれは事故だったと、わたしは説明した。お酒がこぼれ、彼女のバッグが落ちたのだ、と。だが、その反論は、自分の耳にもなんだか弱々しく聞こえた。

「あらゆる報告を総合すると、あなたがたふたりのあいだには確執があった。ここにいる紳士をめぐって」警部はレドヴァースのほうにくびをかしげた。警部の告発に対し、わたしはことばもなかった。口が半開きになり、頰が熱くなる。あまりのことに、レドヴァースの顔を見ることすらできなかったが、目の隅で、彼がいかにもやりきれないというふうに頭を振っているのが見えた。

「いっておきますが、現在、部下たちがあなたの部屋を捜索しています。なにか隠していても、必ずみつかりますよ」警部は読みとりがたい表情でそういった。

わたしは正式な令状がどうこうといいかけたが、腕にレドヴァースの手が置かれたので、口を閉ざした。食べたばかりのペストリーが胃のなかで石と化した。胸がむかついてくる。これで今朝は二度目になるが、吐き気と闘う羽目となった。

わたしは銃の撃ちかたも知らないし、そんなものがどこで手に入るのかも知らないと、いくらそういう事実を述べても、警部は関心すら示さない。わたしの声は、耳に入る前に霧散してしまうようだ。こちらはパニックに駆られたせいで、警部に我が身の無実を訴える声が、いつもより一オクターブは高くなってしまったというのに。

「このホテルを引き払おうなどとは考えないでくださいよ、ミセス・ヴンダリー」ハマディ警部はくちびるをゆがめ、感じの悪い笑みを浮かべて立ちあがった。「また連絡します」

部屋にはなにも隠していないから、警察がわたしを告発できるようなものなどみつかるわけがない。それがわかっていても、胃のもやもやは薄れそうもなかった。嫌疑をかけられていると思うと、恐ろしくてたまらない。死刑が当然とみなされるのではという考えが頭に浮かび、パニックで息が詰まりそうだ。この国の司法制度にどれほどの効力があるのか、あるいは制度そのものが腐敗しているのか、わたしは知らない。暴走しそうな思考を抑えようと、わたしはくりかえし、ゆっくりと長く深呼吸した。

それにしても、レドヴァースとわたしに関する警部の勘ぐり――彼を奪いあってアンナを殺したのではないかという――が、汚れた雲のように空中にいすわっている。それに対してどう抗議すればいいのか、さっぱりわからない。少し考える時間が必要だと思い、テラスの端をうろうろしている給仕に合図して、コーヒーのお代わりをたのんだ。

幸いなことに、わたしは先ほど、レドヴァースがハマディ警部を知っているのではないかという疑問をもったことを思い出した。

「警部とは前からお知り合いだったようにお見受けしましたけど」声が震えている。手も震えている。

「別の件で、以前に顔を合わせたことがあります」

「それは質問に対する答とはいえませんわね」

「質問だったとはいえませんよね」レドヴァースはすばやく話題を変えた。「昨夜、アンナといっしょにいた男が誰か、わかりましたか?」

レドヴァースが巧みに話をすりかえたことには気づいたが、それを非難する論点がない。わたしはくびを横に振った。このホテルでは見かけたことがなかったからだ。とはいえ、昨夜から宿泊している若いひとたちは、ほとんどが新来の客だった。

「わたしも見憶えがなかった。だが、警察はあの男を捜すでしょう。もちろん、パーティに出入りしていた者たちも全員捜すはずです。そのうちの誰かがなにかを見ていて、あなたへの嫌疑を晴らしてくれるんじゃないかな」

わたしはすわったまま背筋をのばした。「ちょっと思い出したことがあります。おとといの夜、アンナにうしろからぶつかって彼女のバッグを落としたミスター・サマラのことなんですけど。わたしには、彼がわざとぶつかったように見えました。なにか目的があったんじゃないかしら」たぶん考えすぎだろうが、わたしとしては藁にもすがりたいほど絶望的な気分なのだ。

レドヴァースは目を細くせばめた。「彼がわざとぶつかるのを見たんですか？」

「ええ、確かに」頭のなかで一昨夜のことをもう一度おさらいする。バッグが床に落ちる寸前に、白いリネンのスーツがすっと通りすぎる光景が見えたが、こうして思いかえしてみると、なんだかその記憶もあやしくなり、確信が揺らいできた。

「それが彼だったのはまちがいありませんか？　どうしてなにか目的があると思ったんですか？」レドヴァースの口調はするどく、わたしは思わず腰が引け、椅子の背もたれに背中を押しつけてしまった。けっきょく、警察に語るほどのことではない、取るに足りないことなのだ。だが、それはつまり、わたしは犯してもいない殺人という責めからは、依然として逃れられないということでもある。

わたしの胸の内の思いを読みとったかのように、レドヴァースのまなざしがやわらかくなり、心配そうな表情になった。「たとえ、あなたの目にそう映っただけにしろ、警部にいっておく価値があると思いますよ。ハマディ警部はあなたを怒らせて情報を得ようとしていたんです。警部の頭のなかに、ほかの容疑者がいるのはまちがいありません」

それを聞いて心から安心したとはいえないものの、レドヴァースの思いやりには感謝した。

警察がこの事件を早急に片づけたいと考えているのは確かだ。外国人が殺されたという事件は、観光業にとってはマイナスでしかない――特に、社交界の花ともいえる、若い魅力的な女性が殺されたとあっては。だが、警察が無実のわたしに罪をきせて事件解決にもっていこうとするのなら、それは大きなまちがいだ。悲惨な結婚生活を体験をした過去を思えば、もう二度と、踏みつけにされて泣き寝入りしたくはない。

結婚に対する、わたしの少女めいた夢は、夫となるひととのあいだに、信頼と愛情と対等の関係があるという基盤のうえに築かれていた。だが、それはしょせん、夢にすぎなかった。夫はスーツをあつらえるように、ごくたやすく、愛想のいい外面をとりつくろうことができた。若かったわたしは、夫の外面の下に、腐りきった本性が抑えこまれていたことを見抜けなかった。それをいまでも悔やんでいる。だが、求婚から婚約、結婚にいたる過程は、旋風さながらだったのだ。ミリー叔母から叔母の夫の甥であるグラントに引き合わされたのだが、じきに、わたしはグラントが獲得すべきトロフィーとなった。獲得してこわすべきトロフィー。

わたしは深い吐息をもらし、過去を押しやった。今回の殺人事件は真犯人を牢獄に入れることで解決する。たとえ、わたしが自分の手でそうしなければならないとしても。

10

レドヴァースはしばらくわたしにつきあってくれた。その間《かん》ずっと、心配そうなまなざしを向けてくれていたのが心にしみた。わたしの状態を気にかけてくれる他者が、少なくともひとりはいるということがとてもうれしい。だが、もう充分だ。よく考えるために、わたしには時間が必要だと思い決めて、レドヴァースには自由に行動してもらうことにした。彼はカイロで用事があることを認め、わたしに心配そうな一瞥《いちべつ》をくれてから去っていった。いつもなら、いったいどんな用事なのだろうと気になるところだ。だが、いまのわたしの思考は、このホテルにいる人物で、銃を持ち、なおかつアンナ・ステイントンを殺す動機のある者は誰か、それを知りたいというほうに向いていた。アンナは好感をもてる人物とはお世辞にもいえなかったが、かといって、若い女性を殺す動機となると、なかなか思いつかない。

ふいにハマディ警部にホテルの敷地から出ないようにと釘を刺されたことを思い出し、思わず不満の声をもらしてしまった。ピラミッド見物をとても楽しみにしていたのに、無期限延期にせざるをえなくなったのだ。メナハウスはとてもすばらしいホテルだが、敷地内から出られないと思うと、閉塞感で頭がおかしくなりそうな気がする。それに、禁足状態だからといって、殺人の嫌疑をかけられているという不安と苦痛が軽減するわけではない。

あれこれ思い悩んでいるさなかに、すぐそばで、咳払いらしきものが聞こえた。目をあげると、アモン・サマラが立っていた。

「マダム、お邪魔して申しわけありません」洗練された、軽く訛りのある声が頭上から降ってきた。「ですが、どうしてもマダムのことが気になったものですから」

わたしはなんとか笑みを作った――心からの笑みに見えるといいのだが。よりによってこんな最悪のときに、サマラが堂々と近づいてくるとは想像もしていなかった。内心ではすげなく追い払いたかったが、無作法なまねはしたくない。それに、サマラとアンナが知り合いだったのかどうか、興味があった。

わたしは片手をさしのべた。「ミセス・ヴンダリーです」

サマラは握手をするかわりに、やわらかい手のひらでわたしの指先を軽くつつみ、手の甲にキスをした。いかにも紳士然とした自然なマナーだが、どうにも気にくわない。

「アモン・カナム・サマラです」そういってわたしの手を放す。「ですが、アモンと呼んでください」

作り笑顔がひきつってくる。わかったというしるしに軽くうなずいたが、ではわたしをジェーンと呼んでとはいえなかった。

「では、アモン、なにかお飲みになりますか?」わたしのこれまでの人生は、男性に飲み物を勧める運命に司られていた。だが寡婦になったからには、そういう屈辱からは解放されたのではないかと思う。夫がゆったりとくつろいでいるあいだ、わたしは彼の一挙手一投足を見守るように要求されたことを思い出し、怒りで手が震えてきたので、膝の上で両手をぎゅっと握りしめた。夫、グラントの要求にすぐさま従わないと、その報いを受けたのだ。報い——それにともなう苦痛が贖《あがな》いになるとはとうてい思えない。それは一度でわかった。夫の残忍さはわたしの無垢な心をあっさりと、こなごなに打ち砕いた。

「マダム、そうお勧めするのはぼくのほうですよ」サマラはうろうろしている給仕に合図して呼びよせ、アラビア語で長々となにかをいいつけた。わたしはサマラが単にお茶を注文しただけではないのではと疑った。その疑念は的を射ていた。わたしのコーヒーカップは片づけられ、新たなペストリーと飲み物が運ばれてきた。いかにも主人《ホスト》然とした、彼のずうずうしいふるまいに、わたしは腹が立った。

「どちらからいらしたんですか、アモン？」純粋な好奇心からというより、いらだちを隠すために、わたしは訊いた。今朝の出来事を思えば、こんなありきたりの会話をしているなんて、自分でも信じられない。サマラは周囲でくりひろげられている騒ぎに気づいていないのだろうか。ホテルぜんたいが大騒ぎしているというのに。

それとも、わたしからなにか情報を得ようと、わざわざ近づいてきたのかもしれない。

「ぼくはこの数年、あちこち旅をしていますが、もともとはエジプト生まれなんですよ。姉は現在のエジプト王と結婚していました。英国政府の傀儡《かいらい》の王と」

見知らぬ人間に初対面の席で披露するには、あまりにも無防備な、個人情報の暴露のように思える。わたしは思わず目を細くせばめていた。

「ぼくは根っからの革命家なんです。あの強国から自由を勝ちとる手段をみつけようと、地元の同胞たちに会いにきたんですよ」洗練された声がするすると話を紡いでいく。なめらかに、淡々と。

サマラの話を聞くほどに、万全に準備された独演会めいているという思いがつのってきた。みずから革命家を名のる男にしては、その声には〝情熱〟が欠けている。ふつうなら、そのためなら死んでもいいという強い意志のきらめきがあるはずなのに、サマラの口調は、まるで天気の話でもしているようだ。とすると、この見えすいた話の結末はどういうものなのだろう？

わたしはサマラの関心を読みちがえていたようだ――彼はホテル内のゴシップにはまったく興味がないらしい。

独演会の終わりに、サマラは必殺の微笑――本人はそう確信しているらしい――を見せた。お返しに、わたしは作り笑いをしてやった。そしてもっとあたりさわりのない話題をもちだした。

「どうしてこのホテルに滞在なさっているんですか？」

殺人事件のことを聞きおよんでいるかどうかと、鎌を掛けるような、少しばかり緊張を強いられる質問だったが、わたしは彼の口からその話を引き出したかったのだ。

「ここはとても贅沢《ぜいたく》なホテルですよね、そうじゃありませんか？　かつては離宮だったので、王そのひとが、まさにこのテラスからガーデンパーティに臨んでいたそうですよ。さてさて、このガワーファのジュースを試していただかなければ」

トレイにぎっしり並んでいる飲み物のなかから、サマラはねっとりしたオレンジ色のものを勧めた。

「元気が出ますよ。マダムのお国のことばでは〝グアヴァ〟というのだと思いますが」

「あなたも英語圏のかただという印象を受けますね。とても流暢《りゅうちょう》に英語をお話しになる」気が進まないながらも、わたしはその飲み物をひとくち飲んでみたが、おいしいとうなずかざるをえなかった。冷たくて、クリーミーで、元気が出る。おまけに、いまだにおちつかない胃のもやもやを鎮めてくれる効果があった。飲んだとたんに、胃がすっきりしたのだ。

サマラはつかのま黙りこんだが、すぐに復活した。「何年も英語を勉強しましたから」

彼が蜂蜜とバターをたっぷり使ったペストリーを食べているのを、わたしは軽い嫌悪感を覚えながらじっと見守っていた。そして、非の打ちどころのない身なりなのに、カフリンクをつけていないことに気づいた。シャツの袖口が上着の袖の下に引っこんでいる。昨日の夜につけていた、あのきらびやかなカフリンクはどうしたのだろう。

「すみません、朝食をとりそこねてしまったもので」サマラは次々とペストリーを頬ばる合間に、弁解がましくそういった。

「お気になさらないで」サマラの食べっぷりに不快感を覚えている自分が、ふいに情け知らずに思えた。空腹は忌むべきことだから。

「ご結婚なさっていないんですね、ミセス・ヴンダリー？　あなたのように魅力的なご婦人なら……」

サマラはわたしの指輪のない薬指に目を留め、語尾をにごした。

「寡婦ですの」この話題はこれきりとばかりに、すっぱりと断ち切るようにいう。うなじに怒りが這いあがってくる。彼の目つきが気にくわない。わたしが血統正しい雌馬であり、買うに値するかどうか見定めるように眺めまわす、その目つき。初めて会ったときのグラントの目つきと同じだ。もしアモン・サマラが死んだ夫と同じ部類の男なら、わたしの人生に介入したり、わたしの時間を独占する資格など、これっぽっちもない。

「部屋にもどらなくては。叔母が待っていますので」

それは嘘だが、わたしはもうすでに、サマラとこんな会話をつづける気を失っていた。

「もう行かれるのですか、ミセス・ヴンダリー？　お知り合いになったばかりなのに」アモンは不満そうに下くちびるをちょっと突きだした。それを目にしたとたん、わたしは反感を覚えた。この表情はほかの女たちには効果があるのだろうか。きっとそうなのだろう。いまこのテラスにいるあらゆる年代の女性たちが、戦時中の食料配給時代に肉屋の店先で新鮮な肉を見ていたような目で、サマラをみつめているにちがいない。

「行かなければ」わたしは立ちあがり、テーブルに所狭しと並んでいる皿の下敷きになっている本をみつけだした。「まだここの暑さに慣れていませんので、少し頭痛がしてきましたし」そういって去ろうとしたが、かろうじてマナーを思い出した。「お話と飲み物をありがとうございました。そのうちにまた、お話ししましょう」そうはいったものの、このホテルに滞在しているあいだ、二度と彼とは話をしたくないと思っていることをサマラに隠せたかどうかは、はなはだ疑問だ。

わたしがテーブルを離れると、その空いた席につこうと、数人の女性客が移動しはじめた。このぶんでは、アモン・サマラが話し相手に不自由することはなさそうだ。

急いで席を立ってしまったので、アンナ・ステイントンを知っていたかどうか、サマラに訊けなかった。しまったと思ったが、いまさらとって返すわけにはいかない。アンナが殺されたことをアモン・サマラが知っているのかどうか、あとで調べなくては。

あるいは、彼がなにを知っているのかを。

11

部屋ではおちついていられそうもないので、プールに行ってみることにする。今日もいい天気で、テラスにいたときは暑さを肌で感じていた。本を手に、プールサイドのパラソルの下にすわり、ときどき足をプールに浸す——じつにすてきな気分転換になりそうだ。自分が殺人事件の嫌疑をかけられているという事実が、頭のなかで、ぐるぐる回っているし、目を閉じると、どうしてもアンナの死体がまぶたの裏に浮かんでしまう。ひと泳ぎすれば、そういう光景も洗い流せるかもしれないと、楽天的な考えが浮かんだのだ。

警察の強制的な捜索が終わっていますようにと願いながら、部屋にもどる。ポケットを探ると、ルームキーが一個ではなく、二個もあった。どうしてなのか理由がわかると、思わず呻いてしまい、誰かに見られていないか、呻き声を聞かれたのではないかと、あわてて周囲を見まわした。

廊下にはわたししかいない。

アンナの部屋のキーを持ち出したことをすっかり失念していた。安堵が波のように体内を駆けめぐる。ハマディ警部に身体検査をされなくて幸いだった——もし身体検査をされていたら、わたしは即刻、牢獄送りになっていただろう。

アンナの部屋のキーをステイントン大佐に渡すつもりで持ち出したのだが、いまとなっては手遅れだ。しかも、いまのわたしは事件の容疑者なのだから、大佐にキーを渡したりすれば、いっそうあやしまれるだろう。とっさに判断する――最善策は隠してしまうことだ、と。だが、わたしの部屋のどこかに隠すというのは、決して賢明な案ではない。警察がまた捜索するといいだしたら……。

わたしは自分の部屋のドアをみつめてから、廊下に視線を転じた。廊下のなかほどのところに、目立たないシュロの鉢植えが置いてある。その鉢植えを眺めているうちに、黙って持ち出してしまったキーを隠すには、もってこいの場所ではないかと思いつく。もう一度――じつをいえば何度も――廊下をきょろきょろと見まわし、誰もいないことを確認してから、陶器の鉢の隅っこ、薄い表層の土のなかにキーを押しこんだ。

ほっと安堵の息をつき、わたしは自分の部屋に入った。警察の捜索で部屋のなかがめちゃめちゃに荒らされているかと思ったが、そんなことはなかった。だが、衣服をはじめ、私物は徹底的に調べられたようだ。荒ぶる気持を鎮めようと、いろいろなものをきちんと片づけた。それがすむと、水着をひっぱりだした。ネイビーブルーのウール地で、型もおとなしい。体の線を強調せず、背中から太股まですっぽりとおおってくれる水着だ。旅行前の買い物に出かけて、これをみつけたときはうれしかった。

だが、水着に着替えて部屋のなかを見まわしたときは、思い出の喜びも半減した。部屋のなかに警官はいないが、ここはもはやわたしの部屋とはいえず、ふと気づけば、背後にひとが立っているということもありそうだ。部屋を替えてほしいとたのもうかと思ったが、最終的には、そうしないことに決めた。部屋替えなんかしたら、その理由を疑われて、いっそう警察の目が光るだけだろう。

水着の上に、だぶっとした白いズボンとレモンイエローのブラウスを着こみ、踵《かかと》の低いサンダルを履《は》く。ドアに向かおうとして、水泳用のキャップが必要なことを思い出し、あわててキャップをつかむ。

プールエリアに出ると、立ちどまってエリアぜんたいを眺めた。プールの横幅いっぱいに、白い化粧漆喰《しっくい》の建物の壁がのびている。大理石の柱の長い列が、その影をわたしのいるところまで落としている。ほかに、着替え用のキャビンも並んでいる。わたしは部屋で着替えたほうがよかったのか、それとも、この専用更衣室を使ったほうがよかったのか、よくわからなかったが、どちらでもいいように思えた。四方のプールサイドには白いラウンジチェアが置いてあるが、どれもカラフルな水着姿のひとに占められていた。あちこちで開いている縞模様の大きなパラソルが、この光景のアクセントとなっている。熱い空気には日焼けオイルのにおいがまじっている。どの椅子も、ひとがすわっていたり、空いていても、プールのなかで水をはねかしているホテル客たちのタオルや私物が置いてあったりして、ほぼ満席状態だ。冷たいプールで泳ぐ気がないのは、どうやらわたしだけらしい。手びさしで陽光をさえぎりながらプールサイドを見まわすと、わたしと年齢が近いカップルがすわっている椅子の隣に、一脚、空いている椅子があるのが目に留まった。椅子に寝そべって陽ざしをあびている女性の横の椅子が空いていて、パラソルの陰にもなっている。わたしはその椅子をめざした。

「この椅子、空いてますか?」

カップルは目をあげて、にっこり笑った。

「ええ、空いてますよ！　どうぞ、どうぞ」若い女性は空いている椅子に手を振った。

わたしは椅子を静かな場所に引っぱっていき、本を読むつもりだったのだが、そうはいかないようだ。それではカップルに対し、あまりにも失礼な気がする。そこで、わたしもにっこり笑って座席に本を置いてから、赤い縞模様のパラソルの陰にすっぽりおさまるように椅子の位置を調整した。

カップルは、ディアナとチャーリーのパークス夫妻だと自己紹介してくれた。ディアナは帽子をかぶっていないが、水着は最新の型のものだった。ストライプ入りのネイビーブルーで、白い数字がついている。わたしの水着よりもずっと肌の露出度が高く、泳ぐよりも見せびらかすのに向いている。その水着姿で、陽光を避けたりせずに、太陽の恵みを満喫している。どうして茹でたロブスターのように赤くならずに肌を焼けるのだろうかと、わたしは不思議だった。じっさい、彼女の形のいい長い脚は、みごとに金色がかった小麦色に日焼けしている。

「ジェーンよ。お会いできてうれしいわ」

「こちらも」ディアナはそういい、チャーリーも同感というように微笑した。この夫婦はたがいに気を許し、満ちたりているようだ。ふたりのおかげで、今朝、あんな出来事に巻きこまれたというのに、わたしものどかな気分になり、骨の髄《ずい》までくつろげた。

チャーリーは背が高く、ひょろっとしているが、細身なのに筋骨たくましい。その鍛えられた体を見ていると、誰かを連想したが、いまにも舌先から出てきそうで出てこないことばのように、その誰かが誰だったのか、どうしても思い出せなかった。チャーリーの顔は長く、うしろになでつけられた砂色の髪が冠羽のように突っ立っていて、なんだかかわいらしい。しょっちゅう手でなでつけているのだが、なでつけられたそばから、すぐにまたぴんと立ってしまう。

「どちらからいらしたの?」本を開き、若い夫婦を無視することもできたが、わたしはこのカップルに興味をもった。

ディアナはアメリカのアイオワ出身で、チャーリーは南部出身だが、父親が軍人だったために異動が多く、あちこちの基地で育ったという。最後にいたのはミシシッピだったが、そこで彼は家を離れたそうだ。南部人特有の語尾を引っぱるような話しかたをしないのは、一箇所に定住しなかったからだろう。

「でも、いまは、自分たちは世界人だと思ってるんです」チャーリーは手で空気を、いや、〝世界〟を大きくなでるようにして、そう宣言した。

ディアナはあきれたように目をくるっと回してみせたが、チャーリーに向けたまなざしには愛情がこもっていた。

「あたしたち、ヴォードヴィルの芸人なんです」ディアナは片肘をついて横向きになった。

「最後に立った舞台はニューヨークだったんだけど、アメリカにもどったら、東海岸じゃなくて、西海岸で仕事をしたいわ。暖かくてお日さまが輝いてるとこがいい」そういって満足そうなため息をつき、顔を陽光に向けた。

わたしはヴォードヴィルの芸人のことはなにも知らない。十代のときに一度だけ、父に連れられてショウを観たぐらいだ。家族向けのマチネ料金のショウだった。そうでなければ、ミリー叔母がみだりがましい娯楽場に顔をさらすようなまねを許すわけがない。そのせいか、わたしがもう一度ああいうショウを観たいとせがんでも、父は頑としてくびを縦に振らなかった。

「なにをなさっているの？」わたしは訊いた。

「チャーリーはなんでも屋。ちょっとした芝居、コメディ、トランプの手品……」ディアナは語尾をにごして、夫をちらっと見た。チャーリーは椅子の上で身じろぎしたが、その顔にぱっと笑みが浮かんだ。

「ディアナはコーラスガールからスタートしたんだけど、いまは神秘的なヘビ使いなんですよ」指をくねくねとくねらせてみせる。「すごいんだ――自分の芸の磨きかたをよく知ってる」

ふたりは秘密めかした笑みを交わした。

ディアナはわたしに目を向けた。「ごめんなさい。じつはあたしたち、ハニームーンなの」

「そうなんです！」チャーリーの目が輝く。

「まあ、おめでとう！　すてきね」心からそういえた。このふたりは気持がぴったり合っているだけではなく、たがいに相手が連れあいであることを楽しんでいる。

だがわたしは、どうしてヴォードヴィルの芸人がハニームーンでエジプト旅行ができるばかりか、このメナハウスのような高級ホテルに滞在できるだけの金銭的余裕があるのだろうかと、内心でけげんに思った。

いつのまにか、わたしはディアナを観察していた。豊かな髪はハニーブロンドだが、長い髪をまとめて丸め、ピンで留めている。いまは断髪がふつうなので、わたしはちょっと驚いた。ほかの点では前衛《アヴァンギャルド》的なのに。わたしが彼女のシニヨンに結った髪を見ているのに気づき、ディアナはにやっと笑った。

「ステージ用に長くしてるのよ。うまく髪をさばくのも演技のうちだから、長くのばしておかなきゃならないの。でないと鬘《かつら》を使うことになるんだけど、あたし、鬘をかぶるのは嫌なのよ。頭の皮膚がちくちくするんだもの」そういって、頭に手をやる。「だから、髪を長くのばしてるの」肩をすくめる。「それに、チャーリーは長い髪が気に入ってるみたいだし」

チャーリーは妻に暴露され、困ったように眉を上下させた。そのあわてぶりに、ディアナもわたしも声をあげて笑った。チャーリーの顔はコメディに向いている——ユーモラスな演技には、その顔だちがさぞ花を添えることだろう。

「もう長いこと滞在してらっしゃるの？　失礼だけど、今日までお見かけしたことがないような気がして」

「もう一週間になるんですよ」チャーリーはいった。「でも昼間は、地元のガイドといっしょに遠出してますからね……そういうガイドのことを〝ドラゴンマン〟っていうんだそうです。すごいやつでしてね。六カ国語がぺらぺらだとか。ま、彼のいうことを信じればの話ですけど」

チャーリーの説明で、どうして昼間、彼らを見かけなかったのかは納得できた。だが、この

〝楽しみを満喫したい〟カップルが、夜間にバーにくりだささないとは。

とはいえ、彼らはハニームーン中なのだ。バーでは見かけたことがないなどという話は、もちだすべきではないだろう。

「あたしたちを見かけたことがないのも、べつに不思議じゃないわ」ディアナは笑った。「昨夜はほとんどのひとがアンナしか見なかったんじゃないかな。彼女が亡くなったのはお気の毒だけど、あのドレスはねえ」

わたしはついうなずいてしまった。だが、すぐに自分が嫌疑をかけられていることを思い出し、顔をしかめる。ホテルの客になにかいうときには、よくよく気をつけなければ。

チャーリーが声をひそめた。「殺人の件はホテルの従業員に聞きましたよ。ウェイターの情報を信用するしかないんですが」

「警察にはまだなにも訊かれてないけど、そのうち、きっといろいろ訊かれると思う。このホテルにいるひとは、全員、そうなるんじゃないかな」ディアナは煙草に火をつけて、片手を振って煙を追い払った。「いつ、あたしたちの番がくるかしらね。あいにく、あたしたちは警察に話すようなことはなんにも知らないけど」

「ほんと、残念だよ」チャーリーは悲しげにそういった。「なにか知ってたら、うんと盛りあげて話してやったのに」

ディアナは笑い、チャーリーの腕をぴしゃりとたたいた。「やめて。あたしと旅をしてるというだけで、もう充分に盛りあがってるでしょ」

チャーリーはにやっと笑った。

「あなたたち、アンナとはお知り合いだったの?」ふたりとも殺人事件についてはすでに知っていたから、この程度の質問なら安全だろう。

チャーリーは軽く肩をすくめた。「カードテーブルで何度か彼女を見ましたよ。決して負けないんだ。金の賭けかたも一流のプレイヤー並みでしたね」

この話には驚かされた。アンナは容姿だけが自慢で、中身の薄っぺらい人間だと思っていたからだ。彼女がカードゲームをしているところなど、まったく想像できない——しかも、確実に勝っていたなんて。

「あたしは会ったことはないの。彼女のことは、チャーリーから聞いたことしか知らない。そりゃあもちろん、バーでは見かけたけど——そんなの、めずらしくもない話よね」ディアナはいたずらっぽい笑みを見せた。「あたしはパートナーになってくれる男を捜す必要がないけど、彼女はかたっぱしから男に声をかけてたわね」

わたしもディアナに笑みを返した。

ふたりの軽口まじりの会話を聞いているのは楽しかった。この夫婦はたがいを好ましく思い、心から愛しあっているだけではなく、いっしょにいるのがうれしいのだ。こういう結婚生活があるとは、あのころのわたしには想像もできなかった。わたしの結婚生活は、結婚前に胸に抱いていた希望とは裏腹に、ひどく悲惨なものだったからだ。わたしの両親は愛情と敬意のうえに、たがいを思いやるやさしい気持を育んでいた。結婚したら、わたしも両親のような生活を送りたいと思っていた。だが、じっさいの結婚生活は、生きのびるために汲々とするだけの日日だった。

と、そこでいきなり、わたしはレドヴァースのことを思い出した。彼と交わした気兼ねのない会話のことを。レドヴァースは〝愉快にすごす〟ことを知っているタイプのように思える……わたしはくびを振って頭からレドヴァースを追い払い、若いカップルとの会話に意識を集中した。

チャーリーとディアナのおかげで、午後は早々に過ぎていった。一度だけ、わたしとディアナはプールに入った。水は期待したほど冷たくはなかったが、それでも生き返る思いがした。プールサイドを引きあげるころには、わたしたちは三人とも、もう何年も前からの友だちだったような気分だった。

チャーリーが誰のことを連想させるのか、思い出せなくてじれったいほどだったのに、いつのまにか、そのことは念頭からきれいに消えていた。

12

ティータイムのあと、ミリー叔母はようすを検分しようとばかりに、わたしの部屋に立ち寄った。そして、わたしが単なる目撃者ではなく、殺人の嫌疑をかけられているという話を聞くと、即座に口実を作って、そそくさと部屋を出ていった。それはつまり、夕食はわたしひとりでとることになることを意味しているが、だからといって、気が重くなったりはしなかった。

プールサイドでの別れぎわに、ディアナが夕食をいっしょにとろうと誘ってくれたが、わたしは次の機会には必ずと約束して、その誘いを断った。なんといっても、めまぐるしい半日だったのだ。朝早くに死体をみつけ、警察の質問攻めにあい、そのあと数時間は、新しい友人ふたりとの親交を深めた。そんなこんなで、わたしはすっかり疲れきっていた。一日の締めくくりに、ひとりですごす時間が必要だった。

そこで、自分の部屋についている狭いバルコニーで夕食をとることに決めた。プールサイドからの帰りにフロントに立ち寄り、ルームサービスの手配をしてから部屋に向かう。

夕方の大部分の時間は、外の風景を眺めながら、一日の出来事を思いかえしてすごした。警察の捜査は進展しているのだろうか。わたしの得た情報を警察は聞こうとはしないだろうと思うと、思わず深いため息がもれた。

指定した時刻に料理が届いた。広大な庭園を見おろせるバルコニーの小さな木製のテーブルにつき、夕食をとる。だが、料理がいかに美味であろうと、気持のいい微風が吹いてこようと、思考はつねに殺人事件にもどっていった。何度もくりかえし、アンナについて知っている事柄をすべて思いかえしたが、彼女を殺した犯人の動機がどんなものなのか、さっぱり思いつかない。せいぜい、嫉妬に狂った恋人という線ぐらいだ。とはいえ、殺意に駆られるほど彼女を恋していた男がいるとは、どうしても思えない。アンナがエジプトに来てから、まだ数週間しかたっていないのだ。

だが、その恋に狂った男が故国から彼女を追いかけてきたとしたら？　わたしは頭を振った。可能性としてはありそうだが、昨日も一昨日も、あやしげなそぶりの男が彼女の周囲をうろついていたのを見た憶えはない。アンナが亡くなったいま、その線をたぐるのはむずかしい。

あれこれ考えあわせても、なんらかの解答を導きだすことなど、とうていできそうもない。

しばらく前に日が暮れて暗くなっていたので、わたしは薄い木綿の寝間着に着替えてベッドに入り、眠ろうとした。頭のなかで思考が乱れ飛ぶのを抑えきれず、輾転反側《てんてんはんそく》し、天井をにらんでいるうちに、何時間もたってしまった。

ルームキー。アンナの部屋から盗《と》ってきた――いや、大佐に渡そうと善意で持ち出してきた――キー。わたしは起きあがって枕をぱたぱたとたたいてみたが、それで眠気がさしてきたわけではなかった。やむなくまた枕に頭をつけた。隠したキーがみつかったのではないだろうか。心配になる。ああいう鉢植えには、ホテルの係の者が定期的に水やりをしているのだろうか？

水で土が洗われ、黒い土のなかに、きらりと光る金属のキーの頭がのぞいたら、当然、警察に連絡がいくはずだ。それはともかく、アンナの部屋を捜索した警察はなにかを発見したのだろうか。気になる。

あるいは、なにかを見落としたかもしれない。

思考が入り乱れて頭が休まらず、どうしても眠らせてもらえないのなら、わたしにできるのは、黙って拝借したあのキーを有効利用することだけだ。


外の音が絶え、ホテルぜんたいが静まりかえるまで待つ。じつのところ、それほど長く待つまでもなく、早くも朝の気配がしのびよってきた。

寝具をはねのけ、今日着るつもりだった服に手をのばしたが、暗がりにまぎれるには黒っぽい衣類のほうがいいと思いなおす。手持ちの衣類をみつくろい、ようやく紺の服をみつけた――陽光をはねかえすために白っぽい服を多く用意してきたのだが、日が落ちてから着ようと、濃い色のものも持ってきていたのだ。

身仕度をととのえてから、ドアの前に立ち、廊下の音に耳をすます。なにも聞こえないのを確認してからドアを開け、そっと廊下に出て、例のシュロの鉢まで行く。こそこそと周囲をうかがいながら、鉢の土をかきわけてキーをつかみだし、指先でキーの土を払い落とした。土は床を汚さずに、無事に鉢にもどった。幸いなことに月が明るいので廊下を進むのに支障はないが、できるだけ暗がりに身を隠すように気をつけた。いままでのところ、泊まり客にばったり出くわさずにすんでいる。ホテルの従業員もほとんどが休んでいるはずだが、噂によると、緊急時にそなえて少数精鋭の警備員たちが夜回りをしているという。

最後の曲がり角にさしかかると、わたしは壁にへばりついた。誰かにみつかるのではという恐怖で脈が速くなる。わたしは常習の犯罪者ではない。考えもしなかったが、もしアンナの部屋の前に警官が配置されていたら、わたしだとわかってしまうだろう。昨日の午前中、わたしは警察に、嫌というほど何度も事情を訊かれたのだ。警官全員がわたしの顔を知っているはずだ。しかも、こんな時間にこんな場所でなにをしているのか、相手を納得させられるような口実など、ひとつも思いつけないときている。

廊下は静かだ。わたしはしゃがみこんで顔だけ角から突きだし、アンナの部屋の前に誰かいないか見てみた。誰もいない。警察は殺人現場に警官を配置する必要はないと判断したのだ。わたしは小さく安堵の息をついた。

神経が高ぶって両手が震えているが、いまさら引き返すことはできない。せっかくここまできたのだ、ぜひともアンナの部屋のなかを見ておきたい。そもそものつもりだったのだから。わたしは立ちあがり、足の爪先にボールをのっけて歩くように、できるだけそっと足を動かして前に進んだ。どんなタイプの靴なら足音をしのばせることができるのか、それは知らないが、いま履《は》いている靴ならひとを蹴とばしてダメージを与えることはできるだろう。だが、ホテルの硬い床を音をたてずに歩くには、踵《かかと》の高い靴がまるっきり不向きなのはまちがいない。

当然のことだが、旅行用の荷物を詰めるときには、まさかホテルのなかを忍び足でうろつくることになろうとは想像もしていなかったのだ。あるいは、他人の部屋に無断で入りこもうとするとは。

ドアノブに手をかけ、鍵穴にキーをさしこもうとしたとたん、ぐいと肘をつかまれた。わたしは跳びあがった。誰だかわからないが襲撃者を突こうと、肘を思いきり強くうしろに引く。あやうく大声で悲鳴をあげるところだったが、それはなんとか堪《こら》えた。

肘をつかんだのは、レドヴァースだった。

わたしは胸を手で押さえた。とびだしそうになっている心臓のためには、それがベストな処置といえる。

「なにをしているんです？」レドヴァースはわたしが肘で突いた脇腹をさすりながら、ささやくように低い声で訊いた。これほど怯えていなかったら、わたしだって悪かったとあやまっただろう。

「なにをしているのかって？」小声ながらも、怒りをこめていう。「あなたのせいで、心臓麻《ま》痺《ひ》で死んでしまうところだったわ！」耳のなかで、まだ脈がどくどくと音をたてている。「どうしてわたしのあとをこっそり尾けたり……」レドヴァースが靴下はだしだということに気づき、わたしの抗議の声は途中で消えてしまった。

「あなた、銀行員なんかじゃないわね」わたしは目を細くせばめてレドヴァースをにらんだ。

「こっちはあなたのことを、きちんと教育を受けた若いレディだと思っていましたがね」

わたしはふふんと鼻先で笑ってやった。「あなたにそんなことをいわれる筋合いはないと思いますわ」そういってから、鍵穴にキーをさしこみ、ドアを開けようとした。それにしても、わたしの犯罪者としての人生は、のっけからつまずいてしまったようだ。

「そんなまねをしてはいけない」

わたしの耳もとでレドヴァースがささやき、その息で髪が揺れる。またもや脈が速くなった。今度は前とは理由がちがう。レドヴァースがわたしに指図しようとするのががまんできず、かっとなってしまったのだ。

「そんなまねって？　このキーを使うことかしら？」鍵穴にさしこんだキーをひねり、ドアノブを回す。なかにすべりこめる程度に、ドアを押し開ける。子どもっぽい反論に聞こえたとしても、いっこうにかまわない。なにより、神経が張りつめて緊張しきっているのだ。

こうしてこっそりとアンナの部屋に入りこんだりすれば、わたしに対する嫌疑がさらに増すのは自明の理だ。それを思うと、胃がひっくりかえりそうだったが、どうやら高ぶった神経も鎮まってきたので、計画を進めることだけに専念する。

そんなことをするなと指図するのは、わたしには逆効果なのだ――かえってそうしたくなる。ラバのように頑固な性質《たち》だからというだけではなく、わたしはなんとしても自分の汚名をそそぐ必要があるのだ。というか、少なくとも、どの方向に進むべきか、それを教えてくれるなにかをみつける必要がある。

うしろ手でドアを閉めようとすると、その手を押しのけるようにして、ドアのすきまからレドヴァースがするりと部屋に入りこんできた。

「いいわ、あなたもどうぞ」レドヴァースを追い出すべきだったかもしれない。「でも、静かになさってね」

にやりと笑うレドヴァースに、わたしは鼻にしわを寄せて苦い顔をしてみせた。

レドヴァースは床に散らばっている衣服を何枚か拾いあげて、ドアの下部に押しつけた。わたしにはすぐにその理由がわかった――すきまから明かりが洩れないようにするためだ。その的確な判断と迅速な行動がなんとも癪《しゃく》にさわる。しゃれた衣服がそんなことに使われるのは寂しいかぎりだが、それをまとうべきひとはもはや気にしないと、充分にわかっている。

声をひそめて話していたが、レドヴァースは暗いなかを静かに進んで、ベッドルームに入ると照明のスイッチを入れた。「なにを探そうとしているんです?」

「あなたに同じ質問をしたいわ」威勢よくそういいかえしたが、すぐに気持がしぼんでしまった。「わたしの汚名をそそぐためのものを。でなければ、真相にたどりつくためのスタート地点に立てる、そんなアイディアをもたらしてくれるものを。わたし、エジプトの牢獄での囚人生活になじめるとは思えないから」

「あなたなら、すぐに牢獄を牛耳るようになるんじゃないかな」

いいかえすのもばからしい。

「わたしはこちらから始めよう」レドヴァースはベッドルームの左側を手で示した。

わたしは腰に両手をあててドアの前に立ち、ベッドルームのなかを見まわした。わたしだって、警察がすでに捜索したというのに、なにか発見できると本気で思っていたわけではない。

なので、とりあえず、犯罪現場というものをこの目で見直してみたのだ。この部屋はわたしの部屋と同じ造りだが、こちらのほうが広い。ただし、整理整頓されているとはいえない。そこかしこに散らばった衣服や毛布はもとより、部屋じゅうが羽毛におおわれている。羽毛は撃たれたアンナが倒れていたベッドのあたりに集中して厚く積もり、そこから部屋の四方に舞い散ったように見える。ちらりとベッドに目をやったが、すぐに視線をそらした。シーツやベッドカバーに染みこんだアンナの血が乾いて、赤茶色の血痕となっていた。ベッド以外の場所を探すことにしよう。

レドヴァースは自分の受け持ち領域内で、手ぎわよく化粧台を調べている。そちらを見ているうちに、小さなソーイングキットから針と糸が取りだされ、化粧台の上に無造作に放りだされているのが目に留まった。アンナが裁縫？　日常的なこととは思えない。アンナの階級なら、縫い物はメイドにいいつけるだろう。でなければ、専門職にたのむはずだ。だのに、なぜ、ソーイングキットが？

「なにか探すはずじゃなかったんですか？　それとも、わたしを監視しているのかな？」レドヴァースは捜索の手を止めた。その声には、なにやらおもしろがっている響きがこもっている。わたしはなにも答えず、手を振って彼に作業をつづけるようにうながし、わたし自身もベッドルームのなかを検分する作業にもどった。

ワードローブと、そのなかに掛けてある衣服に目がいく。ハンガーにだらりと掛かっている裾の長いドレス。共布のしゃれた上着もそろっている。乱雑にものが散らばっている床を爪先だって歩き、ワードローブに近づいた。なかの衣類を一方に寄せる。目に留まったのは一着のドレス。重い。生地を何枚もかさねてレイヤーにしてあり、いちばん上には美しいビーズがびっしりと縫いつけられていて、ずっしりと重い。高価な品だ。思わず小さくため息をもらしてしまった——お金さえあれば、とびぬけて美しい衣服を求めることができるのだ。

レドヴァースが作業を中断して、わたしのそばにやってきた。今度は皮肉な口はきかない。わたしは指先をドレスの裾に走らせた。異常なし。ちょっと考えてから、服の内側を探ってみる。ボディス部分は厚みがあり、ビーズが集中的にびっしり縫いつけてあるせいで、とても重い。そのボディスの内側を指先で探っていくと、固く盛りあがった箇所があるのがわかった。わたしはしてやったりとばかりにほくそえみ、幾重にもかさなった薄い生地をかきわけて、盛りあがった箇所を探りあてた。その部分だけ、へたくそな縫い目で綴じてある。

「あのひと、亡くなる前に、それも、ほぼすぐ前ぐらいに、ここを縫ったにちがいないわ」

「どうしてそれがわかるんです?」

「針と糸がしまわれずに放ってあるでしょ」化粧台を手で示す。「わたしなら、使ったあとはすぐにきちんと片づけるわ」

「〝きちんと片づける〟というのは、彼女の行動の範疇《はんちゅう》にはなかったようですね」

レドヴァースの指摘はあたっている。

縫いつけてある糸の端を引っぱると、意外にもするするとほどけた。あらまあ。アンナは針仕事が得意ではなかったようだが、じつにうまい隠し場所を思いついたものだ。警察は彼女の衣類をざっと見ただけなのだ。衣服の数を考慮すれば、それもむべなるかなというところだ。

ほどけた縫い目のあいだから、イニシアルを彫りこんである金のカフリンクが二個、わたしの手のなかにぽろりと落ちてきた。イニシアルはＤＨ。縁にはぐるっと、小粒のサファイアが埋めこまれている。イニシアルは合わないが、このサイズといい形といい、前に見たものと同じだ。

「ＤＨ？」レドヴァースはけげんそうにいった。

わたしは彼の顔を見あげた。「これ、アモン・サマラのものだと思う」

レドヴァースは尋ねるように両方の眉をつりあげた。

「前に彼がこれをつけているのを見たんです――ダンスパーティの夜に。この青い宝石が照明を受けて光っていた。それで目を惹かれたのね。でも、イニシアルまでは見えなかった」そういってから、あることを思い出した。「アンナの遺体をみつけた昨日の朝、サマラはテラスにいたわたしに近づいてきて、テーブルに同席したの。だけど、そのときはどちらの袖にもカフリンクはつけていなかった。前夜につけていたカフリンクも、ほかのカフリンクも。ここにこれがあることで、その説明がつくわ」

レドヴァースは手のひらを上に向けて、片手をさしだした。わたしがその手に二個のカフリンクをのせると、それに目を近づけた。「アンナ・ステイントンはどういうつもりで、こんなことをしたのだと思いますか？」

「それは大きな疑問だわね。特に、昨日もおとといも、アンナがサマラに近づかなかったことを考えると。でも、なんとなく見当がつきます」アンナの行動を思い出してみる。「アンナはサマラを避けていたのかもしれない。そうでもなければ、彼女が金持でハンサムな若い男とふざける機会を、みすみす逃すとは思えないんですもの」

「あなたはあの男をハンサムだと思ってるんですか?」

わたしはあきれたという顔をした。「彼の容姿がすぐれていることは、誰の目にも明らかだと思いますけど。でも、わたしのタイプじゃありません」サマラに手を握られたときに肌がむずむずしたことを思い出し、思わず身震いしてしまった。この反応を、レドヴァースは見逃さなかった。

「彼に関心をもたなかった?」

「彼のなにかが……気にさわったんです。だけど、そんなことより、アンナがここまでして、なぜこの一対のカフリンクを隠したのか、そっちのほうが重要でしょう?」

レドヴァースは返事をしなかった。

わたしたちは受け持ち領域の捜索をつづけたが、これという発見はなかった。殺人とアンナの散らかし癖とで、ぐちゃぐちゃになった部屋を片づけなければならないホテルのメイドたちに、心から同情する。

ついに捜索を断念すべきだと決めたときには、暁《あかつき》の白い光が夜の闇を押しのけはじめていた。レドヴァースが廊下に誰もいないことを確認してから、ドアからそっと出る。わたしはドアを閉めた。

「おやすみ」レドヴァースは声には出さず、くちびるを動かしてそういった。わたしは眠そうにうなずいただけだ。そして、靴下はだしのレドヴァースは、彼の部屋の方向に、あるいは、わたしにそうだと思わせたい方向に、静かに去っていった。わたしも彼に倣って靴をぬいでから、彼とは反対の方向に歩きだした。大理石の床が冷たくて、つい早足になる。睡眠不足のせいで、注意力が散漫になっている。早起きの客がいないのが、じつにありがたい。

わたしの部屋がある廊下にたどりつくと、アンナの部屋のキーをシュロの鉢植えに突き立て、土をならしてカバーする。警察がわたしの部屋を一度捜索して、なにも不審なものがみつからなかったからといって、再度捜索しないとはかぎらないのだ。無事に部屋にもどると、わたしは寝間着に着替えた。そして、心底疲れはてて、ベッドに倒れこんだ。

くたくたに疲れているのに、どうしてもレドヴァースのことを考えてしまう。彼について、ほとんどなにも知らないのが気になってたまらない。謎めいている――本人が故意にそう装っているのだ。銀行員というのが、彼のほんとうの仕事ではないことは明白だ。それに、彼が信頼できる人間だという証《あかし》は、ほとんどないといっていい。そもそも、〝レドヴァース〟というのが姓なのか名なのか、それすらわからないのだ。

過去の経験から、わたしは大多数の異性は信頼できないことを学んだ――我が身を危険にさらして学習したことだ。あれこれ考えているうちに、ふっと思い出した。

レドヴァースがあのカフリンクを二個とも持っていったことを。

13

いつもの時間に起きて、体を引きずるようにしてベッドから離れたときは、充分に疲れがとれたとはいえない状態だったが、気力は回復していた。今日なすべきことは、コーヒーと食べ物で栄養をつけてから、まずはレドヴァースを捕まえて、あの一対のカフリンクを返してもらう。目下のところ、あれはわたしの汚名をそそぐための唯一のたのみの綱なのだ。警察だって、容疑という海に浮上してきた重要な証拠とみなすはずだ。だから、ぜひとも、あれを取り返さなければならない。

それから、亡くなったアンナとどういう関係だったのか、アモン・サマラに訊いてみるつもりだ。楽しい会話になるとは思えないし、あの男に近づきたくはないのだが、ほかにこれといった策がないのだ。ひとりで静かに朝食をとっているあいだに、サマラに近づくための最良の手段を思いつくかもしれない。

しかし、〝静かな朝食〟というのはメニューに載っていなかった。ダイニングルームに入ったとたん、隅のテーブルでおだやかに朝食をとっているレドヴァースが、目にとびこんできたのだ。わたしはそのテーブルに突進していった。レドヴァースはたまご料理を口に運ぼうとしていたのだが、その途中で、フォークを持つ手の動きが止まった。

「わたしのカフリンクを盗んだわね」わたしは両手をこぶしに握って腰にあてた。レドヴァースがとやかくいわずにカフリンクを返す気になるよう、わたしがかんかんに怒っていると見えればいいのだが。

だが、そうはいかなかった。

「あれはあなたのものじゃありませんよ」レドヴァースは平静にそういうと、フォークを口に運んだ。

「わたしのいう意味はおわかりでしょう？　あれを返してほしいんです」

「もう手元にありません」すまなそうにそういってから、わたしの怒りの表情を目にして、つけくわえた。「ハマディ警部に渡しました」

「あら」わたし自身、あれを警部に渡すつもりだったのだ。レドヴァースのおかげで、警部と話さずにすんだといえる。「あれの持ち主が誰かという、わたしたちの推測も話してくださった？」

「話しましたよ。推測したことはすべて伝えました。そして、その報告のなかで、それを示唆したのは、警部が第一容疑者だとみなしている人物だと、何度もくりかえしました」

その情報を消化するのにちょっと時間がかかったが、意味が理解できると、がっくりと力が抜け、勧められもしないのに勝手に椅子にすわってしまった。

「彼女の部屋をあなたひとりで調べたと、警部さんにおっしゃったのね」

レドヴァースはうなずいた。わたしのためにそうしてくれたのだとわかる。わたしがむりやりに部屋に押し入って犯罪現場を荒らしたと警部に思われないためには、レドヴァースの単独行動だとみなされるのがいちばんいい。じっさいにはわたしがその場にいたとしても。

「警部さんはあなたの報告を疑いもしなかった……」

レドヴァースはため息をついた。「ここだけの話ですが、わたしはときどき、警察と協力して仕事をすることがあるんです」

「銀行員として?」ついちくりと皮肉をいってしまった。銀行員というのは単なる口実だとわかっている。そう、でっちあげの肩書きなのだ。

レドヴァースは剣呑《けんのん》な目つきでわたしを見た。

「わたし自身は当然ながら、あなたもわたしが銀行員ではないことを知っている。ですが、ここでわたしがなにをしているのかは、いえないんです」

レドヴァースの声音も表情も真剣そのものだ。

「いわないか、あるいは、わたしをラクダの餌にするか、どっちかってことなのね」

レドヴァースの表情がゆるみ、口角がぴくりとあがって、かすかに笑みらしきものが浮かんだ。「ラクダは肉食ではないと思いますよ」

「砂漠は広大で驚異に満ちたところだわ。どこでどんなことが起こっているか、正確なことはわからないんじゃないかしら」

レドヴァースはくすっと笑った。わたしはカラフの水をグラスについだ。もちろん、わたしが飲むために。レドヴァースが笑ったことで、わたしの心臓が軽く跳びあがったため、気を紛らせる必要があったのだ。

レドヴァースに対する疑問はいちおう棚上げにしておこう。いずれわかるだろう。「それで、警部はカフリンクのことをなんていってました？」

わたしがいつのまにかレドヴァースのテーブルについていることにダイニングルームのスタッフが気づき、若い給仕がわたしの注文をとりにやってきたため、レドヴァースとの会話は中断した。給仕が行ってしまうと、わたしは期待をこめてレドヴァースをみつめた。

レドヴァースはフォークを置き、パン籠に手をのばした。「警察はアモン・サマラをもっとよく調べるでしょうね。警察はまったく彼のことを知らないわけではないが、彼を拘束することはできずにいる。いまのところ彼は嫌疑が濃いというだけなので」

「どんな嫌疑？」

「裕福なご婦人がたから金を巻きあげたとおぼしい嫌疑。しばらくはおとなしくしているはずですよ。金がなくなるまでは」

わたしは考えこんだ。「彼はエジプト国王の夫人と血縁関係があるということと、革命がどうこうという話をしてました。正直にいうと、わたしはまともに受けとらなかった。自分を大きく見せようとしているように聞こえて」

「その解釈は正しいですね。ふつう、ご婦人がたは彼のいうことをまともに受けとってしまうんですが。どちらにしろ、彼に関して、ハマディ警部から聞いた話はそれだけです。警部が持っている彼に関する捜査資料の内容は、まったく教えてもらえませんでした」

「それなら、ほかの捜査資料はくわしく知っているんですか?」我ながらなかなかいい推測だと自負したが、レドヴァースはわたしの声が聞こえなかったかのように食事をつづけた。わたしはため息をついた。ここまでか。

「検死医はアンナの死亡時刻は午前五時ごろだといってますが、この話に関心がありますか?」

これには全身が耳になった。レドヴァースの秘密がどうのという疑問は吹き飛んだ。いまのところは。

「ホテル側の証言では、一昨夜、ゲスト用の最後の送迎車輛がホテルを出たのは、午前三時半ごろだったそうです。最後までねばっていたホテルの泊まり客がようやく自室に引きあげたのは、およそ四時ごろ」

アンナの死亡時刻にカイロから来た客たちがいなくなっていたのならば、それが意味することはひとつしかない。

「だったら、アンナを殺したのが誰だったにせよ、そのひとはこのホテルに泊まっている可能性が高いんですね」

「あるいは徒歩で帰ったか。可能性としては考えられますが、およそありそうもない」レドヴァースはいった。「徒歩だと、カイロまで数時間かかりますからね」

こまかいことが気になる。「銃の出所はわかったんですか?」

レドヴァースはお茶をカップについだ。わたしは身をのりだした。

「数週間ほど前、ドクター・ウィリアムズの銃が失くなったそうです。だが、ドクターはそれを警察には届けませんでした」

　ドクター・ウィリアムズ。昨日、ホテル・ドクターと話していたハマディ警部が、その名前を口にしたのをうっすらと憶えている。「オーストラリアのかたでしょう？」

「そうです。先の大戦のさい、このメナハウスはオーストラリア軍の病院として使用されていました。ドクター・ウィリアムズは医療班の軍医として、ここに詰めていたんです。失くなった銃は、当時の軍が支給したものです。彼は……そのう……ちょっとした習癖が高じているという噂がありまして。その習癖のせいで、オーストラリアに帰国するより、中東にとどまることを強く望んだとか。メナハウスがホテルとして再開するさいに、彼をホテル・ドクターとして雇ったそうです」

「どんな習癖か想像がつきますわ」そう、想像がつく。ここなら阿片《あへん》はたやすく手に入る。それをパイプで喫って、やみつきになったのだろう。「彼に動機があるのかしら？　アンナとなんらかの関係があった？」

　レドヴァースはくびを横に振った。「警察はなにもつかんでません。もちろん、捜査しているのは彼のことだけではありません。アンナはこのホテルにいる男たちを大勢知っていましたからね」そこで少し間《ま》をおいてから、わたしに訊いた。「彼女の父親のことをなにかごぞんじですか？　ステイントン大佐のことですが」

　この質問に、わたしはショックを受けたが、すぐに立ち直った。「あのかたがあやしいとは思えません。わたしが娘さんのことを告げたとき、見るからに打ちのめされたごようすでした」あのときのことを思い出す。ステイントン大佐は心底、悲嘆にくれていた。そうではなかったか？　わたしはきっぱりと頭を振って、疑惑を追い払った。大佐ではありえない。なにをどうすれば、父親が実の娘を撃ち殺すなんて疑惑が生じるのだろう？　ほんのつかのまにせよ、その可能性を考えたことに、わたしは罪悪感を覚えた。

「大佐はまだホテルにいらっしゃるのかしら。あのあとはお顔を見ていないんですけど」大佐が自室にこもっているとしても不思議はない。ひとりで悲しみにくれているのだろう。

「ええ、まだホテルにいますよ。遺体が返されるのは、少なくとも週が明けてからのことになりますからね。せいぜいがんばっても、政府の動きはのろいんです。英国に運ぶ船の手配をするのは、そのあとになるでしょうね」

　わたしはうなずいた。しばらくふたりとも口をつぐんでいたが、やがてわたしは口を開いた。

「わたしたち、サマラと話さなくては」

　レドヴァースはわたしをみつめた。「わたしたち？　いや、それは警察がやります」

「それはわかってます。でも、わたしたちもそうしたほうが、気持がおちつきそう」

　レドヴァースは片方の眉をつりあげた。「地元の警察を信頼できない？」

　わたしはすわりなおした。「ええ、正直にいえば、そのとおりです。それがわたしのすがるべき一本の藁なんです」

　レドヴァースはなにもいわなかったが、尋ねるように眉が動いた。顔がかっと熱くなったが、悔しいことに抑制できない。彼の目とわたしの目が合う。平静な表情を崩さないように必死で努力する。成功したとはいえないが。

「これは確かだと思いますが、いまごろ彼は警察署に呼ばれていますよ」レドヴァースはそういった。

一瞬、わたしはなんの話をしていたのか忘れてしまった。

「わたしたちが彼と話ができるのは、もっとあとのことになります」

「じゃあ、それまでの時間、なにかご予定がありますか？」

「あなたの予定は？」

そう問い返してきたレドヴァースの目が、ちかりと光ったのは確かだ。からかわれているのだろうか？　わたしは赤面しないでおこうと努力するのをやめた。赤面しても目立たないように、日焼けすべきだろうか。それも永遠に。こうして、赤面するのが永遠の悩みとなりつつあるからには。

わたしは天を仰ぎ、頭を振った。「あなたは今日も、カイロにいらっしゃるんだとばかり思ってました」

「ええ、そのとおり。カイロに行く用事があるんですよ。運がよければ、警察の捜査状況をもう少しくわしく聞きだせるかもしれません」

わたしは彼に運があることを願った。

14

朝食を終えると、レドヴァースはホテルの前に停まっている路面電車《トラム》に乗りこんだ。一日に数回、このトラムはカイロ－メナハウス間を走っているのだ。古代そのままの区域に、こんなに便利な文明の利器が設置されていることに驚いてしまう。機会があれば、この双方を堪能したいものだ。

アモン・サマラがカイロ警察に留めおかれているというので、わたしはどうしようかと考えこんだ。わたしはまだ嫌疑が晴れていないので、ミリー叔母がわたしと行動をともにしたがるとは思えない。朝食をとったダイニングルームで、ディアナとチャーリーの姿は見かけなかったが、あの陽気なふたりなら、元気をもらうのにうってつけだ。あとでプールサイドを見てみよう。

ロビーまで行ったところで、わたしは胃のあたりを押さえ、低く呻きながら、のろのろと歩いた。ふらつく足どりでフロントデスクに近づき、命綱を握りしめるようにデスクにしがみついた。

「マダム！　ぐあいがお悪いようですね！」申しわけないことに、若いフロントマンは心配そうな顔でそういった。わたしが顔じゅうにびっしょりと汗をかいているため、それがさらに効果的に作用した。天火《オーヴン》で焼かれているような高温のこの国では、顔が汗まみれになるのはいかんともしがたく、いま自分がどんな顔をしているのか、充分に承知していた。

「なにか食べたものがよくなかったみたい」わたしは呻いた。ちょっとやりすぎかと思ったが、若いフロントマンはわたしの演技をまともに受けとめたようだ。

「お医者さまが必要ですね。すぐに呼びます」フロントマンは電話機に手をのばした。緊急時にそなえて、ホテル・ドクターの住まいの電話と直通になっているのだろう。

「いいえ、いいの。お手数をかけたくないわ。ドクターのお部屋を教えてくだされば、わたしひとりで行けます」大げさにやりすぎたかと心配になる。若いフロントマンは、わたしを担架で運ぼうという気満々のようだ。わたしは少し背筋をのばしてみせた。「ね？　そんなにひどくはないのよ。ただ、ちょっと気分がよくないだけ」

「ですが、とてもぐあいが悪そうです。ドクターに来てもらわなくてだいじょうぶですか？」

ほんとうはどこも悪くないのだから、フロントマンのあわてぶりがいささかうっとうしかったが、誤解させたままにしておくことにした。彼がまだ電話機に手をかけているので、急いでなだめる。

「いいえ、だいじょうぶ。自分で行けるわ」

「通常、お客さまにドクターの住まいに行っていただくことはありません」フロントマンは電話機を指先でとんとんたたきながら、そういった。

「そうでしょうけど、歩くのは体調にいいんじゃないかしら。直接お住まいに押しかけても、ドクターは気になさらないと思うわ。お住まいはどちら？」

フロントマンはあやぶむような表情をしていたが、電話機から手を離して、漠然とダイニングルームの反対側のエリアを指さした。そして角をいくつか曲がるようにいったが、わたしは二度くりかえしてもらって、彼の方向指示を頭に入れた。このホテルには廊下や短い階段がいくつもあるため、いとも簡単に迷ってしまい、目的の場所にたどりつけないことになりかねないのだ。もともとは王の離宮で狩猟用のロッジだったのが、近代的な設備を追加して、高級ホテルに改装されたという。オリジナルの建物に設置されていた高低さまざまな木製のバルコニーはそのままに、近代的な設備のととのったこのホテルはじつに魅力的なのだが、通路は迷路のようだ。わたしはフロントマンが教えてくれた道筋を呪文のように唱えながら、ドクターの住まいをめざした。

あっちに曲がりこっちに曲がりしていくうちに、閑静なエリアに入りこんだ。とはいえ、ここもホテルの一部だ。庭師や地元のガイドなど、長期雇用者のほとんどは、ホテル近くのメナヴィレッジという村から通勤している。小さいけれども自立した村は、ホテルの客の目に留まらない場所に引っこんでいるが、ホテルに付属しているのはまちがいない。ゴルフコースを進んでいけば、その村が見えるそうだ。つまり、少なくともわたしはその眺望ポイントには行けないというわけだ。ホテル・ドクターがホテルの敷地内に住んでいるというのは、わたしにとって幸運だといえる。

ドクターの住まいをみつけたものの、少しばかり不安を覚え、ドアの前でたたずんだ。いまは神経が高ぶり、ほんとうにきりきりしてきた胃のあたりを手で押さえる。ドクターが聴診器をあてれば、胃のなかでなにかが暴れまわっている音が聞こえるだろう。あのフロントマンにドクターをロビーまで呼んでもらうこともできたのだが、わたしはどうしてもドクターがどこに住んでいるのか知りたかった。というか、もっと正直にいうと、ドクターの銃が盗まれた場所を見てみたかったのだ。見たいからには、ドアをノックすべきだろう。

片手で胃のあたりを押さえ、もう一方の手をあげておそるおそるドアをノックする。

応答なし。

もう一度手をあげ、今度は勇気をふるって、力をこめてノックする。ドアの向こうでなにか動きがあるのがわかった。掛け金がはずれる音がして、ドアが広く開き、身じまいをしていない、がっしりした体格の男が姿を現わした。シャツのボタンをはめていないので、黄ばんだアンダーシャツが丸見えで、赤褐色の髪はぼさぼさだ。もう午前もなかばを過ぎているというのに、まだ寝ているところを起こしてしまったようだ。わたしと同じ高さにある血走った目から察するに、睡眠不足といったところだ。夜明けまでどこにいたのか、わたしは想像をたくましくした。いろいろな可能性が頭に浮かんだが、そのどれもが彼の仕事とは関係なさそうに思える。

「はい」そのひとことだけで、オーストラリア訛りだとはっきりわかる。

「ドクター・ウィリアムズですか?」相手がうなずいたので、わたしは話をつづけた。「胃が痛むんです。食べたものが合わなかったんじゃないかと思います。なんとかしていただけます？」

ドクター・ウィリアムズの目が細くせばまった。「ふつう、ホテル側が、患者さんを直接わたしの住まいによこすことはありません」ドクターは薄暗い部屋のなかに引っこもうとしたが、つかのまためらったようすを見せ、ドアを閉めなかった。わたしを招じ入れる気はなかったようだが、ドアを開けたままなので、わたしはなかに入った。

わたしの部屋と同じ広さの居間だが、窓を閉めきってあるために空気がよどんでいる。閉まっている鎧戸《よろいど》は埃《ほこり》だらけだ。それを開けて空気の入れ換えをしたことがあるのだろうか。たぶん、ないだろう。薄暗いなかで目を凝《こ》らしてみると、驚いたことに、部屋のなかはきちんと片づいていた。

部屋の隅でかさこそという音がしたため、急いでそちらに目を凝らしたが、音の発生源は見あたらなかった。ドクターはわたしの背後でなにか探しているようなので、わたしは部屋のなかをもっとよく見ようと、さらになかに踏みこんだ。かさこそという音が大きくなった。音の主がとびかかってきたさいにそなえ、わたしは両手を胸のあたりまであげてこぶしを握った。

その姿に、ドクターは動きを止めた。「どうしたんで……？」

「なにか音が聞こえて」

ドクターは笑い声をあげた。「わたしが飼っているウズラですよ」

また目を凝らしてみつめると、今度は床の上に鳥籠が置いてあるのが見えた。

「彼女、けがをしていましてね、わたしが治療しているんです。ウズラは暗いところを好むもので」

　自分が愚かしく思えて、わたしはこぶしに握った両手をおろした。ウズラと戦おうとしていたなんて……。

「この粉薬を水に溶かして服用してください。消化の助けになります」ドクターは小さな薬包をひとつくれた。「で、あなたはどなた？」

「ジェーン・ヴンダリーと申します。これ、ありがとうございます」わたしは薬包を示した。ウズラに怯えたせいで、わたしは胃が痛むふりをするのを忘れていた。あわてて片手で胃のあたりを押さえ、弱々しく微笑してみせる。せっかくの演技がだいなしにならなかったのだといいのだが。なにしろ、ドクターにいくつか訊きたいことがあるのだ。

「亡くなった女性を発見したのは、あなたじゃありませんか？」昨日の記憶がよみがえったらしく、ドクターの目がちかっと光った。

　あの現場での騒ぎのなかで、ドクターがわたしを憶えていたことには驚いた。そのときのわたしの記憶は少しばかりぼやけている。現場には大勢の警官や男たちが群がり、わたしは質問に答えるのに汲々としていたからだ。ドクターの顔ははっきり憶えていないが、彼のオーストラリア訛りと、彼が大急ぎで現場に駆けつけてきたことは憶えている。

「ええ、そうです。アンナとはお知り合いでしたの、ドクター・ウィリアムズ？」きっと否定の返事がかえってくるだろうと思いながら、わたしは訊いた。

　ドクターの顔に複雑な表情が浮かんだ。「ええ、知ってました。彼女は貪欲に快楽を追っていましたよ」

わたしは思わず苦笑してしまわないように、必死で自制した。いってみれば、いまのことばにどう反応するかは、わたしの名誉というか、品位の問題なのだ。「あのかた、パーティがお好きだったようですけど」声が内心の思いを裏切らないように、おだやかな声音を保つ。

ドクターは鼻で笑った。「彼女はパーティの楽しみかたをよく知っていましたよ。もっと楽しもうとすれば、ひどい恥さらしになるところでしたがね」

ドクターとの話がどこに向かっているのか、わたしには見えない。アンナが……そのう……奔放だったことは、わたしも少しは知っているが。わたしは作戦を変えた。「戦時中、ドクターはここにいらしたと聞いてます。さぞたいへんだったでしょう」

「ずいぶんいろいろごぞんじですね」ドクターは目を細くせばめたが、ふっと表情をやわらげ、わたしの向こうのどこかに目を向けた。「苛烈な戦いでした。大勢の男たちを失いましたよ」

「銃を盗まれたとうかがいました」なんとまあ——この話を口に出すなんて、自分でも信じられない。出ていけといわれると覚悟したが、ドクターは驚いた顔を見せただけだった。

「信じられますか？　何年ものあいだ、軍支給の拳銃を持っていたんですが、この部屋から盗みだしたやつがいたんですよ。そんなまねをしたやつを捕まえてやりたい。ですが、そいつがどうやってこの部屋にしのびこんだのか、さっぱりわからないんです」泥棒が肘掛け椅子のうしろにひそんでいれば幸いだというように、ドクターは部屋のなかを見まわした。

幸運が逃げていかないうちに、そして、わたしの舌が深刻なトラブルを生みださないうちに、ドクターへの質問はここで切りあげることにした。役に立つ情報が手に入ったのかどうか、よくわからない――ドクター・ウィリアムズが全面的に信頼できる人物ではないということは、なんとなくわかったが。わたしはゆっくりとドアに向かった。

「お薬、どうもありがとうございました」粉薬の薬包を掲げて、弱々しい笑みを見せた。医師との距離の近さと、部屋のよどんだ空気とで、ほんとうに気分が悪くなってきたのだ。部屋の隅からはあいかわらずかさこそと音が聞こえてくるし。薄暗がりの部屋で、これ以上長く、信頼できかねる男といっしょにいても、突然、あざやかなひらめきが得られるとは思えない。特に、ドクターが自分の銃でアンナを撃ったのではないのなら、なにもいうことはない。とはいえ、ドクターは銃を盗まれて動転したような口ぶりだったが、ほんとうにそうだろうか？

胃のあたりを手で押さえつつ、わたしはようやくドアの敷居をまたぎ、早足で明るい表に出た。背後でドアが閉まる音がしたが、数歩も歩かないうちに、ドクターのくぐもった声が聞こえた。さっとふりむく。ドクターがウズラに話しかけているのか、あるいは、電話で話しているのか。おそらく後者だろう。患者を自分の住まいに直接よこしたフロントマンに文句をいっている、というのはありそうなことだ。わたしが彼なら、やはりそうするだろう。

ドクターがドアのすきまからこっそり見ているかもしれないので、角を曲がってしまうまでは、のろのろした歩きかたで進む。角を曲がったとたん歩を速め、自分の部屋まで大急ぎでもどった。

調査しなければならないことが、まだまだあるのだ。

15

　部屋にもどると、次に誰と話すべきか考えてみた。残念ながら、話を聞きたい相手のリストは短い。わたしがこしらえた容疑者リストの見直しなど、ほんの数秒ですんでしまった。ステイントン大佐に親としての責任があるとは思えないが、一昨夜アンナと連れだって姿を消した若い男を、警察はまだ突きとめていない。わたしのリストのなかでトップを占めているのは、アモン・サマラなのだが、彼とレドヴァースがカイロからもどってくるまで、わたしとしては動きようがないときている。ふたりがもどってくるのを待つあいだは、どうしようもないので、誰かに話を聞くという案はひとまず棚上げにして、プールサイドで時間をつぶすことに決めた。運がよければ、ディアナとチャーリーに会えるだろう。

　ドクター・ウィリアムズにもらった薬包を洗面用具入れにしまい、水着に着替える。プールに行ってみると、ラウンジチェアはすべて占拠されていたし、新しい友人たちの姿もなかった。

　殺人事件のニュースを聞けば、客たちはホテルから引きあげるだろうと思っていたのだが、どうしてどうして、プールサイドの人数は前より増えているようだ。あちこちで何人かが集まり、噂話に花を咲かせている。プールサイドをうろついたあげく、裾の長いカフタンを着こんだ中年の婦人が手荷物をまとめてホテルの館内にもどるまで待ち、ようやくラウンジチェアを確保できた。すぐにそれを近くの大きなパラソルの下まで運ぶ。やはり日焼けはしたくない。日よけ帽で武装して、本を読もうと腰をおちつける。『茶色の服を着た男』をまだ読み終えていないのだ。ディアナとチャーリーがいないのにちょっとがっかりしたが、本を友にひとりでいられる時間がもてるのはうれしい。

ただし、静かな読書タイムにはならなかった。いつになったら一冊の本を読み終えることができるやら。というのは、目の隅にサマラの姿が映ったからだ。わたしは広げた本のページの縁越しにサマラをみつめた。白い水着姿のサマラは特定の誰かを捜しているのか、プールサイドに集まっている人々を見渡している。わたしは本を持つ手を高くあげて顔を隠そうとしたが、時すでに遅く、彼にみつかってしまった。わたしは彼を無視したが、彼はまっすぐにわたしのほうにやってきた。あれよあれよというまに、椅子の脚がプールサイドの石の床をこする耳ざわりな音がした。サマラがわたしのそばに椅子を引っぱってきたのだ。こんなに早く空いた椅子をみつけられたとは。すばやく右手を見てみると、そこに答があった。ふたりの婦人がいまは一脚の椅子におさまり、窮屈《きゅうくつ》そうにすわっている。

信じられない！

「ミセス・ヴンダリー、親しいお顔のかたがみつかって、うれしいかぎりですよ」

目下のところ、わたしがどんな表情をしていようと、断じて親しげな顔ではないはずだ。サマラは比喩的にそういっているらしい。

「あら、ミスター・サマラ」わたしは読みかけのページの端を折って、本をわきに置いた。サマラと話すなら、レドヴァースといっしょのほうがいい。口実をこしらえてドクター・ウィリアムズに会ったあとなので、いっそうその思いが強い。だが、サマラはきれいに包まれた思いがけないプレゼントのように、わたしの前に出現した。天気の話のような、つまらないおしゃべりをする絶好の機会をむだにするのは愚かだろう。それに天気の話なら、すぐに終わってしまう――ただもう暑いだけなのだから。サマラからなにか聞きだせれば、あとでレドヴァースに教えてあげられる。

サマラは――もう椅子をみつけてすわっているというのに――依然としてプールサイドを眺めわたしている。どこを見てもおちつかないというように、目がきょろきょろと動いている。

「なんだか気分がよくないみたいですね、ミスター・サマラ。朝は苦手なんですか?」

初めて話をしたとき、サマラにファーストネームで呼んでくれといわれたが、彼と親しくなる気など毛頭ないので、今日はアモンとは呼ばない。その点に関していえば、彼とはどんなつきあいもしたくないのだ。

サマラは雄弁なため息をついた。「悲惨だったんですよ、ミセス・ヴンダリー。何時間もカイロ警察に留めおかれてたんです。朝食時から何時間もぶっとおしで。あいつらがどれほどばかな連中か、あなたには想像もつかないでしょうねえ」

最後はじつに重々しい口ぶりだったので、わたしはあやうく笑いだしそうになった。だが、わたしがどういう人間か、彼にさらけだす必要はない。

「ミス・ステイントンのことで、警察にいろいろ訊かれたんでしょう?」サマラがアンナと知り合いだったのではないかという疑問を、ここではっきりさせておくべきだろう。

「そうなんですけどね、ぼくはあの女性のことはほとんど知らないんですよ。警察に話せることなんか、それほどないんです」

「ほんとうに？　だったらなぜ彼女はあなたのカフリンクを持っていたんです？」自分がそれを知っていることを語っていいものかどうか、よく考えもせずに、つい口にしてしまったのだが、必死で平静な態度を崩さないようにする。

サマラはなにかを推しはかるように、わたしをじっとみつめた。それがどういうものであったにせよ、わたしに対する評価を見直す必要があるといわんばかりの目つきだ。自分の魅力が通用しない女がいるとは考えたこともないのだろう。しかも、自分に反発する女がいることも。

「どうしてそれを知ってるんですか、ミセス・ヴンダリー？」サマラの声が変わった——劇的な変化ではなかったが、変わったのがはっきりわかる。とげとげしく荒っぽい口調。これまでの洗練された話しぶりは、磨きあげた演技だったのだろうか。

「事情を聞かれていたときに、警察のかたがそういってました。それに、先夜、あなたがつけてらしたのを見た憶えがあります」なんとか切り抜ける。カフリンクをみつけたのがわたしだと、サマラに知られたくない。

「ぼくのカフリンクを憶えていた？」不信感たっぷりの訊きかただ。

「ええ、あのダンスパーティの夜に見たんですよ。嫌でも目につきました。とても目を惹く一品ですものね」これは事実だ。「でも、イニシアルがあなたのものとはちがっていたので、不思議に思いました」同じテーブルについていないかぎり、カフリンクのイニシアルは見えないはずなので、そこに気づかれないといいのだが。

「観察力が優れていらっしゃるんですね、ミセス・ヴンダリー」サマラはそういって黙りこんだ。わたしの嘘に気づいたのだろうかとやきもきしていると、また口を開いた。「あれは祖父のものだったんです——先祖伝来の家宝ですよ」

あっさりした反応だが、彼が真実を語っているのか、それとも嘘をいっているのか、どちらともいえない。だが、後者だと思うほうが安全だろう。

「それをどうしてアンナが持っていたんでしょうね、ミスター・サマラ」そう簡単に釣った魚を逃がしてなるものか。それに、その点はどうしても真相を知りたい。彼が真実を話すかどうかは疑問だが。

「ミス・ステイントンは手癖が悪かったようです。自分のものでもないのに、なにか気に入ったものがあれば、黙ってちょうだいする性癖ですよ。光りものを集める鳥と同じ。えーっと、なんていいましたっけ、あの鳥？　カササギ？」

その話をよく考えてみる。わたしはじっさいにアンナの所持品を見た。それに、彼女が金に困っているようには見えなかった。気に入ったものがあるのに買えないからといって、盗んだりする必要はなかったのではないか。もちろん、金銭的理由とは関係なく、スリルを求めてそういう行為に走る者がいることは知っているが、アンナがそういうタイプだったとは思えない。

確かに、アンナのハンドバッグにはわたしのスカラベのブローチがあったから、盗癖があったという説にうなずけないこともない。だからといって、ドレスのボディス部分に縫いこむようなまねまでして、あのカフリンクを隠していたことの説明はつかない。それに、いったいいつ、あれを手に入れたのだろう？　〝気に入ったものを黙ってちょうだいする〟性癖のせいだと、簡単に片づけていいものだろうか。あのカフリンクを手に入れるには、アンナはかなり苦労したにちがいない。そして、首尾よく手に入れると、ドレスのボディス部分に縫いこんだ。それからダンスパーティの夜、サマラがあのカフリンクをつけているのを、わたしは見ている。それからの彼女が殺されるまで彼女が殺されるまで、それほど時間はなかったはずだ。そんな短い時間のあいだに、アンナはあれを隠したのだ。わたしのブローチとはまったく別の問題だ。

胸の内では顔をしかめながらも、わたしは機嫌を取るような態度に出ることにした。ついにサマラの〝魅力〟に屈服したと思わせるように。

「そうですねえ、アンナがあなたのようなハンサムな男性に、毎日のように出会えるわけはありませんよね」歯の浮くようなセリフに、我ながら喉が詰まりそうになる。「たぶん、あなたを思い出すよすがに、カフリンクがほしかったんでしょう」

サマラの目つきがやわらいだ。「たぶん、そうでしょうね。じつをいうと、彼女がもっと若いころから、ぼくたちは顔見知りだったんです。とてもきれいな女の子で、みんなの憧れの的でしたよ」

それには賛成できないが、少なくとも、とりつく島が見えてきた。

「でも、彼女、バーではあなたと話もしませんでしたね。それにあなたは先ほど、彼女のことをほとんど知らないといいましたよ」

「ミセス・ヴンダリー、ほんとうはこういうことなんです――ぼくとアンナは恋愛関係にあったんです。でも彼女はそれを父親に知られるのを嫌がった。あの父親は、ぼくたちがつきあうのを認めようとはしなかったでしょうから」サマラは思わせぶりに自分の手をみつめた。そして、ひとさし指でもう一方の手の関節をなでながら話をつづけた。「このホテルに着くとすぐに、その件でぼくは彼女とけんかをしました。それで彼女は、これ見よがしに若い男たちとふざけはじめたんです。ぼくに嫉妬させたくて。ミセス・ヴンダリー、ぼくは彼女を愛してました」そこで目をあげて、わたしの目をのぞきこむ。「どうか信じてください」

サマラとアンナがほんとうにそういう関係だったとしても、アンナがほかの男たちといちゃついていたのは、単にサマラの嫉妬心を煽るためだったのだろうか？　サマラの傷心に同情するようなあいづちを打ちながら、彼の話にそれなりの真実が含まれているのかどうか、疑問に思った。

おそらく、真実など一片も含まれていないだろう。

「だからあのとき、わざとアンナにぶつかったんですか？　あなたが彼女の腕からバッグをはたき落とすのを見ましたよ」

サマラの姿勢がこわばった。「見まちがいですよ、ミセス・ヴンダリー。あなたが見たのはぼくではありません」

わたしはわざと、それに賛成する声を発してみせた。前は疑っていただけだったが、いまは確信に変わった。わたしが目撃した、アンナにぶつかった白いスーツの男は、まちがいなくサマラだったのだ。

サマラは咳払いして、視線を地平線のほうにさまよわせながら、話題を変えた。「ごぞんじのとおり、アンナは寛大な人間だったんですよ」

それを聞いて、わたしは自分の眉が高くつりあがり、額の生えぎわのなかに迷いこんでしまったのではないかと思った。だが、サマラはわたしの表情には気づかなかったようだ。

「彼女はカトリックの孤児院で働いていたことがあります。彼女自身はカトリック教徒ではなかったんですがね。よく孤児たちに会いにいってましたよ。年に一度は子どもたちを厩舎《きゅうしゃ》に連れていき、馬に乗せてやってました」

これを聞いて、アモン・サマラが初めてほんとうのことをいっているという気がした。話の内容には驚いたが。

「でも、ミセス・ヴンダリー、先日ぼくがお訊きしたことに、あなたはまだ答えてくれてませんよ。あなたのようにすてきな女性が、なぜまだ再婚なさらずにいるんですか？　お国には求婚者が大勢いるでしょうに」

突然、歓迎できない話題に変わった。サマラがこの件を放っておく気のないことは、承知しておくべきだった。この男が裕福な女に取り入るという情報はレドヴァースから聞いていた。サマラは明らかにわたしを裕福な女だと決めこんでいるにちがいない。じっさいはその逆だと、見ればわかるだろうに。金がかかっていると思われそうな品はいっさい身につけていないのに、サマラはそれをわたしが変人だからだとみなしているようだ。確かにわたしは、かつてエジプトの王の離宮だった贅沢《ぜいたく》な高級ホテルに滞在している――だが、この旅のかかりはすべて、ミリー叔母がもってくれているのだが、サマラはそれを知らない。

たいていの女なら彼のおべんちゃらに乗せられてしまうかもしれないが、あいにくながら、わたしはそういう女たちのひとりではない。わたしの私生活について、この軽薄なプレイボーイに雑談まじりに語るなど笑止千万。歯をくいしばるしかない。文字通りに。

「そういう話はしたくありません。これっきりにしてください」わたしはサマラに怒りをこめた笑みを向けた。「頭痛がひどくなってきました」それが席を立つための単なる口実であることを隠す気もない。「では、失礼」

わたしは持ち物をまとめて席を立った。口をぽかんと開けたサマラを残して、さっさとそこを去る。自分の無作法なものいいにしろ、唐突に席を立ったことにしろ、わたしはまったく気にしなかった。サマラが頭のいい男なら、今後は、わたしを口車に乗せて私生活のことを聞きだそうとはしないはずだ。それに、今後といえば、レドヴァースに質問したいことがたくさんあった。

柱廊を歩いていると、向こうからディアナとチャーリーがやってくるのが見えた。

「もう引きあげるの?」ディアナは心底がっかりした顔を見せた。「プールサイドでお会いできればいいなと思ってたのに」

「残念だけど、暑くて頭痛がしてきたのよ」

「あの白い水着のイタチ野郎の熱気にあてられた?」チャーリーはサマラを顎でしゃくった。

サマラは早くも年配の婦人とのおしゃべりに余念がない。わたしがすわっていたラウンジチェアを占めている婦人は、マルハナバチそっくりの黄色と黒の縞の水着に身をつつみ、水着とおそろいの水泳帽をかぶっている。

笑いがこみあげてくる。「よくおわかりね。あのかたとは趣味が合わなくて」

「あんなやつ、誰とも合わないわよ」ディアナはそっけなくいった。わたしたちは顔を見合わせてにやっと笑った。

「ごいっしょに飲み物でもいかが?」サマラの視界にいたくないのは確かだが、新しい友人夫婦とも離れがたかった。

「いいですねえ」チャーリーがうなずいた。

いっしょに館内にもどるあいだ、パークス夫妻がサマラのことをどう思っているか、それを忘れないように頭のなかにメモしておいた。サマラに関して、ふたりにはいっぱしの所見があるのだ。それがどういうものか、ぜひ聞いてみたい。わたしが知らないことを教えてもらえるかもしれない。

16

自分の部屋にもどったのは、まだ昼食には早い時間だった。冷たい水でタオルを濡らして顔やくびを拭き、サマラとの会話を思いかえす。ドクター・ウィリアムズと話したときとちがい、少なくとも、ひとつふたつは有益な情報を得られた。じっさいのところ、サマラが主張したような仲だったかどうかは別にして、彼とアンナは知り合いだった。そして、彼がアンナのバッグを落としたのは、なんらかの目的があったからにちがいない。ああすることによって、どんな収穫があったのだろうか？

目的などなかったのだろう。サマラは自分を無視するアンナに、腹を立てていただけなのかもしれない。自分の存在を主張したかっただけかもしれない。

本を読もうとしたが、わたしの私生活を探ろうとする、サマラのでしゃばった質問が気にさわっている。わたしが夫を戦争で亡くしたことを、あつかましくも穿鑿《せんさく》されそうになったことが、思った以上に気になっているのだ。あんな質問をされれば、ほかの女なら多少うるさがる程度かもしれないが、わたしの結婚生活は、人生という本のなかで、そこだけ封印をしてきっちりと閉じてしまった一章なのだ。誰にも破られたくはない封印。だのに、サマラのぶしつけな質問と、アンナが殺された事件とのストレスのせいで、わたしの暗い記憶を完璧にしまいこんでおくことができなくなっている。早々にやめていった何人ものメイドのことや、必死で隠そうとした青いあざや、出血した傷に塗った軟膏のにおいが、ふっとよみがえってくる。記憶と胃のもやもやが残る。

昼食時間が近くなったので、このところ、ミリー叔母をみつけることにした。なにしろ、わたしは叔母の旅の連れなのだから。一日のうちで叔母の姿を連続して見るのは、五分そこそこなのだ。叔母のほうがわたしを避けているというのが事実であれ、わたしは自分の義務を放棄しているようで、なんだかうしろめたい。

叔母は警察をきらっている——これもまた、その理由を究明したいことのひとつだ。カフリンクの発見と、サマラに対する警察の尋問。この二点で、わたしは第一容疑者ではなくなったと考えていいのだろうか。ぜひそうであってほしい。もしそうなら、ミリー叔母もわたしを寛大にあつかってくれるだろう。

ミリー叔母の部屋に行ってドアをノックしたが、応答がなかったので、ダイニングルームに向かう。サマラに出くわさないといいのだが。彼は頭痛の種なので、いまは顔も見たくない。ダイニングルームの片隅のテーブルで、ミリー叔母は、例の若い女性ふたりと同席していた。

叔母はわたしを見て、かすかに不安な表情を浮かべた。

「心配しないで、ミリー叔母さん。警察は新しい第一容疑者をみつけたの。安心していいわよ。警察の目はよそに向いてるから」

「そうかい」叔母はちょっと考えこんだ。彼女がわたしを同席させようかどうか迷っているのだとわかり、わたしは胸に軽い痛みを覚えた。「なら、いっしょに昼食をとろう。わたしたちもまだ注文してないんだよ」

わたしはなんとかうれしそうな笑みをこしらえ、空いている椅子に腰をおろし、メニューを眺めた。なにを食べるか決めたところに、給仕が注文をとりにきた。注文をすませると、叔母とリリアンはいろいろなゴルフコースの特性について話しはじめた。リリアンがほかのゴルフコースとメナハウスのゴルフコースとを比較して、評論している。叔母は注意深く耳をかたむけて聞いているが、わたしはふたりの若い女性を観察する機会を逃さなかった。

ふたりのうち、リリアンよりもマリーのほうが暗い感じがする。黒っぽい髪、浅黒い肌。背はマリーのほうが低い。リリアンより丸っこい体つきで、子どもっぽい太りかたがまだ抜けきっていない。一方、リリアンは背が高く、アスリートらしい体つきだ――いかにもスポーツ万能という感じ。リリアンは赤褐色の髪を短く切っているが、マリーのような流行のボブカットではない。実用一点ばりの断髪のようだ。彼女がなまくらなハサミで自分で切ったと聞かされても、驚きはしない。だがリリアンには、天性の素質から生じる一種の自信がすでにそなわっていて、他者の目など気にしていない。マリーは他者の目を意識しているが、素質が欠けているのだろう、自然にふるまっているふうには見えない。

このふたりは、ゴルフ以外になにか共通の趣味をもっているのだろうか。リリアンはゴルフに熱中していて、ほかのことには目がいかないようだ。叔母との会話がゴルフの話題だけに集中しているからには、きっとそうだろう。マリーはリリアンべったりという印象だ。わたしが見ているあいだも、マリーはリリアンから決して目を離さず、うっとりとみつめている。じつに興味深いふたり組だ。

ようやく長い会話が終わった。そのすきを逃さず、わたしはリリアンにどうしてそれほどゴルフに熱中するようになったのか、訊いてみた。

驚いたことに、ミリー叔母が口をはさんだ。「あのね、ジェーン、とてもすてきな話なんだよ。このひとはすばらしいアスリートでね」

誇らしげな叔母の声に、わたしはショックを覚えたが、それを表に出さないように必死で堪《こら》えた。叔母がこの若い女性に会ってから、まだ数日しかたっていないというのに。

いや、叔母がそういっているだけかもしれない。

「そんなにたいした話じゃありませんよ、ミリーおばさま」リリアンがいった。

〝おばさま〟という呼びかたに、思わず、わたしの眉がつりあがる。

「まだ幼かったころに、父が手ほどきをしてくれたんです。父は熱心なゴルファーなんですよ。それに、スコットランドには美しいゴルフ場がたくさんあるんです。わたしたち、休暇であちらに行ったときには、そういうゴルフ場をよく利用したものです」

リリアンのかたわらで、マリーがミリー叔母と同じく、満面に笑みをたたえている。

「それで、あなたとマリーはどこでお知り合いになったの？」そう訊いたのは、純粋な好奇心からだ。

リリアンは軽く肩をすくめた。マリーはリリアンの熱意のこもらないジェスチュアにがっかりしたようだ。

「数年前に学校で知り合ったんです」ようやくマリーがいった。

そのアクセントを聞くまで、マリーがアメリカ人だとは思いもしなかった。

「いとこたちといっしょに英国の学校に行くように、両親が手配したんです。あたしはずっと英国にいさせてほしいと両親にたのみました」マリーの視線がリリアンにもどる。

そこに注文した料理が届いた。リリアンの皿には魚、米、野菜が盛られているのだが一種類の食物をすべて食べ終えてから次の食物に移るという、整然とした食べかたをしている。最後までその食べかたで通し、種類のちがう食物をまぜて食べたりしないうえに、異なる食物同士が皿の上でまじりあわないようにきちんと分けていた。

見ないようにしたものの、どうしてもリリアンの食べかたに目が向いてしまう。

「ところで、ミセス・ヴンダリー」

マリーの口調に驚く。彼女から話しかけてくるのはめずらしいので、わたしは油断していた。

「死体をみつけたのはあなただと聞きました。『タウン・トピックス』紙の記事みたい」

マリーの目が妙に光っているのが気にくわない。

「ええ、そう。彼女のおとうさまは茫然となさってたわ」ちょっときつい目でマリーを見る。

マリーは目を伏せた。「そういえば、しばらくステイントン大佐をお見かけしていないけど、誰か見たひとはいる？　どんなごようすか、確かめたほうがいいと思ってるんだけど」

三人とも自信がなさそうにくびを横に振った。テーブルの向こうで、マリーが自分の話題にわたしが乗ってこないことに失望しているのがわかる。

　四人のフォークが空になった皿に置かれるとすぐに、リリアンが失礼すると断って席を立った。ゴルフのグリーンに向かう彼女のあとから、マリーがついていく。マリーがリリアンと並ばずに、うしろについていることにちょっと驚いた。彼女が最近になってゴルフに熱中しているにしても、熱心に練習する気にはなれないようだ。あるいは、リリアンが夢中になるスポーツ全般に対して、そうなのかもしれない。

「マリーもゴルフがうまいの？」ミリー叔母に訊いてみる。

「うまくないよ。あの娘はリリアンを応援して、道具を運んでいるだけ」

　わたしはちょっと驚いた。「キャディーみたいに？」

「ああ、そうだね。だけど、マリーはリリアンにとても献身的なんだよ。それに、ゴルフクラブの選びかたも的確でね」

「なるほど」よくわからない話だが、ゴルフクラブについてくわしく知りたいとは思わない。

　ミリー叔母もなにか口実をもうけて席を立つかと思っていたのだが、いまのところ、叔母はわたしといっしょにいることに満足しているようだ。なので、食後のお茶はテラスで飲もうと提案してみた。叔母が望むなら、お茶ではなく酒でもいい。

「お茶もいいねえ」叔母がアルコール飲料をひかえるとは、信じがたい。驚きが顔に出ないようにする。ありそうもないことだが、叔母が酒を飲もうとしないのは、暑さのせいだろうか。それとも、酒の効用が薄れてくるのを、なるべく先延ばしにするためだろうか。

もしかすると、まったく意外な理由があるのかもしれない。

テラスに出るとすぐに、若い給仕にお茶を注文する。それから日陰にあるテーブルをみつけ、腰をおちつける。じきに給仕が片手で支えたトレイを、肩の高さに掲げてやってきた。わたしたちの前に湯気を立てているティーポットが置かれ、カップと受け皿も並べられた。カップが伏せてある。これには違和感を覚えた。ふつうはカップを上向きにして、すぐにお茶を注げるようにしてあるものだ。だが、肩をすくめて違和感を追い払う。

ミリー叔母にお茶をついでくれといわれ、わたしは手をのばして、彼女の前に置かれたカップを上向きにして、香り高いお茶を注いだ。ポットをおろし、お茶にミルクと砂糖を加える。叔母はぶつぶつ文句をいったが、無視していると、自分で角砂糖を二個追加して、お茶をかきまわした。

自分の前に置かれたカップをひっくりかえす。と、伏せてあったカップのなかから黒光りのする虫が現われた。受け皿の上で尻尾を立て、横殴りに空《くう》をなぎはらおうとしている。

サソリだ。

17

わたしは悲鳴をあげ、手にしていたカップをテーブルに落とした。カップはバウンドして床に落ち、優美な磁器は割れて、いくつかの破片になった。受け皿から出ようとするサソリが、わたしの手をかすめそうになる。テーブルから離れて毒虫とのあいだを空けようと、わたしはできるだけすばやく椅子をうしろに押しやった。椅子の脚が石の床にこすれて嫌な音が響いた。その音を聞きつけて、給仕やほかの客たちが駆けつけてきそうだ。

「どこに行ったの？」わたしは震える手で胸を押さえながら、震える脚で立ちあがった。テーブルからは充分に離れている。

ミリー叔母はおちついたしぐさで、ティーポットの蓋を取り、バターナイフで器用にわたしの受け皿を持ちあげると、その陰にひそんでいたサソリにすばやくティーポットのドーム型の蓋をかぶせた。

「なんだね、ジェーン、ヒステリーを起こすんじゃないよ」

「ヒステリーなんか起こしてません！」いいかえしたものの、我ながら消えいりそうな声だった。「ちょっと……驚いただけ。そう、びっくりしただけよ」

ミリー叔母はやれやれという顔をした。

駆けつけてくる人々のなかに、わたしたちのテーブルの給仕がいた。なにが起こったかを知ると、顔が恐怖でゆがんだ。彼のすぐあとからやってきた給仕頭のザキに、早口のアラビア語でなにやらいっている。ザキはおだやかに、ほかの客たちに各自のテーブルにもどってもらった。そして、若い給仕とわたしたちとの通訳を務めた。若い給仕はきれいな英語を話すのだが、いまは興奮のあまり、英語が出てこなくなっているのだ。

「マダム、ハッサンはティーカップのなかにサソリがいたなど、まったく知らなかったと申しております」ザキは青ざめている給仕を手で示しながらそういった。「ハッサンが申しますには、厨房《ちゅうぼう》でトレイを受けとったときには、お茶のセットがきちんとととのっていて、ティーカップは伏せてあったそうです」そこでまたハッサンが早口でなにやらまくしたてた。ザキはなだめるように片手をハッサンの腕に置き、彼をおちつかせた。

「通常、カップは上向きにしてセットいたします。ですが、ハッサンは誰がこのトレイをセットしたのか知らないと申しております。食事どきの厨房はごったがえしておりますもので。ハッサンがそのトレイを厨房から運びだすさい、周囲には誰もいなかったそうです」

わたしはため息をついた。食事どきの厨房は、てんやわんやの騒ぎがくりひろげられているはずだ。誰がトレイにお茶のセットをととのえたかなど、憶えている者がいるとは思えない。若い給仕は気の毒に、涙ぐんでいる。クビになるのではないかと心配しているのだろう。

「そのひとに心配しなくていいと伝えてくださいな。刺された者はいませんし。それに、こんなことがしょっちゅう起こるとは思えませんから」

「さようでございますとも、マダム」ザキはゆっくりと頭を振った。「伏せたカップのなかからサソリが出てくるなど、尋常ではありえません。はい、ハッサンにはマダムのおことばを伝えます」ザキは集まっていた給仕たちの一団に、なにやら命じてから、ハッサンの細い肩に腕をまわして去らせた。給仕たちの一団が残っているのは、サソリを退治するためだろう。わたしは思わずぶるっと震えた。

「あんたさえよかったら、わたしは部屋にもどるよ」ミリー叔母は心ここにあらずといった体《てい》で、わたしの腕を軽くたたいた。この騒ぎをよそに、叔母はいつのまにか、お茶を飲み終えていた。

「ええ、そうね。わたしは……ええ、だいじょうぶよ。機敏に対応してくれて、ありがとう」まだ居残っている人々のなかを、かきわけるようにして歩き去る叔母を見送る。物見高い人々はおとなしく自席にもどらず、ちょっとした人だかりができていたのだ。

心臓の鼓動は平常にもどったが、アドレナリンの影響で、体の震えが止まらない。わたしは近くのテーブルに席を移して考えこんだ。あの物騒な生きものは、照明も明るいホテルの厨房に入りこんだばかりか、どうやって暗くて静かなスペースにもぐりこんだのだろう。

伏せたティーカップの下に。

一時間後、まだテラスのテーブルについたまま考えこんでいると、レドヴァースがやってきた。わたしはたまたまサソリに遭遇したのか、それとも、なんらかのメッセージを突きつけられたのか、どちらなのだろうと考えこんでいたのだ。ようやく平常心をとりもどしつつあったが、まだひとりでいたい気分だったにもかかわらず、レドヴァースの顔を見るとほっとした。

「なにがあったのか聞きましたよ。だいじょうぶですか？」レドヴァースは心配そうな低い声でそういった。

「ショックでした。生きているサソリを相手にするより、アンナの遺体を発見したときのほうがうまく対処できた気がします」

「その場にいあわせなかったのが残念ですよ」レドヴァースはわたしのそばに椅子を引き寄せてすわった。わたしの手に触れようと手をのばしてきたが、わたしはすっと手を引っこめて、自分の膝に置いた。

「あなたがあの場にいらしたとしても、事態は変わらなかったと思いますけど、でも、そういってくださってありがとう。ミリー叔母がとても機敏に対処してくれたんですよ」わたしはそこで口をつぐんだ。先ほどから考えていた問題を彼にいうべきかどうか迷ったのだ。だが、けっきょく話してみることにした。「ずっと考えてたんですけど、あれがまったくの事故だとは、どうしても信じられなくて。いったいどうすれば、サソリが伏せたティーカップの下に入りこめるんでしょう？　厨房は明るくて、てんてこまいでごったがえしているというのに。幸い、ミリー叔母もわたしも刺されずにすみましたけど」

わたしはレドヴァースに、ザキから聞いた食事どきの厨房のようすと、お茶のトレイセットのことを話した。

「そのサソリ、どんな形をしてましたか？」レドヴァースは身をのりだした。

わたしはできるかぎりくわしく、あの小さな黒い生きもののことを描写した。といっても、あのときはいくぶんか……いや、かなり、平静さを欠いていたので、あまりよく見ていなかったと、恥ずかしながら認めざるをえないのだが。

「なるほど。ひとついいことをお知らせできますよ。事故でなかったとすれば、おそらく警告でしょうね。そのタイプのサソリは猛毒のものではありません。そりゃあ、刺されればひどく痛みますがね」身をのりだしていたレドヴァースは、うしろに体を引いた。「あなたが刺されていたら、痛みのせいで、数日間は、いや、数週間は動けなくなったでしょう」

わたしの目に恐怖の色を見たのか、レドヴァースは安心させるようにつけくわえた。「少なくとも、猛毒をもつサソリではなかった。猛毒のサソリに刺されれば、まちがいなく死に至ります。かつて、子どもが――」

くわしく聞きたいような話ではなさそうなので、わたしは片手をあげ、頭を強く振って、レドヴァースをさえぎった。「恐ろしいこと。その話はもうけっこうです」

しばしの沈黙。

やがてわたしは口を開いた。「ああ、もう少しでいい忘れるところでした。ミスター・サマラとちょっとおしゃべりしたんですよ」

それまでの心配そうなようすはぬぐったように消え、レドヴァースは不満のかたまりと化した。「どうしてわたしが帰ってくるまで待たなかったんです？　ジェーン、彼とはふたりで話をすると決めたじゃありませんか」

ファーストネームで呼ばれ、わたしはどぎまぎして口ごもってしまった。「いえ……あの……プールサイドにいたら、彼のほうから近づいてきたんです。そうなれば、知らん顔はできませんよね?」

レドヴァースは不満そうに唸った。このぶんでは、ドクター・ウィリアムズを訪ねたことは、まだいわないほうがよさそうだ。

「それに、あなたが信頼できるかどうか、わたしにはわかりませんし。だって、そうでしょう? 知り合いになったばかりなんですから」わたしは髪を手で梳き、手の横腹でこめかみをぎゅっと押してから、頬をなでおろした。「つい忘れてしまいそうになるんですけど、あなたのことはほとんどなにも知らないんですよ。あなたのフルネームすら知らない」

レドヴァースはティーカップの縁をみつめながら、しばらく黙りこんでいた。やがて両手をのばして、わたしの両手をつつみこんだ。彼の手が大きなことに、わたしは初めて気づいた。わたしの両手は彼のそれにすっぽりつつまれてしまう。長くて繊細《せんさい》そうな指の感触が温かく、強く、快《こころよ》い。レドヴァースはまた身をのりだした。彼に引力があるかのように、わたしはぐいと引っぱられるような気がした。

「ジェーン、わたしを信用してくれていい」

なんとまあ、あっさりしたいいかただろう——だが、彼の目を見ると、真剣だということがわかった。胃のあたりから焼けるように熱いものがこみあげてきて、脈が速くなってきた。彼の黒い目がわたしの目の奥を探っている。

その瞬間、アモン・サマラが嘘をついていたことがわかった――なにについての嘘か、どの程度の嘘かは、はっきりとはわからないのだが。だが、いまのレドヴァースのように、ひとが真実を語っているときと、相手が聞きたがっていることを話すときとのあいだには、純然たるちがいがある。

それはそれとして、やはりレドヴァースがフルネームを教えようとしないことを、わたしは見逃しはしない。

わたしの理性が吹き飛ぶ寸前に、すぐそばで軽い咳払いが聞こえた。レドヴァースはわたしの手を放した。呪縛が解けて、わたしたちははっと身じろぎした。

そばに給仕が立っている。わたしは膝のナプキンを神経質に引っぱった。何度も。

「なにかご用はございませんか？」あの若い給仕、ハッサンだ。サソリ騒動から一時間以上たつが、そのあいだ、ハッサンはわたしの近くをうろつき、わたしの一挙一動に目をくばって、なにか用があれば即刻その用を果たそうと躍起になっていたようだ。用がなくても、わたしがこほんと咳払いするたびにすっとんできただろう。先ほど、わたしは彼をかわいそうに思い、もう一度、お茶を注文したのだ。本音をいえば、お茶はもうけっこうという気分だったのだが、わたしは決してひどく動揺しているわけではないという証《あかし》を、自分自身にもハッサンにも示す必要があった。

今度はレドヴァースが咳払いして、べつに用はないと給仕にいった。彼が応対してくれてよかった――わたしはまだ、ちゃんとした声を出せるかどうか自信がなかったからだ。水を飲み、深呼吸をくりかえしてから、なにもなかったかのように、レドヴァースとの会話を再開した。

「サマラがなにをいったか、知りたくありません？　それとも、ご自分で彼に質問なさりたい？」

レドヴァースはため息をつき、天を仰いでから、わたしに先をつづけるよううながした。わたしは笑みを絶やさないように努めながら、思い出せるかぎり細部まで、サマラとの会話を再現した。

「彼は嘘をついている」わたしの話を聞き終えると、レドヴァースはきっぱりいった。

「わたしもそう思いました。でも、どの部分で？　それとも、すべてが嘘だったのかしら？」

そこで口をつぐみ、ドクター・ウィリアムズと話したことを打ち明けるべきか否か悩んだ。そして打ち明けることに決めた。

わたしがドクターとの会話を話すのを、レドヴァースは黙って聞いていた。話が終わると、レドヴァースはいった。「あなたは警察の先を越したのだから、いまは気分がいいでしょうね。あなたに警告しようとあわてるほど、恐慌をきたした者がいたわけだし」

「じゃあ、あのサソリの件は事故ではないとお思いなの？」

「今日、あなたがいったい何人の者をいらだたせたか、それを考えてごらんなさい。ええ、そういうことです。事故ではありません」

わたしが人々をいらだたせたという指摘に、わたしはしかめっつらをして反論したい気になったが、少なくとも警察の捜査並みのことをしたのだと思って気持をやわらげた。たとえ、やりかたがうまくなかったとしても。だが、すぐにまた別の考えが頭に浮かんできた。

「猛毒のサソリがいないか、部屋を調べたほうがいいかも」

「それはいい考えですね」

18

その夜、ベッドに入る前に、わたしは部屋じゅうをチェックした。隅から隅まで、小一時間かけてチェックする。レドヴァースがみつけて貸してくれたクリケットのバットを手に、毛布の下、枕の下、マットレスの下をチェックし、衣類をすべて、一枚ずつ振って確かめる。平らな面は、不快な生きものには侵入しやすい場所だろう。だが、そういう場所は比較的安全な距離をとってチェックできた。クリケットのバットがかなり長いおかげだ。

なにもいなかった。

おかしなことに、なにもみつからなかったことで、いっそう不安がつのってきた。もぞもぞと這いまわる虫を何匹か、木のバットという武器でたたきつぶしたとすれば、それなりに不安はおさまっただろうに。わたしはため息をつき、ベッドに腰をおろした。ベッドサイドテーブルにクリケットのバットを立てかける。しわになったシーツの上に横になったが、眠れるかどうかわからない。

いろいろな問題はあるが、明日、わたしの気分転換のためにどうかと、レドヴァースがピラミッド見物に誘ってくれたことを思う。気分転換になるかどうか——誰かに手錠がかけられるまでは、このもやもやした気分がすっきりするとは思えない。とはいえ、悠久の歴史を誇るエジプトを、ほんのかすめるぐらいにしろ、この目で見られると思うと、胸がときめく。レドヴァースは、彼の連れであればわたしがホテルから出ても、警察は問題にしないと思っているようだ。多少の不安はぬぐえないが、ホテルを出ることに賭けてみることにする――目下のところ、警察はわたし以外の者――それも複数――に嫌疑をかけて捜査中なのだ。ならば、明日はめいっぱい楽しむことにしよう。

わたしたちは早朝、日がまだ昇らないうちに会うことにした。これはなんなくクリアできた。必要以上に早く目が覚めてしまったからだ。不安と興奮、このふたつの感情がそれぞれ自己主張して、なかなか眠らせてくれなかった。潜在意識がそれに拍車をかけ、暗闇に死がひそんでいるのではないかと、不安をかきたてる小さな物音すらも聞き逃してくれなかった。けっきょく、わたしは明かりをつけっぱなしにしたまま夜をすごしたのだ。

ベッドからころがるように出て、炎天下の砂漠ですごす服を選んだ――白いリネンの長袖のブラウスと、リネンのベージュのズボン。リネンの衣類は風通しがいいし、長袖のブラウスはレドヴァースのお勧めだった。それに大きな日よけ帽。顔を日焼けから守り、髪が乱れても、帽子のせいだという口実になる。

まずは朝食。睡眠不足を補うために、コーヒーを何杯も飲みながら、せっせと料理を食べる。前夜はハマディ警部の命令を守らないことが不安の種だったが、いまは興奮して――多量のカフェイン摂取の効果もあり――椅子におちついてすわっていられないほどだ。なんとか堪《こら》えて、レドヴァースがお茶を飲み終えるのを待つ。

「古い石積みを見物するというだけなのに、それほど興奮しているひとは初めて見ましたよ」

「あなたほど時間をかけずに、さっさと朝食をすませた老婦人を見ましたわ。もうそろそろよろしいかしら？」

レドヴァースはまだお茶が残っているカップを受け皿にもどし、受け皿ごとわきに押しやった。わたしはにんまりした。

レドヴァースも長袖の上着にズボンという恰好だ。軽いリネンのスーツ。上下とも、しわひとつない。その反対に、わたしのほうは着たまま寝たかのようなありさまだ。

ホテルの玄関から日向に出る前に、レドヴァースはクリーム色がかった白いパナマ帽をかぶった。わたしは気づかれないように彼を見た――立ち姿がじつにすっきりしている。

ホテルの敷地の端に向かう。そこにレドヴァースが手配をたのんでおいた厩舎《きゅうしゃ》の係員が待っていた――メナヴィレッジから調達したラクダを二頭曳きつれて。旅行客が使うラクダは、たいていメナヴィレッジから連れてくるのだ。心もとない思いでラクダをみつめる。おとなしくて御しやすく見える。本来は神経質な動物なので、近づくと、唾を吐きかけられるとか、いきなり走りだすこともあるらしいのだが、その二頭は静かに膝を折って砂地にすわり、与えられた緑色の葉を噛んでいた。二頭のうち体が大きいほうのラクダは、口をもぐもぐ動かしながら、おだやかな目でわたしをみつめている。レドヴァースはラクダ曳きと、アラビア語でことばを交わしている。そしてラクダ曳きにコインをひとつかみ渡した。茶色の長衣をまとったラクダ曳きは、軽くおじぎをして帰っていった。

「あのひとはいっしょに来ないんですか?」シュロの木々の向こうに消えていくラクダ曳きを目で追いながら、わたしはレドヴァースに訊いた。

「その必要はないんですよ。わたしはラクダのあつかいに慣れてますからね」

誓ってもいいが、レドヴァースがそういったとき、わたしに近いところにいたラクダは口を動かすのをやめて、レドヴァースをじろっと見た。

「こっちのラクダはあなたに慣れているみたいですね」そばのラクダを指さす。

「新しいコロンのせいにちがいない」

わたしは鼻にしわを寄せた。「教えてもらえてよかった。ラクダのにおいだと思うところだったから」

レドヴァースの口の両端がひくりとひきつり、わたしは微笑した。彼が気を悪くしようが、いっこうにかまわない。じっさいにさわやかなコロンの香りがしているし、彼自身、それを充分に承知していると思う。

わたしが乗るのは、小さいほうのラクダだった。レドヴァースが手を貸してくれた。脚を軽く蹴りあげて、ラクダの背をまたぐ。あざやかな色彩の織物の上に置かれた革の鞍に腰をおろす。ラクダの頭絡もやはり布の織物で、馬に使われている革の頭絡とは感触がちがう。馬なら口に轡《くつわ》を噛ませるが、ラクダは鼻の上から顎の下に綱がかけてあって、口は自由に動かせるようになっている。頭絡から頬のあたりには、あざやかな色の玉がいくつもぶらさがっていて、鞍の下に敷いてあるはでな縞模様とマッチしている。なんだかお祭りの飾りみたいで、わたしの高揚した気分にぴったりだ。ラクダが発している麝香《じゃこう》のにおいさえ、お祭り気分をそこないはしない。

レドヴァースは大きいほうのラクダに乗ると、二度つづけて奇妙な舌打ちをした。ラクダがぎごちなく立ちあがる。それにつられたように、わたしのラクダも立ちあがって歩きだした。短く鼻を鳴らしながら体を前後に強く揺らすため、わたしはバランスを取るのに必死になった。鞍にきちんとまたがると、地面からかなりの高さになるとわかり、思わず息をのむ。レドヴァースが地面に立っていれば、小さめのラクダとはいえ、その背にすわっているわたしは彼を見おろすことになっただろう。このひょろひょろした生きものは、馬にくらべると、手の幅数個分は高さがあるのだ。

手綱を使ってラクダを望みのほうに行かせるコツをすぐに習得したので、片手で手綱を、もう一方の手で鞍の角状の突起をつかみ、ラクダを歩かせる。レドヴァースと並んでゆっくりしたペースで、巨大な遺跡をめざして進む。

「ピラミッド群までは、それほど遠くないいんでしょ。徒歩でもらくに行ける距離だわ。ラクダを使う必要があるんですか？」

「楽しい体験になるかと思いましてね。エジプトに来る観光客は、一度はラクダに乗る体験をすべきなんですよ。それに、あとでちょっと遠くまで行きますから。砂丘から眺める砂漠は、なかなかのものですよ」

まだ朝も早い時間だ。太陽はようやく地平線から顔を出したばかりだというのに、気温はぐんぐん上がっている。だが、ラクダの背に揺られていると、暑いけれども不快な暑さではない。前方にも後方にもラクダに乗った観光客の姿が見える。わたしたちと同じく、昼日中の暑さを避けて、早朝のツアーを選んだのだろう。そのほとんどが数人のグループで、ガイドが案内をしている。エレガントな地元のガイドは美しい絹の長衣をまとい、複雑な巻きかたのターバンで頭をおおっているので、すぐにそれとわかる。

「いったい何カ国語を話せるんですか?」決して気づまりではない沈黙がつづいたあと、わたしはレドヴァースに訊いた。

「二、三カ国語で会話ができる程度です」

また沈黙。ラクダの蹄がリズミカルに動き、砂の上に跡を残す。

「あなたはなぜピラミッドに興味をおもちなんですか?　一般的なかたより、かなり深く興味をおもちのようだが」

必要以上に自分をさらけだすことなく、それなりの説明をしようと、頭のなかで思考を整理する。わたしは宗教の儀式とは無縁で育ち、まだ年端もいかないうちに母を亡くし、二十二歳のときに夫を亡くして寡婦となった。そのせいか、死にともなう儀式と、死後の世界に関するさまざまな説との両方に、興味をもつようになったのだ。

「世界には、死後の生についてどういう見解をもっている文化があるのか、そこに興味があるんです。特にエジプト人は、死にどう向きあうかということと同じく、死んだあとになにが起こるのか、とても明確な考えをもっていたと思うんです。儀式的な面と信仰のシステムに興味があるんですよ」

レドヴァースはまじめな顔でうなずいた。「なるほど。では、発掘される金ぴかの遺物より、そちらのほうに興味をおもちなんですね」

わたしは笑った。「ええ、少しだけ。でも、金ぴかの遺物も見たいと思ってますけど」

レドヴァースはちょっと黙りこんでから、また口を開いた。「ピラミッドはエジプト人たちが死後の生を信じていた証《あかし》です」

それきりなにもいわなかったので、この話題は終わったと思い、わたしは胸の内でほっと安堵の息をついた。

大ピラミッドに近づくにつれ、わたしは会話らしい会話ができなくなった。じっさいにまぢかで目にするピラミッドの威容は想像を超えていた——ホテルの窓から見える、絵はがきのような光景の印象とはまったくちがう。そのとてつもない大きさ、理解不能ともいえる建築技術、そして、これが四千年も前に造られたという事実に、畏《おそ》れの念を覚える。四千年も前に人間がこんな巨大なものを造ったなんて……。そして、四千年もの長い歳月、苛烈な砂漠の風に耐えて残り、古代の世界の謎として存在しているという不思議。

わたしがこころゆくまでピラミッドをみつめていられるように、レドヴァースは適切な距離をとった場所で立ちどまった。彼が以前にこれを観ているのは確かだと思うが、それでも畏敬の念は失っていないようだ。

「何度観ても、ことばにできません」

「そうでしょうね」わたしは深い息をついた。

ピラミッドに近づくと、レドヴァースが手配した地元の男が待っていた。男はラクダを囲いに連れていった。ここからはピラミッドまで歩いていくのだ。ラクダから降りて歩きだすと、一歩ごとに靴のなかに砂粒が入りこみ、靴の踵《かかと》がさくさくと砂を踏むのが感じとれた。靴をぬいで砂粒をはたきだせば、一時的にはすっきりするだろうが、しょせんはむだな努力だ。

レドヴァースの提案で、まず〝大ピラミッド〟といわれている、クフ王のピラミッドを見学する。ギザのピラミッド群のなかでも最古で最大のもので、地元では〈ケオプス〉と呼ばれているという。ケオプス（Cheops）はクフ（Khufu）のギリシア語読みだそうだ。紀元前二五〇〇年に造られたものだが、砂塵《さじん》や熱気に耐え、驚くほどの高さを保っている。これほど、自分が小さく思えたことはない。本来はピラミッドぜんたいがすっぽりと、石灰岩の化粧壁でおおわれていたのだが、長い歳月のあいだに、そのおおいはこわされ、あるいは剝ぎとられて、階段状のピラミッド本体が丸見えとなった。とはいえ、砂漠のなかに、本体がぽつんとそそりたっている光景はじつに印象的だ。わたしの想像では、階段を昇るようにピラミッドの側面をとんとんと昇っていけるはずだったが、階段状に積みあげられた石の一個一個の巨大なこと――わたしの胸の高さぐらいはある。側面を昇るのは、できなくはないだろうが容易ではなさそうだ。

観光客の出入りが許可されているのは、ピラミッドの北にあたる場所からだけに限られている。そこに至るきつい勾配の石の階段を昇る。小さめの石の階段が、大きな石を積みあげたピラミッドの入り口につづいているのだ。砂や砂利でおおわれた歩道で足をすべらせそうになるたびに、不本意ながら、さしのべられたレドヴァースの手につかまった。

ピラミッドのなかがどうなっているのか、わたしはなにも考えていなかった――そもそも、観光客がピラミッドのなかに入れることすら忘れていたのだ。

先にトンネルに入るよう、レドヴァースが手まねでうながした。足もとがおぼつかないので、わたしはゆっくりと歩を進めた。トンネルの開口部近くは、驚いたことに、表面がざらざらした石を使用した通路になっていた。表面がなめらかな石が使われているとばかり思っていたのだが、ざらざら、でこぼこした石なので、洞窟のなかにいるような感じがする。ちょっと胸が苦しくなってきたが、先に進む。

最初の通路を抜けると、少し広い足場に出た。これから入るトンネルが見える。狭くて短いトンネル。レドヴァースもわたしも前かがみになって進まなければなるまい。進路は信じられないほど急な勾配だが、靴の踵がすべらないように、一定の距離を置いて、長い板が敷いてある。恐怖を覚えつつ、進路をみつめる。深呼吸をくりかえす。ピラミッドのなかは、洞窟と同じように温度が低くて涼しいのではないかと期待していたのだが、容赦なく照りつける太陽のせいで、いわば石竈《いしがま》のように熱せられている。空気は熱く、むっとしているのに、対処できる手段がない。

「だいじょうぶ？」

「も、もちろん」ちょっと口ごもってしまったが、度胸を据えて足を踏みだす。すぐうしろからレドヴァースがついてくる。

数フィートも進まないうちに、胸のなかのかぎ爪が肺を締めつけはじめた。呼吸が苦しくなる。立ちどまる。片手を壁に預けて、ゆっくりと長く息を吸う。額の汗が玉となってすべりおちる――暑いせいではない。脳がもどれと叫んでいる。逃げ出したい誘惑と闘う。

体と心がせめぎあっている。過去の記憶が邪魔をしているのだ。だが、この有名なピラミッドの内部を観られるのなら、夫がわたしをむりやりに閉所に押しこめ、わたしの気力を奪ったからという単純な理由で、せっかくの機会を逃したくはない。夫は他者の――特にわたしの――弱点を攻めるのが好きだった。心身に刻みこまれた苦痛は消えることなく、さまざまな形で残っている。もともと、狭くて暗い場所がなんとなく苦手だったが、夫にそういう場所に閉じこめられたために、心身に恐怖が刻みこまれた。ワードローブのなかに閉じこめられていた、あの暗くて長い時間。誰も助けにきてくれないという絶望にさいなまれていたあの体験は、生涯最悪のものといえる。

頭のなかに、過去にあびせられた残忍な笑い声が響きわたる。

「だいじょうぶですか?」

わたしの背中にレドヴァースの大きな手が触れた。その感触に気持がなごむ。

「困ったことに、軽い閉所恐怖症なんです」わたしはあえぎながらそういった。控えめな説明だが、嘘ではない。

「もどりますか？」レドヴァースの声には、心から心配そうな響きがこもっている。強がっているると見られるのは心外だが、わたしはくびを横に振った。

「いいえ」目を閉じて、外に出たいと思いながらも深呼吸をくりかえした。レドヴァースは少しうしろにさがり、距離を空けて、わたしの周囲に空間をこしらえてくれた。数秒かけて、わたしは平常心をとりもどした。

「ちゃんと観たいんです」わたしがそういうと、レドヴァースはさらにうしろにさがり、わたしが息苦しさを感じなくてすむように、空間を広げてくれた。

「でも、あなたが先に行ってくださったほうがいいみたい」

レドヴァースが前にいれば、彼はたよりになる正常なひとだという事実に集中できて、わたしもらくな気持になれそうだ。わたしたちは足場までもどり、レドヴァースが先に立てるように、そこで前後を入れ替わった。だが、わたしの体は再度狭い場所に向かうのを嫌がっている。わたしが前に進むためにはなにが必要か、レドヴァースは理解しているらしく、片手をさしのべてくれた。その手にしっかりつかまると、心身に力がよみがえってきた。片手をうしろにのばしているレドヴァースはさぞ歩きにくいだろうに、傾斜路を登りきるまで、その姿勢を保っていた。

次のトンネルは幅が広く、天井も高くて、腰をかがめずに背をのばしていられる。ようやく胸が押しつぶされる感じが薄れ、レドヴァースの手にしがみつかなくてもよくなった。わたしは深呼吸をくりかえし、黴くさくて湿っぽい、よどんだ空気を吸いこんだ。かすかに尿の臭いがして、鼻がむずむずする。その理由を想像するのはやめておく。そのかわり、ひたすらにレドヴァースのたくましい背中をみつめ、ゆっくりと、規則正しい呼吸をすることに専念しながら歩を進めていった。

レドヴァースはゆっくり歩いていく。ときどきふりかえって、わたしが手の届く距離にいるかどうか確かめている。彼がなにも訊かず、ただひたすら、わたしをサポートすることだけに気をくばってくれていることを、わたしはありがたく思った。わたしのささやかなエピソードを彼がどう思ったか、わたしをかわいそうだと思っているだけなのか、頭のなかでいろいろな思いが錯綜《さくそう》したが、いまはパニックになっている場合ではない。そんな心配はあとまわしだ。

ようやく通路を登りきった。なめらかな花崗岩《かこうがん》を切りこんで造った入り口を、背をかがめて通る。その先には広い部屋があり、呼吸をするのもかなりらくになった。意識の端をかすめていたパニックも、どうやらおさまったようだ。ピラミッドのなかの宝物《ほうもつ》はすべて運びだされ、あちこちの博物館に収められているから、ここにはなにもないが、いにしえの壮麗さが想像できるばかりか、瞬間的に肉体から魂が離脱する、そんな気分になった。冷たい花崗岩をなでるようにして前に進み、空っぽの部屋にひとつだけ残されているものに近づく。大きな石の柩に。

19

わたしたちのかなり後方を、辛抱《しんぼう》づよい地元のガイドに引率された少人数の観光客が、一列になって進んでいた。まだ最初のトンネルにさしかかったばかりらしく、口々にガイドにあびせている質問が、ここまで聞こえてくる。だが、いまこのときは、この広大な玄室をわたしたちふたりで独占しているのだ。

「ここには彫刻はないんですね」ほかの多くの墳墓で発見されたように、ここでもヒエログリフが見られるかと期待していたのだ。

「この部屋は主に儀式に使われていたと思われます」レドヴァースの深みのある声が壁にぶつかって反響し、わたしの胸の内にとびこんでくる。

装飾品がひとつもないにもかかわらず、花崗岩《かこうがん》の壁に囲まれた暗い空間には圧倒される。ほかの観光客がやってくる前に、こんな平穏なひとときをすごせるのがありがたかった。

後続の観光客グループがやってきたころには、わたしはすっかり満喫して、心残りもなくそこを去る気になっていた。帰路は往路よりもらくに歩けた——わたしの潜在意識が切迫した状態から逃れられることを認識したのだろう。もっとも、下りの傾斜路なので、足もとに気をつけてゆっくりと歩かなければならない。急ぐのは危険だ。

レドヴァースはやはりなにも訊かず、無言でサポートしてくれた。

出口にたどりつくと、外のまぶしい陽光に目をしばしばさせながら、わたしは何度も深呼吸して外気をむさぼった。心臓の鼓動も少しずつ平常にもどりはじめてきた。いまはもう観光客が大勢集まりつつある――熱のこもった陽気なおしゃべりが微風にのって運ばれてくる。早朝にホテルを出てきてよかった。無蓋車でやってくる人々も多い。手でひさしをこしらえて見てみると、あちこちに駐車場が点在しているのがわかった。駐車場といっても、自動車用のものと、動物用のものとに分かれる。わたしたちのようにラクダに乗ったり、馬でやってくる観光客も多いのだ。

「頂上に登ってみますか?」

わたしたちはまだピラミッドから下りたわけではない。レドヴァースは空を指さしている。

わたしは軽い笑い声をあげた。「せっかくのお誘いですが、下から見あげるだけで充分です」高いところから下界を見おろす必要はないし、過去の記憶がよみがえったせいで、まだ脚に力が入らないのを認めたくはなかったのだ。

レドヴァースはあっさりと肩をすくめた。「わたしは以前に登りましたから。それに、だいぶ混んできましたね。あなたさえよければ行きましょう」

あたたかい微笑を向けられ、わたしもおずおずと笑みを返す。

短い通路を下る。

「どうもありがとう。先ほどは」

レドヴァースは一瞬立ちどまり、ふりむいてわたしを見た。「お礼をいわれるようなことはなにもしてませんよ」

わたしは軽くうなずいた。

地面に下りたつと、わたしはもっとくわしく説明すべきかどうか迷った――レドヴァースに先ほどの〝閉所恐怖症〟状態を見られてしまったことが気になってしかたがないからだ。だが、説明すれば、わたしは気分がよくなるのか、あるいは悪くなるのか、どっちだろう？　決心がつかない。レドヴァースはなにも気にしていないようすだ。彼の態度に合わせることにした。少なくとも、時間がたてば、わたしも決断できるかもしれない。

ギザには大きなピラミッドが三つある。残りのふたつ、カフラー王とメンカウラー王のピラミッドに向かう。いま観てきたばかりのクフ王のピラミッドにくらべると、ふたつとも小さい。どちらも内部は公開されていないため、わたしはほっとしたのだが、安堵したことを恥じた。

三大ピラミッドのうち、いちばん小さなメンカウラー王のピラミッドを回りこむと、南側に、三基の王妃のピラミッドが見えた。三基とも、王のピラミッドを建設したあとで残った石を利用したかのように小さい。クフ王のピラミッドにくらべれば、カフラー王のもメンカウラー王のも小さいのだが、そのふたつより、さらに小さいのだ。女性の墓は見劣りして当然なのかと、わたしはいらだちを覚えた。

その小さな三基のピラミッドの近くに、男がふたり立っているのが目に留まった。目を細くせばめて、よく見てみる。ひとりはよく知っている顔だった。カーキ色のサファリスーツに、日よけ用のヘルメットをかぶり、ステッキをついている。ステッキの金の握りの部分が、陽光にきらめいている。

「あのかた、ステイントン大佐じゃないかしら？」わたしはふたりの男のほうに向けてうなずいてみせた。「あのステッキ、大佐のと同じみたい」

もうひとりはエジプト人で、かなり離れているものの、茶色の長衣もターバンも砂まみれで、汚れているのが見てとれる。ふたりの身ぶりから、なにやら揉めているらしいと察しがついた。レドヴァースもふりむいて男たちを見た。「確かに大佐によく似てますね」ポケットに手を突っこみ、超小型の双眼鏡を取りだして目にあてた。「ふむ、まちがいなく大佐です」

わたしは呆気にとられてレドヴァースをみつめ、手軽で便利そうな双眼鏡を指さした。「それも手品？　そんなもの、いったいどこに隠してらしたの？」

レドヴァースはいたずらっぽい笑みを浮かべた。わたしは頭を振った。そしてふたりでまた男たちに目を向けて――レドヴァースは大写しで観察できるという利点を活かして――観察をつづけていると、男たちは明らかに怒りの身ぶりを見せはじめた。殴りあいを始めるのではないかと好奇心が燃えあがり、わたしはレドヴァースから双眼鏡をひったくって目にあてた。周辺視野に、レドヴァースの唖然《あぜん》としながらもおもしろがっている顔が映りこんでいる。

「レドヴァース、あなたもちゃんと見て。なにかを見逃してしまわないように」

エジプト人は胸のところで腕を組み、ステイントン大佐はステッキを地面にたたきつけた。

「娘さんが亡くなってから、大佐は部屋に閉じこもってらしたはず。こんなところに来るなんて、へんだわ」双眼鏡を下におろす。「いったいなにを口論している……?」

ステイントン大佐がステッキを拾いあげ、大股で去っていったため、わたしの疑問も立ち消えになってしまった。レドヴァースに双眼鏡を返す。どちらかといえば、わたしは大佐に好意をもっているが、それはそれとして、ふたりの男の口論が平穏な結末を迎えたことに、少しばかり失望していた。レドヴァースは双眼鏡の焦点を調整して、大佐が人ごみにまぎれてしまうまで、その姿を追った。

いつのまにか、地元の商人たちが観光客たちに群がり、ラクダで短距離の旅をしないかと客引きをしたり、山羊皮の袋に詰めたなまぬるい水を売りつけようとして、にぎやかな光景になっていた。男たちが口論をしていた小さなピラミッドのほうに視線をもどすと、エジプト人の姿も消えていた。

レドヴァースはなにやら考えこんでいる顔つきで、隠し場所とおぼしいポケットに双眼鏡をしまいこんだ。「お要りようじゃありませんよね?」やはりおもしろがっている口調だ。

「ええ、もう見たいものはありませんから。大佐といっしょにいたあの男、誰だかごぞんじ?」

レドヴァースには顔見知りの地元の人々が何人もいるようなので、ついそう訊いてしまった。

「いや、知りません。ですが、観光地から少しはずれた界隈では、まだ発掘作業が盛んにおこなわれていますからね。あの男も穴掘りの作業員のひとりでしょう」

わたしたちはふたりとも黙って考えこんだ。こんなに明るい野外で、ステイントン大佐は発掘作業員となぜ口論していたのか、そこにどんな理由があるというのか、わたしは頭をひねったが、これといった理由を思いつけなかった。

「うーん」思わず唸ってしまう。

「は？」レドヴァースは尋ねるように片方の眉をつりあげた。

「アンナはおとうさんに、彼がつきあっているひとたちはいいと思えないといったんです。そのときはわたしに向かっていったんですけど、そのいいかたは……ええ、わたしではなく、誰かほかのひとのことをいっているようでした。あのエジプト人は、アンナがいっていた〝おとうさんがつきあっているひとたち〟のひとりなのかなと」

「それは確かに、唸りたくなりますね」

ほかのピラミッドを見物したあとは、スタート地点のクフ王のピラミッドにもどるのだが、その前に、謎めいたスフィンクスに謁見することにした。石灰岩を彫りこんで造られたスフィンクスは、長い歳月と、異国の侵入者の破壊とによって、あちこち削られてしまったが、それでもなお、その美しさは厳然としている。

女面獅身のスフィンクス。両方の前肢をのばしてうずくまった獅子の胴体には巨大な石が積みあげられている。石を積みあげて元の彫造をおおっているのは、保存を目的とした努力の成果なのかと、疑問をつい声に出してしまった。レドヴァースはそのとおりだといいながら、損傷が顕著《けんちょ》な部分を指さして、やわらかい石だと歳月による侵食でこうなってしまうと説明してくれた。ひどい損傷箇所をおおっている金色の石は美しく、スフィンクス像ぜんたいとマッチしている。損傷がひどく、鼻を削りおとされても、半人の獅子は、三大ピラミッドの守護としての役割に満足しているように見える。

スフィンクス像の肢先にあるカフラー王の神殿に向かう。神殿そのものはもはや崩壊している。観光客はピラミッドにしか関心がないようで、わたしたちのほかに見物人はいない。目をあげると、ピラミッドの頂上から景色を眺めているひとが、思ったよりも多くいるのが見てとれた。先に行ったレドヴァースは列柱の陰に隠れてしまい、わたしがいる位置からは見えない。と、そのとき、耳ざわりな音が聞こえた。石と石がこすれるような音だが、神殿の周囲で働いている作業員たちを見た憶えはない。スフィンクスの近くにも作業員はいなかった。見あげると、砂をふるいおとす篩《ふるい》がいまにも落ちそうになっているのが見えた。上向きの顔すれすれをかすめて落ちてきそうだ。あとずさりして、つばの広い日よけ帽を手で押さえて、頭をぐっとうしろにそらす。

なにも起こらなかった。古代の荒廃した遺跡の柱が崩れそうになっているだけだ。また耳ざわりな音が聞こえた。今度は前より近いところから聞こえた。音が聞こえてきたあたりから目を離さずに、数フィートあとずさりすると、背中が石灰岩の柱にぶつかった。

耳ざわりな音はやんだ。静寂がもどった。

20

心臓の鼓動が少し速くなっている。単なる被害妄想なのだろうか？　それとも、誰かがレドヴァースとわたしをピラミッドまで尾けてきたのだろうか？　そして、その尾行者がわたしに危害を加えようとした？　そうは思えないが、昨日のサソリの件がある。なにか動きがないか、わたしは忙しく頭を前後左右に振ってみたが、耳ざわりな音は止んでいた。砂をさくさくと踏みしめながら、列柱のてっぺんがよく見える場所を探す。

レドヴァースが柱の陰からひょいと顔をのぞかせた。そして、わたしが警戒心もあらわに上方をにらんでいるのを見ると、片方の眉をつりあげた。

「どうしました？」

「ちょっと前になにか音が聞こえませんでしたか？」わたしは上方を見あげたままそう訊いた。

レドヴァースは柱をぐるっと回ってきた。頭を振り、周囲を見まわす。「いや。なにか音が聞こえたんですか？」さりげない訊きかただが、少しばかり声に懸念がこもっている。

わたしは列柱のてっぺんから視線を引きはがし、レドヴァースを見た。ピラミッドのなかで〝閉所恐怖症〟を露呈したあとなので、またここでつまらないことをいって、怖がりで臆病な人間だと思われる理由を増やしたくはない。

「気にならないで」わたしは平気だというように笑顔をこしらえた。「きっと鳥でもいたんでしょう」

「それはありそうだ。この界隈にはウズラが多いんです。ここを見終えたのなら、次の場所に向かいましょう」

レドヴァースはまた列柱の陰に消えた。わたしはもう一度周囲を見まわしてから頭を振り、レドヴァースのあとを追った。

囲いに預けていたラクダを返してもらう。預かってくれていたエジプト人が、レドヴァースに大きな鞍袋を渡した。レドヴァースは鞍袋のなかを探り、水の入った皮袋を取りだして、先にわたしに水を飲ませてくれた。彼が前もってどういう手配をしていたのか、わたしは知らなかったが、これはありがたかった。砂でできたクラッカーを噛んでいるかのように、口のなかがじゃりじゃりしていたからだ。口のなかがすっきりすると喉が渇いていることに気づく。渇きをいやしたあと、今度はレドヴァースの手を借りずに、わたしはラクダの背に乗った。二度、舌打ちをすると、ラクダは立ちあがって歩きだす。レドヴァースのそばでラクダを止める。鞍の角状の突起を必死になってしっかりと握りしめていたとはいえ、レドヴァースの驚いた顔を見ると笑いだしそうになった。

「手をお貸ししましょうか、レドヴァース？　喜んで手助けさせていただきますよ」

わたしがしてやったりとばかりににんまり笑うと、レドヴァースは大声で笑い、ラクダの背に乗った。ラクダを歩ませて、大勢のにぎやかな観光客たちやピラミッド群、そしてメナハウスから遠ざかり、風が吹きわたる広大な砂漠をさらに進んでいく。

「今日、ここに連れてきてくださって、ほんとうにありがとう、ミスター・レドヴァース。なにもかも楽しかった」

「どういたしまして。ピラミッド見物は何度来ても楽しめます。気分転換になりましたか？」

わたしは笑った。「ええ、充分に」ちょっと黙って、王妃のピラミッドのそばで見た光景を思い出す。「でも、ステイントン大佐があそこにいらしたなんて、奇妙ですね。あの日から、まったくお見かけしなかったのに、なにもなかったかのように、あんなところで誰かと口論していたなんて」わたしは眉根を寄せた。「大佐がなにをしてらしたのか、わかります？」

「いや、なかなか」レドヴァースはあいまいな返事をした。

わたしはため息をついた。「たぶん、娘さんが殺されたこととは関係ないんでしょうね。でも、やっぱり、好奇心がつのります」頭を振る。「わたしの最悪の欠点のひとつが、この好奇心というものなんですけど」

「同じ気持をもっている者はほかにもいると思いますよ」レドヴァースは少し間《ま》をおいてからまた口を開いた。「あなたの叔母上が親しくつきあっていらっしゃる、あのふたりのお嬢さんのこと、なにかごぞんじですか？」

つかのま、彼が急に話題を変えたことに不審を覚えたが、彼がなにをいいたいのか、すぐにわかった。

「あのふたりがアンナの殺害に関係しているとお思いなんですか？　ふたりとも、まだ子どもですよ。そんな彼女たちに、どんな動機があるというんです？」

「それをお訊きしているんですよ」レドヴァースはまじめな表情だ。

「レドヴァース！　あのふたりは十九歳そこそこなんですよ」

レドヴァースはため息をついた。「殺人はさておき、あなたはあのふたりのことをどれぐらいごぞんじなんですか？　彼女たちはたいていの時間、あなたの叔母上といっしょにすごしている。わたしは叔母上のことがちょっと心配なんですよ」

レドヴァースが本気でミリー叔母のことを心配してくれていることに、わたしは心を打たれた。彼女たちについて知っていることを頭のなかでまとめてから、そのわずかな情報をレドヴァースに伝える。

「リリアンといえばゴルフに夢中だということ以外、ほとんど知りませんし、マリーのほうは……。ええ、マリーはリリアンに夢中のように見受けられます」

レドヴァースは眉をつりあげた。

「マリーは忠実なラブラドル犬のように、リリアンのそばから離れないみたい」

そのあと、しばらく沈黙がつづいた。やがて、レドヴァースがまた口を開いた。

「あなたのアメリカ人のお友だちはいかがです？　チャーリーとディアナは？」

「パークス夫妻のこと？　あなたこそ、あのふたりをどう思っていらっしゃるの？」昨夜、わたしとレドヴァースはあのふたりといっしょにホテルのバーでお酒を飲んだ。わたしとレドヴァースは翌朝（つまり今朝）早くにホテルを出る予定があったので、一杯飲んだだけで失礼したのだが。

「ふたりともとても感じがいい」レドヴァースはそういった。「だが、旅まわりの芸人夫婦に、どうしてこういう旅行ができるだけの金銭的余裕があるのか、そこが気になりましてね」

「わたしも同じ疑問をもちました。ディアナの話では、一座のひとたちが、ふたりの新婚旅行の費用を出してくれたそうですけど」

「気前のいいひとたちだ」

レドヴァースの感想に、わたしもうなずく。確かに気前のいい話だが、彼らが嘘をつく理由があるとは思えない。それに、あのふたりはとても人好きのするタイプだから、結婚のお祝いに、仲間の芸人さんたちが喜んで祝儀をはずんだというのも、文句なくうなずける。

「あのふたりにも、アンナを知っているかどうか訊きましたよ。チャーリーは何度かアンナとカードをしたといってましたが、それだけのことだったみたい」

「ディアナはヘビを使う芸をするといってましたね？　毒ヘビなのかな？」

わたしは頭を振った。「どうしてそうお考えになったのかはわかりますけど、毒ヘビはサソリとはまったくちがいますよ」レドヴァースがわたしの頭に、友人たちに関して疑惑を植えつけようとしているのが、がまんできなくなった。「それに、ディアナがなぜアンナを殺さなきゃならないんです？　おたがいにほとんど知らないというのに」

「誰が犯人なのか突きとめるためには、あらゆる可能性を考える必要があるんですよ」

それはわかるが、友だちや身内を疑うなんて、不快きわまりない。

レドヴァースは黙りこんだ。チャーリーとディアナのことを考えているのだと思ったが、次のことばには驚かされた。

「いくつもの暗い穴のなかに、やみくもに棒を突っこむのは止めてほしいんですが、そう提案しても、あなたは納得なさらないでしょうね。どうですか？」声はおだやかだが表情は真剣だ。

レドヴァースが心配しているのはミリー叔母だけではないとわかり、わたしはうれしく思った。

「たぶん、そうでしょうね。わたしが容疑者ではなくなったとしても、この事件を放っておく気にはなれません」なにかが——誰かが——みつかるのなら、何本もの糸の端をいちいち引っぱってみるつもりだ。そうすればもつれた糸がときほぐれるはずだ。もちろん、そこには深い理由がある——かつての、悪夢のような結婚生活という理由が。結果がどうなろうと、もう二度と、なんの抵抗もせずに流されていく道を選びたくないのだ。その道を選んだせいで、わたしはいろいろと貴重なものを失った。

「たとえ誰かに脅されても」

レドヴァースのそのことばは質問ではなくて所見だったが、わたしは答を口にした。

「わたしが真相に近づいているから、脅されるんだと思います。それはともかく、あれが脅しだったかどうか、わからないじゃないですか」

砂丘に着いた。レドヴァースとの話は中断されたが、文句はない。目の前に圧倒的な光景が広がっている。ラクダを止めて、その光景を満喫する。遠くに六基のピラミッドが見える。王たちと王妃たちの墳墓。遺跡のそばに群がっている観光客が小さく見える。砂浜をちょこちょこと動いているカニぐらいのサイズにちぢんでしまったように。砂漠と遺跡と人間たち——この光景を見るために、炎天下をわざわざここまで来たのだが、その価値はあった。だが、数分もすると、わたしたちはホテルにもどることにした。

「ドクター・ウィリアムズのことはどう思います？　話をしてみて、なにかおかしいなという気がしたんですけど」

レドヴァースはわたしをじろりと見た。

「アンナはパーティの楽しみかたを知っていたって、ドクターはそういいました。あのふたりはなにか関係があったんじゃないかしら」

「わたしがミス・ステイントンに関して知っているかぎりでは、そう考えるのが妥当でしょうね」

わたしとしても、ドクターにもっとくわしくアンナのことを訊かなかったのを悔やんだのは確かだ。とはいえ、あの息が詰まりそうな住まいで男と話をするのは、どれほど苦痛だったことか。それも、ふたりきりで。

「彼女も麻薬と関係があったのかしら？　もしドクターがそうなら、彼女もそうだったのかもしれませんね」これは純然たる臆測にすぎない。だが、声に出していってみると、それほど荒《こう》唐《とう》無《む》稽《けい》な説だとは思えなかった。「ドクターがいってたパーティって、そういうたぐいのものだったのかも」

「ドクターが麻薬に関係しているという、確たる証拠はないんですよ。ですが、その件の調査はわたしに任せて、あなたは近づかないほうがいい」レドヴァースは硬い口ぶりでいった。

「正直にいって、無謀にもあなたがカイロの阿片窟《あへんくつ》にとびこんで、あれこれ穿鑿《せんさく》しているところなど、想像したくもありません。自殺行為ですよ」

「無謀なことなんかしてません」そういいかえしたものの、レドヴァースのいうことには一理あると認めざるをえない。だが、どこに行けば阿片窟がみつかるのか見当もつかないし、まさかひとに訊くわけにもいかないだろう。「なにかわかったら、わたしにも教えてくださると約束してくれますか?」

レドヴァースは考えこんだ。彼がもともと自制心の強い人間だというのはまちがいないだろうが、約束するとなると、さらに慎重になるのだろう。

わたしはわたしで、なぜ彼を気にかけるのか、それを自問するのを拒否した。

そのかわりといってはなんだが、レドヴァースとわたしとが嫌疑をかけている人々のことを考える。「あやしいのは、盗まれたにせよ、以前に銃を持っていたドクターと、ステイントン大佐のふたりですよね」

「犯行時刻、ドクターはひとりで自室にいたといってます――つまり、アリバイがない。我らがミスター・サマラはずっと娯楽室にいて、終了時間になったあとは自室に引きあげたと主張しています。部屋でさらにカードをするために、数人の若者を連れていったそうですよ」

レドヴァースの話を、わたしはしっかり呑みこんだ。「サマラにアリバイがあることは、初めて知りました。いっしょにいたという若者たちを、警察はみつけたんですか?」

クリーム色がかった白の帽子の下で、レドヴァースの黒い目が満足そうにきらりと光るのを見て、わたしはうれしくなったが、必死でそれを抑えこんだ。

「じつをいえば、まだみつけていません。サマラによると、若者たちはカイロのホテルの客だとか」

「つごうのいい話ですね」

「数人の若者というか、じっさいにはふたりなんですが、ふたりともすでにホテルをチェックアウトして、どこかに行ってしまった可能性もあります。だが、それはありそうもない」

わたしはうなずいた。確かにそれはありそうもない。

メナハウスが見えてきた。乾いてざらざらした砂ばかりの地にいたあとでは、緑色のシュロの木々と青々した芝生に、身も心も引き寄せられるようだ。だが、その光景は、同時に死をも思い出させた。レドヴァースとさんざんその話をしたのに、あらためてホテルを目にすると、死の記憶が強烈に揺さぶられる。ピラミッド見物はすばらしい気分転換になったが、ホテルにもどれば、また地に足をつけて現実と向かいあう必要がある。

レドヴァースとわたしは、ゆるやかな協力関係を築くことになった。レドヴァースがようやく事件のことをオープンに語るだけではなく、わたしに意見を求めてくれたので、わたしは少しばかり気が高ぶっていた。彼と意見交換をしたおかげで、頭のなかであれこれ考えを検討できる。それは思考をクリアにする助けになる。
一瞬たりとも、レドヴァースも容疑者のひとりだという考えは浮かばなかった。

21

ホテルにもどり、レドヴァースといっしょに軽い昼食をとる。給仕たちはわたしの水のグラスをせっせと満たしてくれた――何度グラスを空にしても、口のなかがじゃりじゃりする感触を洗い流すことはできなかった。食事が終わると、なんとかあくびをごまかしてレドヴァースに断りをいってから席を立ち、自室に引きあげた。睡眠不足のうえに、長時間、炎天下ですごしたため、ついに睡魔に捕まってしまい、すぐにもひと眠りする必要があったのだ。部屋に入ったとたん、実用的な散歩靴をぬぐのももどかしく、ベッドに倒れこんだ。

数時間後、目が覚めると、自分がどこにいるのかわからなかった。見当識を失っていたのだ。夢も見ず、身動きもせず、ひたすら眠りをむさぼったようだ。毒をもつ招かざる客のチェックもせずにベッドに倒れこんだことを思い出すと、一瞬、心臓の鼓動が速くなった。だが、こうして無事に眠りから覚めたことを認識すると、パニックはおさまった。これからはもっと用心しようと心に誓う。

時計を見ると、もうそろそろ夕食の時間だ。バスルームでリフレッシュする。そそくさと土ぼこりや砂塵《さじん》を洗い流して浴室を出る。濃紺のドレスを選ぶ。ほどよくビーズの飾りのついた、ぴったりしたボディスに、シフォンの布が何層にも重なっているフレアスカート。踵《かかと》の低いT

ストラップのクリーム色の靴を合わせる。お気に入りの靴だ。身仕度がととのうと、食前酒をいただこうとバーラウンジに向かった。

ミリー叔母のことを思い出した矢先に、叔母がいつものテーブルに陣取っているのが見えた。バーラウンジぜんたいが見渡せ、給仕を呼びつけてお酒を注文するのにうってつけの位置だ。陸軍の将軍ですら、これほど絶妙の位置どりは思いつかないのではないか。わたしはジントニックのグラスを手に、叔母のテーブルに行った。

「今夜はあのお嬢さんたちといっしょに夕食をとらないの?」

叔母にじろりとにらまれる。「もちろん、そうするよ。だけど、ふたりとも食事の前に身だしなみをととのえる必要があってね」叔母はグラスをかたむけ、長々と酒を飲んだ。「あんたは今日、どこをほっつき歩いていたんだい?」

機嫌が悪いときの叔母を相手に腹を立てても、いいことはなにもない。叔母が満足するだけだ。どうすれば叔母の機嫌がやわらぐだろう。

「ミスター・レドヴァースといっしょに、ピラミッド見物をしてきたの」おだやかな口調でいう。「叔母さんはなにをなさってたの?」

叔母はふんと鼻を鳴らした。「わたしは観光なんぞしちゃいないよ」

だが、その口調にはするどさが欠けていた。叔母のようすを心配していたレドヴァースの所見は、当たらずといえども遠からずという気がする。わたしが独身の男性と一日をすごしたことを、もっと大仰に受けとめてもいいはずなのに。

先ほどから気づいていたが、叔母はずっとバーカウンターのほうを眺めていた。「ミリー叔母さん、まだミスター・サマラと知り合う機会はなかったのよね？」わたしはこわれたレコードのような気分だった。

叔母は不機嫌な顔になり、また長々と酒をあおった。ハイボールのお代わりをたのもうと、給仕に合図するのに少し時間がかかった。それからようやく、わたしの質問に答えた。

「なかったよ、ジェーン」怒っている。「誰からも紹介されていないし、なにかと忙しくて、このホテルのお客に会う時間なんかないからね」

わたしは小さくため息をついた。これもまた、解けない謎のひとつなのだ。

ちょうどそのとき、計ったように、リリアンとマリーがやってきた。リリアンは身をかがめて叔母の頬にキスした。そのとたん、叔母の機嫌がよくなった。叔母の変化の激しい奇妙な態度が気になるが、それはちょっと棚上げして、そのかわり、この若い女たちのことをもっとよく観察することにした。

「お嬢さんがた、お元気かしら？」そう訊いたものの、リリアンの顔色が少し青いのに気づいた。心配そうにリリアンを見ていたマリーは、ミリー叔母に視線を移した。

「じつは、ちょっとぐあいが悪いの」リリアンは元気のない声でいった。「急に気持が悪くなって」

「休んだほうがいいんじゃないかい？」ミリー叔母はナプキンをもみしだいた。これほど心配そうな叔母を見るのは初めてだ。「お部屋に連れていってあげよう」

マリーが頭をぴょこぴょこ上下させて賛成した。

「あ、そうだ！」わたしはドクター・ウィリアムズに会いにいったことを思い出した。「胃薬をいただいたの。部屋にあるわ。取ってきましょうか？」

リリアンはありがたそうにうなずいた。わたしは急いで部屋にもどった。

薬を持ってもどってきたときには、リリアンの額には、うっすらと汗が浮いていた。わたしが渡した薬包を、リリアンは礼をいって受けとり、包みを破って粉薬をグラスの水に溶かし、ちびちびとすすりはじめた。リリアンの両側にいるマリーとミリー叔母は、彼女が不快感を示すのではないかと、はらはらした顔で見守っている。

「マリー」わたしは呼びかけた。リリアンのぐあいが悪いのに申しわけないのだが、こうしてすわりこんで、彼女が薬を溶かした水をちびちび飲んでいるのをじっと見ているだけだなんて、気がへんになりそうだ。このさい、マリーに話を聞いてみようと思ったのだ。

「この前、ミス・ステイントンの事件について、あなたに質問されたけど、ちゃんとお答えしなかったわね。ごめんなさい」

いきなりあやまられて、マリーはどきまぎした表情を見せたが、好奇心で目が光っている。わたしはアンナの遺体をみつけた次第を簡単に語った。簡単とはいえ、叔母の不興を買うほどには詳細に。わたしが語っているあいだ、ミリー叔母はくちびるをぎゅっと引き結び、鼻の穴をふくらませていた。リリアンのことが心配でたまらなくなれば、たとえ話の途中でも、叔母からストップがかかるだろう。マリーはわたしのひとことひとことに聞きいっている。くちびるが開き、かすかに動いている。わたしの語ることばを噛みくだいて、自分自身のことばにしようとしているかのようだ。

語り終えると、わたしはさりげなく、マリーにアンナを知っていたかと尋ねた。彼女がなんらかの情報をもっているのなら、わたしの話を聞いたばかりのいまこそ、情報を提供してくれるのではないか。

だが、マリーはくびを横に振った。「嫌な女だったわ。その彼女が亡くなったと聞いて、気の毒には思ったけど、自業自得じゃないかしら。彼女は誰のことをも見くだしてた。彼女の銀行は閉じることがなかったから。この意味、おわかりになります？」

マリーがなにをいいたいのか、よくわからなかったので、わたしは困惑した顔をしていたにちがいない。というのも、前よりもさらに青ざめ、顔一面が汗で濡れているというのに、リリアンがマリーのことばを通訳してくれたからだ。

「あのひと、いつも男たちといちゃついてた」

「ああ」もう何年も前に、わたしはフラッパー特有の用語についていけなくなった。マリーのことばづかいのせいで、自分がすっかりおばさんになってしまった気にさせられた。ちらりと叔母に目をやると、叔母はいやにとりすました顔をしていた。なぜそんな顔をするのか、わたしには推測すらできない理由がありそうだ。

「リリアン、あなたは彼女を知ってたの？　英国で知り合ったとか？」

そのとき、リリアンは苦しそうに体をふたつに折り、呻き声をあげた。ミリー叔母とマリーが急いで席を立ち、左右からリリアンを抱えた。リリアンを立たせながら、叔母はわたしをにらみつけた。

「いったいなにを飲ませたの、ジェーン？　前よりひどくなったじゃないか！」

叔母はつねに冷静でおちついているひとだ。いきなりサソリがカップの下から現われたときですら、平然として機敏に対処したぐらいなのに、その叔母が、いまはヒステリックに声をはりあげている。

リリアンが口にした、かすかに白く光るグラスの中身は、まだ半分残っていた。

22

「お医者さまにいただいた粉薬よ！　単なる重曹にすぎないわ！」わたしはあわてて説明した。

リリアンの顔は苦痛でゆがみ、ひどい状態だ。もしかすると、ドクター・ウィリアムズがくれたのは胃薬ではなかったのではないかと思った。薬包の中身はなんだったのだろう？　マリーとミリー叔母はリリアンを介助して、バーラウンジを出ていこうとしているところだった。

当然ながら、ほかの客たちのあいだに軽い騒ぎを引き起こしている。三人のあとを追いかける前に、わたしはバッグからハンカチを取りだし、リリアンが開けた粉薬の包みをハンカチでくるんだ。薬包の隅に微量ながら中身が残っている。検査するには、これで充分だろう。ハンカチにくるんだ薬包を手早くバッグにしまいこむ。

バーラウンジの奥ではドクター・ウィリアムズがくつろいでいたが、リリアンを囲む人々の動きに気づくと、急いでやってきて、その場を仕切った。わたしは人ごみのうしろのほうにいたので、彼の介入を止めることはできなかった。わたしとしては、リリアンの急激な症状悪化に、ドクターの粉薬が関係していないことが確実になるまで、ドクターにはリリアンに近づいてほしくないのだが。

だが、もしあの粉薬――あるいは毒薬――がわたしに、わたしだけに対する処方だったとすれば、彼はヒポクラテスの誓いを守り、医師としてリリアンを救うだろう。

リリアンに付き添うドクターを見守っていると、彼が救急医療に確かな腕をもち、リリアンの症状を気遣っているのが見てとれた。ドクターはマリーをどかしてリリアンの腕を取り、ミリー叔母といっしょにぐったりしたリリアンを支えて歩かせながら、矢継ぎ早にふたりに質問をあびせた。わたしは疑念を胸に押しこめたまま、やきもきと両手をもみしぼっているマリーと並んで、三人のあとを追った。バーラウンジを出たところで、ディアナとチャーリーに会った。すれちがいざま、ディアナがわたしの腕に手を置いた。

「なにかお手伝いできること、ない?」ディアナはそういった。

わたしはくびを横に振り、彼女の手を軽くたたいた。「ありがとう。でも、だいじょうぶよ」わたしはディアナにちょっとほほえんでから、ごく短い列のあとを追った。

マリーに追いつく。彼女の頰をゆっくりと涙がつたっている。あとからあとからこぼれてくる涙といっしょになって、いまにも大洪水になりそうだ。足どりがおぼつかなくなり、すすり泣きが激しくなってきたマリーに付き添い、そっと彼女の体を支えて歩く。傍からは、さぞ仰仰しく見えただろう。

リリアンの部屋に入ると、わたしはすすり泣いているマリーを居間の肘掛け椅子にすわらせてから、急いでベッドルームに向かった。二台のダブルベッドはどちらもきちんとベッドメイクされ、彼女たちの私物は整理整頓されているし、ブラシや靴も整然と並べられている。

「なにか摂取しましたか?」リリアンをベッドカバーの上に寝かせると、ドクター・ウィリアムズが嚙みつくように訊いた。リリアンは両腕を曲げて胃のあたりをかばうようにして、胎児のように体を丸めた。わたしが彼女に胃薬をあげたことを伝えると、ドクターは暗い目つきで、ミリー叔母に水さしをもってくるようにいった。

そうこうしているうちに、ホテルのフロントマンが息を切らしてドクターの医療鞄を持ってきた。ドクターは鞄のなかをひっかきまわし、底のほうから瓶を取りだした。一般的な催吐剤《さいと》の瓶だ。そのあと、ドクターはミリー叔母を残して、それ以外の者を部屋から追い出した。わたしはマリーといっしょに廊下に出た。マリーはよろめくように数歩歩いてから、壁に寄りかかった。その体がずるずるとすべりおちて、レモン色のシフォンのドレスがしわになるのもかまわずにすわりこむ。頰には涙の筋がつき、顔は青ざめ、体は震えている。

緊張した時間が過ぎていく。やがてミリー叔母がドアから顔をのぞかせ、わたしたちに最新情報を教えてくれた。

「彼女の体のなかに入っていたものがなんであれ、それは全部、外に出たよ」叔母の顔にも声にも安堵がこもっている。今回はわたしを非難しようとしなかったので、あのとき、叔母がどれほど動転していたかがよくわかった。

「いまは眠ってる。まずはわたしが看護にあたるよ」叔母はきっぱりとそういってから、これまたきっぱりとドアを閉めた。マリーから抗議の声があがるのを直感的に察したのだろう。じっさい、マリーは必死になって部屋に入ろうとじたばたしたが、わたしはミリー叔母と口論してもむだだということを、マリーにこんこんといってきかせた。

けっきょく、マリーは廊下にいすわって、寝ずの番をするという。「あたし、ここで待つわ。あなたの叔母さまがくたびれたら、交替する」

たとえマリーの案に一理あるとしても、わたしはマリーといいあうのが少しばかり苦痛になっていた。なので、マリーを残してバーラウンジにもどることにした。ここにいてもしかたがない。

バーにいたレドヴァースが、わたしには飲み物が必要だと見てとり、酒を注文してくれた。チャーリーとディアナの姿はない。

「あなたの行くところ、騒ぎがついてまわりますね」わたしがぐっと酒を飲むのを見ながら、レドヴァースはそういった。

「あれが事件じゃないといいんですけど」わたしはため息をついた。「期待していたバカンス旅行とはまったくちがったものになってしまったと、愚痴《ぐち》をいいたくなります」

レドヴァースはうなずいた。「あのお嬢さんのぐあいはどうです?」

「だいじょうぶ。ドクター・ウィリアムズが付き添ってます。彼のことをちょっと疑ってますけど、とても優秀なお医者さまだということは認めます」

「人間というのは複雑な生きものです。彼は優秀な医者であり、なおかつ、麻薬中毒者でもある」

「今日はなにか成果がありました?」好奇心が頭をもたげ、心身の疲れを追い払ってくれた。

わたしのあからさまな好奇心に応えて、レドヴァースは口もとをほころばせた。「ええ。ドクター・ウィリアムズはカイロの阿片窟《あへんくつ》の常連です。それも、一軒ではなく数軒の。つけくわえていえば、あまり評判がよくない阿片窟ばかりです」

「どうしてホテルは、彼を雇いつづけているのかしら」どうにも不思議だ。

「ホテルの人間は気づいていないのだと思いますよ。あるいは、見て見ぬふりをしているのかもしれない。あなたがおっしゃったとおり、救急処置が必要な場合、彼は卓越した医療技術を発揮しますからね。いまのところ、その点に関しては、麻薬の影響はないようです。わたしが聞いた話では、彼は常連客で、少なくとも、週に一、二回は阿片窟に現われるそうですが、アンナを見たという者はいません」

レドヴァースの情報をじっくり嚙みしめながら、なんとなくバーラウンジのなかを眺めた。隅のほうにステイントン大佐がいる。ようやく社交生活に返り咲く気になったようだ。大佐はレドヴァースとわたしに目を向けた。わたしが見ているのに気づき、弱々しい笑みを見せたが、唐突にくるっと背を向けた。わたしは眉をひそめた。

「おかしな態度だこと。今日の午前中に、わたしたちが彼を見ていたのを知っていたのかしら？　ほら、ピラミッド群のところで」レドヴァースに視線をもどすと、彼もまた大佐のおかしなそぶりを見ていたことがわかった。

「あなたに関係があるとは思えませんね」レドヴァースは慎重にことばを選んだ。「まちがいなく、大佐はわたしのことを煙たがっている」

「最近、大佐を怒らせるようなことをなさったの？」軽い口ぶりで訊いたが、レドヴァースからどんな答が返ってくるか、興味津々だった。

「わたしの魅力のなせるわざでしょうかね」軽い口調だが、しぶしぶ答えたとしか思えなかった。なにか事情がありそうだが、どうすればレドヴァースから話を聞きだせるのか、わたしにはわからない。彼は個人的な事情に関してはとても口が固く、たとえ質問しても、率直に答えてくれるかどうかは疑問だ。わたしは口を引き結び、どうすれば知りたいことを聞きだせるのか、頭をひねった。

残っていた酒を飲みほすと、グラスをレドヴァースに渡す。レドヴァースは困惑した表情を見せた。

「大佐にお悔やみをいってきます。でも、彼はあなたの魅力がお気に召さないようだから、わたしひとりのほうがいいわね」

「賢明な選択ですね」

「そのあいだに、あと二、三杯、お酒を注文しておいてくれるとうれしいわ」

レドヴァースは乾杯するかのようにわたしの空のグラスを掲げてから、バーカウンターに向かった。

わたしは彼とは反対の方向、ステイントン大佐がいるほうに向かった。

ステイントン大佐の周囲だけがぽっかりと空いている。彼の悲嘆、それ自体が重みをもち、存在を主張しているかのようだ。大佐はバーラウンジの一角を私有地のように独占しているが、そこ以外では客たちがおしあいへしあいしている。わたしが近づいていくと、大佐はあたたかい笑みを浮かべた。自覚はなかったが、わたしは反射的に微笑したようだ。レドヴァースが示唆したとおり、大佐が拒否したのはレドヴァースであって、わたしではないらしい。ちょっと安心する。手をのばして、磨きぬかれた木製のステッキの握りの部分に置かれた大佐の手を取る。そして、赤らみ、角ばった手を、同情をこめて握りしめた。

「いかがですか、大佐？　お悲しみを思い、心からお悔やみを申しあげます」

大佐には少しばかり慰めになったとは思うが、わたしにできることは、それぐらいしかないのだ。大佐はわたしの手をつつみこみ、ぎゅっと握りしめた。わたしはそっと手を引っこめた。

「なんとかしのいでますよ」大佐はそういって、咳払いした。「部屋にこもって、永遠に嘆いているわけにはいきませんからな。愛しいアンナもそんなことは望んでないでしょう」

わたしの脳裏に、一瞬、ピラミッド群のところで見た光景がよみがえったが、それを大佐にいう気はなかった。いずれにしろ、いまはいわないでおこう。

「ええ、わたしもそうだと思いますよ」少し間《ま》をおく。「これ以上、お気持を乱したくはないんですけど、ひとつだけお訊きしなければならないことがありまして。ドクター・ウィリアムズにお会いしたら、アンナのことをおっしゃってました。ふたりはお知り合いだったんですか？」

ステイントン大佐はうなずき、顎を引き締めた。「このホテルに着いてから、娘ともども、一、二度、彼と酒を飲みました。ですが、娘が彼には見向きもせずに、若い連中ばかりとつきあいだしたので、がっかりしましたよ。ドクターはいいひとですからね」

レドヴァースからドクターの良くない話を聞いていたわたしは、大佐にはそういう思惑があったのかと驚いたが、たぶん、大佐はドクターのことをよく知らないのだろう。

大佐は話題を変えた。「ピラミッド見物をしましたか？　それともまだその機会はない？　ぜひピラミッドを見たいとおっしゃってましたよね。その機会があったのならいいのですが」

わたしたちが見ていたのを大佐は知っているのではないかと、わたしは一瞬、たじろいだが、大佐の顔からは、社交上の儀礼的な好奇心しか見てとれなかった。

「ええ、そうなんです。それで今日、ミスター・レドヴァースとごいっしょに見物してきたんですよ」

わたしは大佐とは反対側のほうに顔を向けた。レドヴァースがぴかぴかに磨かれたバーカウンターに寄りかかって、注文した酒が出てくるのを辛抱《しんぼう》づよく待っているのが見えた。黒っぽいツイードのスーツが、周囲から切り離すように、彼の姿をきわだたせている。レドヴァースはじつにすっきりとスーツを着こなしているなと、わたしはよけいなことに感心してしまった。

「おや、それはそれは……けっこうですな」大佐はまた咳払いした。「ぞんぶんに楽しまれたことでしょう」やわらかい微笑。「わたしがご案内できなかったのが、とても残念です」

わたしはうなずいた。「あの、ミスター・レドヴァースをごぞんじなんですか？」

ステイントン大佐はわたしの唐突な質問に驚き、バーカウンターに視線を向けた。「いや、お目にかかったことはありません」

なんの感情もこもっていない口調だ。

「あら、おふたりはお知り合いだとばかり思ってました」大佐はくびを横に振った。大佐から話を聞きだそうとして始めた会話だったが、当初よりもっと疑問が増えてしまった。大佐は真実を語っているのか？　レドヴァースと大佐は、ほんとうにこれまで会ったことがないのか？　じつはふたりのあいだには旧家同士の歴史的な反目があるのだと、大佐が認めるのではないかと期待していたのだが、愚かな期待だったといえる。

大佐はすばやくラウンジを見渡し、正面出入り口に給仕頭のザキが立っているのを見たとたん、顔に喜色を浮かべた。

「あなたとお話しするのは、たいへん楽しいのですが、申しわけない、ホテルのスタッフとちょっと打ち合わせをしなくてはなりませんので、これで失礼します」大佐はわたしの腕を軽くたたくと、曲げた肘にステッキの柄を引っかけて、水が流れるようにするするとわたしから離れていった。

最初は、わたしと気まずい会話をつづけたくなくて、これ幸いと口実をもうけて立ち去ったのだと思ったが、出入り口近くで大佐とザキが合流するのが見えた。ふたりは顔を近づけてなにやら話しながら、どこかへ行ってしまった。

「あのステッキ、必要ないみたい」わたしは小声でつぶやいた。

「は？」いつのまにかレドヴァースがそばに来ていて、新しいグラスをわたしにさしだした。

彼の手がわたしの手をかすめる。意図的な接触ではないと頭ではわかっていたが、神経の末端はするどく反応した。反射的にびくりとしてしまい、レドヴァースに対する先ほどの感想はどこかに吹っとんでしまったが、なんとか気持を立て直す。

「このホテルにいるひとは、誰もがおかしなふるまいをしています。ごくふつうのふるまいをなさるかたは、ひとりもいないみたい」

「たぶん、あなたのせいでしょう」レドヴァースはいった。「あなたは人々の本音を引き出す」

わたしは思いきり顔をしかめてレドヴァースをにらみつけた。レドヴァースはいたずらっぽく笑った。ハンサムな顔が少年のようになり、女なら、気持が揺れるというゾーンから、一気に心臓の鼓動が速くなる危険なゾーンに突入しそうだ。

わたしは自分の感情の動きが心配になった。いちいちレドヴァースに反応するような感情の動きを抑止できないのなら、この男とつきあうべきではない。もちろん、いますぐどうこうするというわけにはいかないので、せめて話題を変えることにした。

「わたしがあげた胃薬を飲んだあとで、リリアンの症状が悪化したんです。昨日、ドクター・ウィリアムズからいただいた胃薬なんですけど。誰かがそれに手を加える機会があったと思います?」

レドヴァースの顔から笑みが消えた。先ほどまでリリアンとわたしたちがいっしょにいたテーブルに向かって歩きだした。三歩目を踏みだす寸前に、わたしは手をのばして、彼の腕に手を置いて引き止めた。

「テーブルはとっくに片づけてあります」それはラウンジにもどってきたときに、まっさきに注目して確認した。

「しまった」レドヴァースは悔しそうだ。

わたしはにっこり笑ってハンドバッグのなかに手を入れた。「ご心配なく。薬包を取ってきました」

もの問いたげにくいっと眉をつりあげたレドヴァースに、ウィンクしたくなる衝動を必死で堪《こら》える。

「万一にそなえて。でも、中身がなんなのか、わたしにはわかりませんけど」

「むろん、調べます」レドヴァースはうれしそうだ。「ドクターがあなたになんらかの意図をもっていたかどうか、きちんと調べましょう」

「お部屋に化学実験の道具がある、なんておっしゃるんじゃないでしょうね？ 深夜に実験するために」

「そんなことをしていたとすれば、このホテルはとっくに営業できなくなってますよ。いや、正確にいうべきですね。わたしなら調べてもらうことができる、と。うってつけの人物を知っているんですよ。明日、それを彼のところに持っていきます」

先ほどからさしのべられているレドヴァースの手のひらに、薬包をのせようとしたが、ちょっとためらってしまった。「〝わたしなら調べてもらうことができる〟とおっしゃいましたよね。それって、〝わたし〟じゃなくて〝わたしたち〟という意味ですよね？」わたしを置き去りにして事を運ぶつもりはないと、彼の言質をとりたかった。

「まちがいなく。ボーイスカウトの誓いにかけて約束します」

わたしはレドヴァースを信じることにして、それ以上質問することはせずに、端が破れた薬包を彼の手のひらにのせた。

23

そろそろ夕食にしようと、バーラウンジを出ようとしたところに、ミリー叔母がやってきた。わたしとレドヴァースがいっしょにいるのを見てとると、片手を振ってみせたものの、先にカウンターに立ち寄って酒のグラスを手にしてから、わたしたちと合流した。疲れているらしく、肩が落ちている。丸い顔には懸念の色がまだ濃く貼りついている。

「ミリー叔母さん、リリアンのぐあいはどう？」

叔母は重々しくため息をついた。「いまは眠ってるけど、顔に血の気がもどってきた。朝になれば、もっとよくわかるんじゃないかね。ドクター・ウィリアムズは全快するとおっしゃってる」叔母はグラスに口をつけ、生のウィスキーで元気をつけようとばかりに、長々とひとくち飲んだ。

わたしは叔母の腕に手を置いた。「さぞ心配でしょうね。リリアンにあれほど親身になってらしたんですもの」

レドヴァースが同情をこめてうなずく。

叔母は背筋をのばし、わたしの手から腕を離した。「彼女ならだいじょうぶだろうよ。つらい試練は乗り越えたからね」もっとなにかいいたそうなそぶりが見えたが、叔母は気を変えた。

「すぐにあっちにもどるつもりなんだよ。マリーは自分も寝ずの看護をしたいようだけど」

わたしはうなずいた。今夜は、叔母もマリーも自分のベッドで休むなど、できそうにないようだ。

「ああ、忘れるところだったよ、ジェーン。金曜日の夜の仮装パーティに着る衣装、お持ちかい？」

唐突ともいえるほどのミリー叔母の気持の切り替えに、わたしはついていけなかった。質問の意味が理解できず、唖然《あぜん》として叔母をみつめてしまう。

「仮装パーティ？」

「そう、仮装パーティだよ」叔母はいらだたしげにいった。「仮面は使わないんだって。アメリカの仮装パーティとはちがうだろうけど、ここ、地元エジプトのひとたちが着ているような衣装を着るんだよ。とてもきれいな刺繍《ししゅう》のある服を」ちょっと間《ま》をおいてから、叔母は話をつづけた。「正直にいうと、どうして〈仮装パーティ〉というのか、わたしにはわからないけどね。でも、まあ、そんなことはどうでもいい。パーティはパーティだから」

咳払いしながら、わたしは頭のなかの収納棚の扉を開けて、置きっぱなしにして放っておいた記憶を探したが、仮装もパーティもどこにもなかった。

「あのう……叔母さん、そのパーティのこと、聞いたかどうか、どうしても思い出せないんだけど」

叔母はため息をついた。「ジェーン、わたしにどうしろというんだい？」

これは修辞的な質問にすぎない。

「リリアンがこのまま回復してくれれば、わたしがあんたの衣装を選んであげるんだけどね」

ミリー叔母が仮装パーティにこれほど入れこむとは、驚きだ。叔母はいきなりレドヴァースに話しかけた。

「ジェーンをエスコートしてくださいますよね、ミスター・レドヴァース?」

叔母はレドヴァースに決定ずみとでもいいたげな笑みを向けたが、昼食にしようと獲物を追いつめたサメの笑みのように見えなくもなかった。

叔母が一計を案じていることぐらい、考慮して然るべきだった。わたしはあきれて、くるっと目玉を回したが、レドヴァースをみつめている叔母には見えなかったようだ。

レドヴァースはこほんと咳払いしてから、愉快そうな目で、わたしをすばやく一瞥《いちべつ》した。

「もちろん、喜んで」

叔母はいわば力ずくで彼に返答を迫ったわけだが、それでも、わたしは彼がうんといってくれたことがうれしかった。だが、こんなときにパーティに参加するのは適切ではないと思ったのも確かだ――殺人事件が重苦しくのしかかっているし、リリアンもまだ回復したわけではない。

「いい考えだとは思えないんだけど……」

わたしがもごもご口ごもっていると、そんな声は聞こえなかったとばかりに、レドヴァースは話をつづけた。「確か、ホテルに出入りしている衣装屋がいるはずですよ」

わたしがきつい目でにらむと、レドヴァースは肩をすくめた。気の進まないわたしの味方をする気など、まったくないらしい。

叔母はぱっと顔を輝かせた。「いいことを教えていただきました。それでもっと事が簡単になります――ホテルにリリアンを残して、街まで行くわけにはいきませんからね。それなら、手配はすべて、わたしがやっておくよ、ジェーン」叔母はわたしのほうを向いた。笑みが消える。「リリアンのところにもどらなくては。彼女が目覚めたときにいてあげないと。見捨てられたと思われるのは嫌だからね」叔母は残っていた酒を飲みほすと、空のグラスをわたしによこして、そそくさと去っていった。

レドヴァースはわたしのほうを向いた。わたしはため息をついた。

「すみません。パーティには出たくないんでしょう?」レドヴァースはほんとうにすまなそうにあやまった。

「乗り気、とはいえませんわね」パーティにはつきもののダンスのことを考えると、身震いしてしまう。なんとか逃げる方法はないものだろうか。足くびを捻るとか。それを思いついたとたん、気が軽くなった。レドヴァースに目を向けると、彼はもの思わしげに、ミリー叔母が去っていったほうを見ていた。

「どうなさったの?」

レドヴァースの黒っぽい褐色の目がわたしの目を捉える。「あなたの叔母上は……」いいかけて、語尾をにごす。

なにをいいかけたのか、わたしには察しがついた。「そうですね」顔をしかめてしまう。「ミリー叔母はリリアンにべったりです、わたしの知るかぎり、リリアンとは初対面のはずですが。なぜなのか、さっぱりわかりません。あんな叔母のようす、これまでに見たことがありません」

そういいながらも、うしろめたさで胸が痛む。叔母がリリアンにつきっきりでいてくれるおかげで、わたしは気ままに動けるのだ。自由を満喫できる。それに、叔母の辛辣《しんらつ》な舌から逃れることができる――いや、まあ、完全に逃れることはできないにしても。

サマラに対するミリー叔母の態度を思い出す。「じつはこのホテルに着いてから、叔母はずっとようすがおかしいんです。叔母がサマラをにらんでいるところを、もう何度も見ていますし。それで、サマラのことを話題にすると、叔母は急に歯切れが悪くなり、質問をしても答えてくれません。どうしてなのか、わたしにはわからないんです」

「たぶん叔母上は、あの男が狙いをつけた獲物のひとりでしょう。あの男の生業は、裕福な女性、それも、年配のご婦人を食いものにすることなんですよ。それを専門にしています。特に、夫というくびきのない女性を狙うんです」

「財産狙いで結婚する男性みたいなものですね。でも、サマラに叔母が……狙われている？頭のなかで描いてみるのも嫌な絵柄です」

レドヴァースは笑った。その低く響きのいい笑い声が胸にしみこむ。

ちょうどそのとき、呪文を唱えて悪魔を呼びだしたかのように、アモン・サマラが現われた。バーカウンター近くの、手のこんだ彫刻をほどこした木のドアから出てくるなり、黒い目でラウンジのなかをさっと眺めまわす。顔見知りであるわたしとレドヴァースには優雅に会釈したが、近づいてこようとはしなかった。カウンターに行き、バーテンダーに話しかけている。ラウンジの出入り口近くにひっそりと立ち、注意深く目をくばっていたザキが、すっと動いて、サマラに近づいた。そして三人で話しこんだ。

満足げな表情で、サマラは来たほうにもどっていった。ザキとバーテンダーはさらに話しこんだあと、ザキはカウンターのなかの男を手伝って、手ぎわよく、さまざまな種類の飲み物をトレイに並べた。

「あっちにはなにがあるのかしら?」わたしはサマラが入っていったドアを、身ぶりで示した。これまで、あんなドアがあることにはまったく気づかなかった——美しい彫刻をほどこした壁板にまぎれて、それがドアだということすらわからなかった。

「娯楽室ですよ。カジノルーム。けっこう高額の賭けがおこなわれています」レドヴァースは片方の眉をくいっと動かした。「腕試しをしてみますか?」

「わたしの分を越えているわ」賭けの腕試しをするなんて。なんの見返りもないことにお金を使う気にはならない。「でも、サマラがギャンブル狂だとしても、べつに驚きはしません。絵柄にぴったりはまります」

「そうですね」

またあのドアが開いた。と、見知った顔が目に入った。逆だった前髪がいやに目立つ。チャーリーだ。室内を眺めているチャーリーの目には、わたしたちの姿は映っていないようだ。ザキがグラスを満載した重そうなトレイを運んでいくと、チャーリーの目が輝いた。ザキのためにドアを押さえてやり、彼が娯楽室のなかに入ってしまうと、ドアをぴしゃりと閉めた。

「チャーリーが毎晩、バーに姿を見せなかったのは、あの部屋に入り浸っているからなんですね」チャーリーの芸のひとつに、カードの手品があるという話を思い出した。その腕を活かして、この旅行の資金を捻出しているのだろうか――カードテーブルで稼いで。

「ディアナもいっしょかしら」

「おそらく」レドヴァースは耳をこすった。「トラブルにならないといいのだが」

トラブル――新婚夫婦が所持金を失うことをいっているのか、あるいは、チャーリーがカードの手さばきもあざやかに大金を勝ちとってしまうことをいっているのか。どちらにしろ、トラブルの種になるのはまちがいない。

その後はなんの騒ぎも起こらず、静かに夜が更けていった。ひと安心だ。〝心身をゆったり休める〟ための休暇なのに、まさかこれほど刺激的な出来事がつづけざまに起こるとは、思いもしなかった。

24

次の朝は寝坊をした――前の夜、ベッドに入ったのがいつもよりかなり遅かったせいだ。目がぱちりと開いたとき、寝返りをうって二度寝しようかと思ったが、すでに太陽が高く昇っているので、わたしも起きることにした。顔を洗って鏡をのぞいてみると、鏡は正直だった。ひどい顔。休息と考えごとを兼ねて、今日は一日、部屋に閉じこもっていようか。レドヴァースとのあいだに、少し距離をおくほうがいいような気がする。彼の好意に甘え、当然のように、彼をたよりにしているのでは……。

ドアが勢いよくノックされ、静かに一日をすごしたいという思いはあっさり砕け散った。軽いローブをはおってからドアを開ける。ミリー叔母だった。ヒマワリのように明るく元気いっぱいの顔で、両手をこぶしに握り、腰にあてている。

「ジェーン、あんたがまだベッドでぐずぐずしてるなんて、信じられないよ。朝食の席で会えると思っていたのに。じきに衣装屋がホテルに来るよ。さっさと仕度しなさい。階下のロビーで待ってるからね」

わたしは弱々しくうなずくしかなく、叔母が行ってしまうと、急いで風呂に入り、服を着た。叔母があんなに溌剌《はつらつ》としているなんて……それこそ信じられない。夜通しリリアンに付き添っていたはずなのに。叔母の機嫌がいいところを見ると、今朝のリリアンはかなり回復しているのだろう。

よろよろと階段を降りていくと、ロビーで叔母が待ちかまえていた。陽気そのものだ。見たとたんに自室に逃げ帰りたくなったほど、陽気な顔。

「ジェーン、えらく疲れてるみたいじゃないか」いつもどおり、叔母の観察眼はするどい。

「どうして叔母さんはそんなに元気なの?」叔母の隣の椅子にへたりこむ。「朝食をとる時間はある?」手のひらで隠すこともできないような大あくびが出てしまう。

「ちゃんとした朝食は無理だろうね――こんなに遅くちゃ、ジェーン。だけど、待っているあいだにコーヒーぐらいは飲めるだろう」

叔母は身軽に立ちあがって、フロントデスクに行った。若いフロントマンにダイニングルームからコーヒーを持ってくるよう、指示したのだろう。今回にかぎり、叔母の強引なやりかたを気にしないことにした。

「手配は全部、すませたからね」

叔母に感謝の笑みを見せる。「ありがとう、ミリー叔母さん」また、あくび。「リリアンのぐあいはどうなの?」

「今朝はぐっとよくなったけど、リリアンもマリーも、今日は一日、リリアンの部屋に閉じこもって静かにすごすだろうよ。用心するに越したことはないからね。こっちの用が終わったら、ふたりのようすを見にいくつもり」

コーヒーが運ばれてきたころには、衣装屋——若い女性だ——もロビーの応接室を仮店舗にしつらえ終えていた。貸衣装のサービスを利用するのは、わたしたちだけではないようだが、叔母は早い時間の予約をとりつけたらしい。店の入り口で迎えてくれた衣装屋は、ネネットだと自己紹介した。

「いらっしゃいませ」黒い目をきらめかせ、ネネットはドアを閉めた。天然のウエーヴのついた豊かな長い黒髪を、背中に垂らしている。すばらしい美人だ。

「あたしの店を選んでくださってありがとうございます。在庫の品をありったけ持ってきましたから、お好みにぴったり合うものがみつかると思います。お買いあげもできますよ」店のことを話す口ぶりから、ネネット自身が店のオーナーだと察しがついた。わたしとたいして歳がちがわない女性が、この国で店をかまえて営業していることに、わたしは感心した。

「全部、ひとりで準備なさったの？」室内を見まわし、驚いてしまう。壁という壁が衣装で埋めつくされているし、テーブルにも椅子にも色あざやかな布が氾濫《はんらん》している。

ネネットは笑った。「あたしには従兄弟や伯父が大勢いるんです。みんなが荷造りを手伝ってくれました。ホテルで催しごとがあるときには参加させてもらえるんで、親戚一同、わたしの衣装を運ぶのも慣れているんですよ」

衣装の数にすっかり圧倒され、入り口で茫然と立ちつくしていたわたしは、ようやく気をとりなおした。ミリー叔母はさっさと氾濫する色彩のなかにわけいると、それほど時間をかけずに、両腕いっぱいに衣装を抱えて、試着室代わりに隅に置いてある衝立に向かった。

「どれが似合うか、すぐにわかるよ、ジェーン。わたしのが決まったら、あんたが選ぶのを手伝ってあげるからね」ごてごてと飾りたてられた木製の衝立の向こうから、叔母のくぐもった声が聞こえた。叔母がどんな衣装が自分に似合うとみなすのか、ちょっと興味がある。

ネネットがそっとわたしの腕に触れ、部屋の奥に誘《いざな》った。わたしのサイズを目で測ると、なにもいわずに衣装の山をかきまわしはじめる。どこにどんな衣装があるのか、きっちり頭に入っているようだ。ちょっとした奇跡といえる。

「おや！」ミリー叔母の声がした。うれしそうな声だ。「これがいいね」

衝立から出てきた叔母を見て、わたしはにっこり笑った。とてもよく似合っている。ブルーの長いローブで、くびの下から胸の上のほうにかけてV字形の切れこみがあり、ネックラインに沿って、左右対称に銀糸の刺繡《ししゅう》がほどこされているだけではなく、ローブの前身ごろ一面も豪華な刺繡で埋めつくされている。袖は肩先から袖下に向かってゆったりと広がっている、鐘のような形だ。幅の広い袖口にも、身ごろにマッチした刺繡がある。

「そのガラビーヤ、とてもよくお似合いです」ネネットが称賛するようにこっくりとうなずいた。「それに合うヘッドスカーフもございますよ」

「ヘッドスカーフは要らないよ」また衝立の陰に消えたあと、叔母はたたんだブルーのガラビーヤを手にしてもどってきた。ほかの、不要となった衣装をネネットに返す。

「でも、これもお渡ししておきますよ。気が変わったときのために」ネネットはブルーのガラビーヤにヘッドスカーフを添えた。

叔母は少し乱れた髪をさっとなでつけた。今度はわたしが衣装を選ぶ番だ。衝立の陰にまわり、ブラウスとスカートをぬいで、まず一着目を手に取る。ネネットが選んでくれたものだ。最初の一着は腰まわりがぜんぜん合わないので、すぐに却下。二着目も同じだったため、これまた却下。二着ともサイズが合わないという共通の問題に気づいたネネットは、前のとはちがうスタイルの衣装を抱えて、衝立のうしろにやってきた。新しい衣装を頭からかぶっていると、わたしの背後で、ネネットが息をのむ音が聞こえた。わたしもはっとして目をみひらき、ふりむいた。

ネネットはわたしの背中の傷を見たのだ。

「どうしたの?」衝立の向こうからミリー叔母の声がした。幸いなことに、衝立にさえぎられ、叔母にはわたしの背中が見えない。

「だいじょうぶよ」わたしはいった。「ちょっと爪先をぶつけただけ」

わたしの薄茶色の目がネネットの黒い目をしっかと捉える。ネネットはわかったとばかりにうなずいた。

じつは、わたしの背中から臀部《でんぶ》にかけて、幾筋もの長く白い傷跡が縦横に走っているのだ。死んだ夫、グラントとの苦痛に満ちた異常な夫婦関係の名残だ。グラントは乗馬用の革の鞭をふるうのが好きだった。そのため、わたしの背中にはその跡が山脈のように残った。背中とはいえ、傷跡が腰から臀部に集中しているのは幸いだった。恥をさらすことなく、たいていの衣類が着られるからだ。彼が初めて鞭をふるったときのことは、いまでも鮮明に思い出せる――

ハニームーンから帰って、まだ二カ月しかたっていなかった。そのころには、もうすでに、彼の拳骨《げんこつ》を恐れるようになっていたが、鞭というのは、一線を越えたレベルの問題だ。鞭をくらったあと、わたしはすぐに逃げ出したが、さほど遠くまで行かないうちにグラントにみつかり、引きずられるようにして連れもどされた。そして、その罰を受けた——一週間以上も毎日つづけて。グラントはわたしがどこに逃げようと必ずみつけてやると宣言した。わたしだけではなく、わたしを助けた者もその報いを受けさせてやる、と。逃げたら殺してやるといわれたときには、それを信じた——だが、とどまっても、いずれ殺されると思った。

いま思えば、グラントがわたしという家畜を群れから引き離し、孤立したわたしに〝夫がいなくては夜も日も明けない〟というふりを強いるのは、いかに容易だったことか。わたしは抗う気力も体力も失ってしまったのだ。体が弱ったわたしを田舎の家で静養させてはどうかという申し出があっても、グラントはあっさり拒否した。愛する父でさえ、グラントが手紙に書きしるしたうるわしい嘘を信じたし、わたしが結婚前に親しくしていた友人たちも離れていった。友人たちがわたしと連絡をとろうとしても、グラントが断固として阻止したからだ。結婚するときにわたしが持っていたお金は、グラントにサインをさせられた小切手に化け、家計に繰り入れられた。こうして、わたしはつねに、数枚のコインしか自由に使えない状態に追いこまれていったのだ——家出などできない金欠状態に。そのころのわたしの頭には、家計費からひねりだしたお金をほそぼそと貯めて、名前を変えて姿を消すという計画しかなかった。それを思うと、いまでも体が震える。皮肉なことに、わたしにとっては戦争が福音となった。グラントはためらいもなく兵役の申告書にサインした——戦場で名をあげるという野望をもったからだ。

ふと現実に返る。

さすがに成功している商売人らしく、ネネットはすぐに気をとりなおし、わたしに手を貸して、彼女が選んだ衣装を着せてくれた。ミリー叔母が選んだゆったりしたローブとは、まったくちがうタイプの衣装だ。

「これはダンス用の伝統的な衣装なんです」ネネットはそういった。

「でも、わたし、ダンスはしない——」そういいかけたわたしを、ネネットは手を振ってさえぎった。

「ご心配なく。これはあなたのためにあつらえたようなドレスです。ダンスをしてもしなくても。あなたの薄茶色の目の奥にひそんでいる緑色を引き出しますよ」そういってネネットは満足そうにうなずいた。

細い肩ひものついた、深いエメラルドグリーンのドレス。二本の肩ひものうち一本は鎖骨《さこつ》の上を斜めに横切り、もう一本はまっすぐに肩から下にのびている。肩ひもには金糸の刺繍があり、上半身を手袋のようにぴったりとつつみこんでいるボディスの刺繍とつながっている。ボディス部分は腰をすっぽりとおおい、その下のシフォンのスカートには、数えきれないほど多数の、金貨のような小さな丸い円形の飾りが縫いつけられている。エキゾチックでセクシーな衣装だ。ネネットはわたしの頭に緑色の薄いスカーフをかぶせた。衣装と同じように、スカーフにも小さな丸い金色の飾りが縫いつけてある。仕度がととのうと、ネネットはわたしを衝立の向こうに押しやった。

ミリー叔母ははっと息をのんだ。「まあ、ジェーン、見とれてしまうよ」

この賛辞に、わたしは赤くなった。叔母に褒められることなど、めったにない。

「それにしなさい」そして、叔母はネネットにいった。「両方ともいただきましょう」

「そんな、贅沢《ぜいたく》な……」わたしとしては、たかがお遊びにそんな贅沢をする必要などない。

叔母はわたしの肩を軽くたたいた。「いいんだよ。わたしがおごる」

叔母は満面に笑みをたたえているネネットにうなずいてみせた。わたしは衝立の陰に引っこんだ。もとの軽いリネンの服に着替え、衝立の陰から出てグリーンの衣装をネネットに渡す。ネネットはふたり分の衣装を包んでくれた。

「すてきなお土産になるじゃないか。またなにかの機会に着られるよ」叔母はそういった。

あんな衣装をまた着られる機会があるとは思えないが、叔母が仮装パーティのことをいいだしたときから、いま初めて、わたしもパーティが楽しみになった。

「それに……」叔母はおつにすました笑みを浮かべた。「あんたのレドヴァースも、きっと気に入るよ」

わたしは小さく頭を振った。

「わたしのレドヴァース、じゃありません」もごもご異議を唱えたが、叔母は知らん顔だ。

レドヴァースのことで叔母といいあってもむだだ――再婚する気などまるっきりないことを叔母に理解してもらうなんて、未来永劫、できるわけがない。叔母の傍若無人《ぼうじゃくぶじん》ともいえる結婚仲介の試みは、関係者の時間をむだに費やさせるだけなのだ。だが、どうやら、わたしがレドヴァースと頻繁に会っていることが、仇《あだ》になったらしい。そのために、叔母に誤解の種を植えつけてしまった。わたしとレドヴァースが殺人犯をあぶりだそうとしているとは、叔母には想定外の話だろう。わたしとレドヴァースは仲間意識でつながっているが、あくまでも調査を進めるうえでのパートナーでしかない。殺人事件の真相を解き明かすための調査のパートナー。

ネネットの店を出るさい、叔母を先に行かせてから、わたしはふりむいて、目に感謝の意をこめて彼女を見た。ネネットは微笑し、うなずいてくれた。彼女と別れ、大股で三歩進んで叔母に追いつく。口のなかで、大騒動にならずにすんだことを神に感謝する祈りをささげる。背中の傷のことは他人に知られたくないが、その筆頭がミリー叔母なのだ。わたしの傷を見れば、叔母はあれこれ質問するだろう。それは叔母の義理の甥の問題につながり、とどのつまりは、わたしが結婚していた相手がサディストだったという、口にしたくもない事実にたどりついてしまうだけなのだ。

陸軍省から電報が届いたとき、胸にかすかな希望の光がさしたことを思い出す。電報を何度もくりかえし読んで、ようやくグラントが二度ともどってこないことを理解した。胸の内のダムが決壊し、洪水のように安堵の波が押しよせてきて、わたしをかなたに運び去ってくれた。握りしめた電報が濡れたのは、どっとあふれた喜びの涙のせいだ。ついに自由になったという喜びの涙が、頬をつたって流れ落ちたせいだ。

グラントの死を悼む気持など、これっぽっちもなかった。

25

ネネットの店には一時間もいなかった。だが、ミリー叔母は疲れきってしまったようだ。リリアンの徹夜の看病で寝ていないのだから、無理もない。

「ちょっと横になろうかね」叔母はあくびまじりにそういった。

「それがいいわ、ミリー叔母さん」

「もちろん、先にリリアンのようすを見てからだけど」

「もちろん、そうよね」

わたしはそのままレドヴァースを捜しにいった。ネネットの店には小一時間しかいなかったが、すでにレドヴァースがわたし抜きでカイロに向かい、化学者に会っているのではないかと不安になったのだ。

だが、出くわしたのはレドヴァースではなく、ハマディ警部だった。

「ミセス・ヴンダリー、よかったら、ちょっとお話を」警部は射抜くような目でわたしを見た。わたしがガラス箱のなかの標本昆虫であるかのように。

「警部さん、殺人事件の捜査ははかどっていますか?」なんとかおだやかでおちついた声で訊いたが、じっさいはそんな気持ではなかった。わたしにはやましいことなどないのだが、この男にはなぜか動揺させられる。

警部はくちびるを引き締めた。「なぜ捜査をわたしに任せておいてくれないんですか、ミセス・ヴンダリー?」

「それじゃあ、まだ誰も逮捕してないんですね?」寝不足の今朝は自分の舌をコントロールできない。叔母同様、わたしもちょっと横になる必要がある。

ハマディ警部は一歩、近づいてきた。「ご心配なく。逮捕する準備がととのえば、まっさきにそれを知るのはあなたということになりますから」

思わず息をのんでしまう。警部が満足そうな笑みを浮かべたので、弱さを見せてしまったことを悔やんだ。この男はひとをいたぶって満足するタイプのようだ。

「昨日はピラミッド見物をなさったんですよね、ミセス・ヴンダリー」

「ええ、そうです。そうしてもべつに問題はないと、ミスター・レドヴァースが請け合ってくださったので」そういったとたん、レドヴァースを狼に投げ与えてしまったかのような、うしろめたい思いにさいなまれた。わたしは背筋をしゃんとのばした。「そう、ピラミッド見物に出かけましたわ」

警部は顔を曇らせた。「もう二度とホテルを出ないように。誰といっしょであっても、外出は禁止します」

「もちろん、そうしますわ。ホテルを出るなんて、夢にも思いませんとも」笑顔でそういうと、警部の目が怒りをこめてちかっと光った。警部と同盟を結んだりするものか。警部は床に唾を吐いた。わたしは口もとをゆがめ、警部は口もとにうすら笑いを浮かべた。

だが、そのあと、警部のまなざしが少しやわらいだ。即座にわたしは警戒した。

「サソリの件は聞きおよんでいます」警部はいった。

「そうですか。とてもショックでしたわ」

「誰も害をこうむらなかったのは幸運でしたね」警部は軽くうなずいてみせた。「警察はその件も調べています。あなたがさらにゴタゴタに巻きこまれることはないでしょうが、どうか、充分に注意してください。あなたがホテルから出てしまえば、なにかあっても、あなたを助けることができませんから」

わたしはくっと眉をつりあげた。そして、そっとうなずいた。思いがけない気遣いを示され、警部に対する評価が混乱してしまう。ホテルにいるように命じられたのは、わたしが容疑者だからではなく、まったく異なる理由があるからなのだろうか。わたしを守ろうという衝動的な出来心のせいとか？

どちらにしろ、警部が踵《きびす》を返して路面電車の停留所のほうに向かっていくのを見て、わたしはほっとした。警部はカイロにもどるのだ。あの男とやりあわなくてすむのがありがたい。

動揺したまま、エントランスホールのロビーをうろうろと歩きまわりながら、次になにをするか考えた。警部は自信たっぷりだったが、警察の捜査が大幅に進展しているとは思えない。その一方で、わたしは逮捕されず、さらなる尋問もされなかったのはいい兆候といえる。警部がもはやわたしを容疑者とはみなしていないようだとはいえ、すでに真犯人を割り出しているとも考えにくい。わたしとしては、アモン・サマラについてもっと調べる必要があるし、わたしに警告するのを喜んで引き受ける人物が誰なのか、みつけなければならない。その人物はホテル内部にいるはずだ。そう思いきめ、方針が決まると、わたしの足は目的をもって動きはじめ、しゃきしゃきと歩きだした。

わたしがぶつぶつひとりごとをいいながらうろうろしていたのを心配して見ていたのだろう、フロントデスクの前を通ると、フロントマンは安心したような顔をした。

次の回の食事客がやってくるのにそなえて、ダイニングルームで立ち働いているザキをみつけた。

「ザキ、ミスター・レドヴァースを見かけなかった?」

ザキは注意深いうえに、職務上の立場もあり、客の動きには目をくばっている。おそらく、ホテルの内部で起こっていることなら、たいていのことを知っているのではないだろうか。ザキは皿やカトラリーをまっすぐに並べている手を休め、わたしに目を向けた。

「ええ、ミセス・ヴンダリー。今朝、ミスター・レドヴァースはミスター・サマラとごいっしょに朝食をめしあがりましたよ。それから、路面電車で街にお出かけになりました」

わたしは呆気にとられた。「いっしょに朝食を? ミスター・レドヴァースとミスター・サマラが?」

レドヴァースはなぜ急に、サマラと親しくすることにしたのだろう?

「はい、そのとおりでございますよ、マダム。そして、ごいっしょに路面電車に乗りこまれました」そういうと、ザキはちょっとくびをかしげて、わたしをみつめた。「マダムは今朝、わたくしの婚約者《フィアンセ》のネネットにお会いになったんですよね」

いきなり話題が変わり、わたしは一瞬、戸惑った。

「まあ、ザキ、あのひとがあなたの婚約者だなんて、知らなかったわ。とってもきれいなひとね」

ザキの顔がほころんだ。「はい。わたくしもネネットもメナヴィレッジに住んでいるんです。わたくしたちの家族もみんな。彼女はしょっちゅう、このホテルに衣装を持ってくるんですよ」

ザキが婚約者を誇りに思っているのは明らかだ。また、それももっともだと思う――ザキも、彼の未来の妻も、見るからにあたたかくて陽気な人柄だからだ。いずれこのふたりが幸福な結婚生活をおくることになるのは、容易に想像できる。

「そうね、あなたが誇りに思うのは当然だわね」心底からそう思っていることが声ににじみでていればいいのだが。「彼女、すばらしいセンスを発揮して、わたしの衣装を選んでくれたのよ」

ザキの胸がいっそうふくらんだが、ちょうどそこに客がやってきて話の腰を折られてしまった。話をしているあいだ、ザキのきらめく目の奥に、同情、あるいは好奇心というようなものは、これっぽっちも宿っていないことは断言できた。わたしはそっと指を交差させて、ネネットがフィアンセにわたしの秘密を打ち明けたりはしないことを切に祈った。このおまじないが効きますように。なんといっても、ホテルの従業員たちのあいだで、ゴシップの種にされるのは願いさげだ。そうでなくても、すでに〝話題のひと〟になっているだろうから。アンナ・スティントンの死という火にそそがれた油――それがわたしなのだ。

ザキは一瞬、わたしから目をそらしたが、わたしはなぜ彼に話しかけたか、本来の用件を思い出した。「ねえ、ザキ、ここだけの話にしてほしいんだけど……」切り出したはいいが、語尾が消えてしまう。

「はい、ミセス・ヴンダリー、もちろんそういたしますとも」口止めされるまでもないとばかりに、その声にはかすかにいらだちがこもっていた。

わたしは単なる世間話とはまったく異なる話題をもちだそうとしていたので、それを口にするのが賢明かどうか迷っていたのだが、思いきっていってしまうことにした。

「あのう……えーっと……ミスター・サマラのお部屋がどこか、知ってる？」

ザキはまじまじとわたしをみつめた。推しはかるような凝視に、わたしはきまりが悪くなった。

「ミセス・ヴンダリー、あなたさまは殿がたの部屋をおひとりで訪れるような、そういうタイプのご婦人ではないとぞんじますが」

「いいえ、ちがうのよ、ザキ。お部屋にいらっしゃるのなら、お訪ねしたりはしません」ならば、在室しないときにサマラの部屋に行くつもりかと、ザキに問いただされるのは困る。

しかし、ザキはなにやら合点がいったらしい。「ミスター・サマラに、ミス・アンナのことでなにかお訊きになりたいんですね」

ホテルの従業員も気づくほど、わたしの情報集めの行動は目立っているのだろうか――遺憾に思いながら、のろのろとうなずく。

「それはたいへんいいことですね。たとえミス・アンナが、そのう、ちょっと変わったかたであったにせよ。よろしいですよ、お教えしましょう。ミスター・サマラのお部屋は二十一号室です」

「ありがとう、ザキ。このことはあなたの胸におさめておいてくださると信じています」

「どうぞお気をつけて、マダム」

わたしはほほえみ、もう一度、礼をいってから、ロビーに向かった。カイロに出かけたレドヴァースとサマラが何時ごろ帰ってくるといっていたのか、ザキに訊き忘れたことを思い出し、引き返そうとしたが、ダイニングルームの出入り口にザキの姿はなかった。

肩をすくめ、わたしは自室にもどった。また他人の部屋に押し入るのなら、ドアをこじあける道具が必要だ。それに薄い手袋。エジプトの警察がどの程度、指紋採取のスキルをもっているか、それは疑問だが、我が身をもって確認したくはない。

用心するに越したことはないのだ。

26

自室にもどると、ドアのロックを解錠する道具になりそうなものはないかと捜しまわったあげく、ヘアピンに目をつけた。真相を知るためには、ヘアピンの二本ぐらい犠牲にしてもかまいはしない。

そっと廊下に出て、サマラの部屋に向かう。物見高い泊まり客が廊下をうろついていないか、目をくばりながら廊下を進んでいったが、幸い、人影ひとつなかった。この時間、たいていの客は観光に出ているか、または、居心地のいい部屋にこもっているのだろう。まだ正午にはなっていないが、気温がどんどん上がっているさなかだ。正午を過ぎたぐらいの午後も早い時間帯には、誰もが太陽から身を隠しているが、昼食時間が終わるころになると、出歩く人々が増えはじめる。そうなる前に、急いで行動しなければならない。

サマラの部屋のドアの前に立つ。ヘアピンでロックを解くコツがすぐにも習得できるといいのだが。サマラはカイロに行ったというザキの情報がまちがっていないことを確認しようと、まず二回ノックして耳をすます。部屋のなかはしんとしていて、なんの音も聞こえない。ポケットから手袋とヘアピンを取りだす。とにかくロックを解除できるかどうか、試してみようと心の準備をする。すると、頭の隅から、こういう訓練はしたことがないし、実体験もないのだから、いきなり大技に挑戦する前に、ドアノブが回るかどうか確認してみろという声がした。その声に従ってドアノブを回すと、驚いたことに、ドアが開いた。まさかドアが開くとは予想していなかったので、あやうく前につんのめりそうになった。ドアの側柱にしがみついて体を支え、たたらを踏んでころがりこむよりも優雅に、ふつうの足どりで室内にすべりこんでから、うしろ手にドアを閉める。心臓が早鐘を打っている――他人の部屋にしのびこんでいるところをみつけられるのではないかという恐怖もさることながら、ぶざまに失敗してしまうのではないかという恐怖のせいだ。手袋はちゃんとはめているにしても、だ。それに、いまにもサマラが帰ってくるのではないかと思うと、怖くてたまらない。すぐにドアがしっかり閉まっているかどうか確かめるべきだという思いに駆られ、急いでそうした。だいじょうぶ。これなら、サマラが鍵を開ける音が聞こえるはずだ。そうすれば、ドアが開くまでの数秒間、時間的猶予がもたらされる。

室内には、サマラが使っているコロンのにおいがこもっている。その空気を吸いこんでしまい、喉の奥がもがもがした。息苦しい。急いで調べるしかない。調査を終えて自室にもどったら、浴室に直行してお風呂に入らなければ。

サマラはミリー叔母のようにスイートルームに宿泊しているものとばかり思っていたが、そうではなかった。わたしと同じく、ホテルの表側の部屋なので、裏側の部屋とはちがい、窓の外に壮大な景色が広がっているわけではない。サマラは自分は裕福だと〝ご婦人たち〟に思わせたがっているが、実情はそれほど裕福ではないようだ。あるいは、部屋代を節約して、夜半にギャンブルをする資金にまわしているのだろうか。

きちんと片づいた部屋のなかをざっと眺めてみたが、サマラの私物——衣服やらなにやら——が少ないことに驚く。彼がホテルに到着したときにたまたま見たのだが、大小さまざまな組み合わせのスーツケース一式を持っていた。あのいくつものスーツケースの中身はどこかに預けてあるのだろうか。ここにある私物だけではスーツケース一個分にも満たない。なにかみつかるかどうか、確信もないまま、わたしはサマラの吟味された衣類を調べてみた。ワードローブに吊されている数着のスーツは上質の高級品だが、あちこち繕われた跡があった。たんすの引き出しをあらためてみると、シャツの数も少ない。シャツもまた上質の品ばかりだが、カフスもカラーも取り替えてある。何度取り替えたのか見当もつかない。いろいろな品に手を触れては、触れたことがわからないように、慎重に元どおりにしておく。部屋を調べたことをサマラに気づかれてはならない。

奥の壁に寄せられたカウチに目がいった。実用的ではなく装飾的なカウチだ。ところどころに象牙《ぞうげ》がはめこまれた、彫刻のある木製のカウチ。その優美なラインに目を奪われる。座席部分は高価な赤いブロケードの掛け布でおおわれているが、その上に小さな白いものがあるのに気づいた。赤に白。小さくてもよく目立つ。紙の角の部分だ。本体はクッションの陰に隠れている。

あの男がそんなに迂闊《うかつ》なことをするかしらね——わたしは内心でそうつぶやきながら、カウチに近づいた。クッションを持ちあげると、数枚の書類があった。ここを隠し場所にしていたらしい。書類を一枚ずつざっと見てみる。一枚目は支払い人のリストだとわかった。イニシアルと金額。筆跡は女性のものだが、几帳面《きちようめん》なサマラが女性っぽい字を書くとしても、べつに不思議ではない。

次は工芸品のリストのようだ。ひとつずつ書きだされた項目の次に、発掘現場が明記されている。遺跡の出土品なのだ。カイロからさほど離れていない発掘現場ばかりだ――メナハウスに泊まっているあいだに、機会があればぜひ訪れたいと思って調べておいたので、まちがいない。丸で囲んである項目があった。記述を読むと、小さな象牙の像だとわかった。

頭の片隅でなにかがむずむずとうごめいた。脳がなにかを告げようとしている。それをつかみとれないうちに、廊下で足音がした。体が硬直する。血が音をたてて体じゅうを流れる。その音が耳の内部からではなく外部から聞こえてくるかのように、大きく聞こえる。足音がサマラの部屋の前で止まらないうちに、どこか隠れる場所はないかと必死で室内を見まわす。ワードローブに隠れるのがいちばんいいようだが、入ったが最後、容易に出られなくなるかもしれない。あるいは、カイロで半日をすごしたサマラが、服を着替えようとワードローブを開けるかも。

足音は遠ざかっていった。

ワードローブに隠れずにすみ、心底ほっとした。また呼吸ができるようになり、詰めていた息を吐きだす。強いコロンの香りがする空気を吸いこみ、またもや喉がもがもがした。軽く咳きこんだが、かまわずに、リストの読みこみにもどる。最後の書類は、英国人のあかんぼう

（女児）の出生証明書だった。出生は約十九年前。母親の欄を見たとたん、わたしはカウチにへたりこんでしまった。

ミリセント・スタンリー。

わたしが知っているかぎり、ミリー叔母と義理の叔父のあいだに、子どもはいなかった。だが、手にした書類には、ミリー叔母がイングランド北部の田舎の病院で女児を出産したと明記してある。父親の欄は空白だ。

ショックで頭に霧がかかっている状態だったが、それでも、これ以上サマラの部屋に長居してはいけないという認識はあった。身の安全の面、あるいは、健康の面からいっても、長居は禁物だ。コロンまじりの空気のせいで、鼻孔と肺が悲鳴をあげていることだし。

わたしは出生証明書だけをつかみ、残りの書類はクッションの下にもどした。ドアに耳をつけて、廊下に足音がしないことを確認する。なにも聞こえない。

無事にサマラの部屋から出ると、いちもくさんに逃げ出した。自室にもどる途中で、剝ぐように手袋をむしりとり、汗で湿った手でしっかりと出生証明書を抱きしめた。この書類を持っているいま、どうやってミリー叔母に接すればいいのか、わたしにはわからない。だがこれで、叔母がサマラのこととなるとおかしな反応をしていた、その説明がつく。恐喝によって奪いとった金額だと判断できる、あのリストのなかに、叔母のイニシアルがあったのだ。それが絶叫していたように思える。アモン・サマラはいろいろとめざましい——お世辞ではなく——面を持っていると思うが、恐喝となると、話は別だ。彼のことを知った気でいたが、すべてを一か

ら見直す必要がある。恐喝を示すリストは、ミリー叔母にまったく新しい光をあててくれた

――わたしが見ようともしなかった面を照らしだしてくれたのだ。

誰にも見咎《みとが》められないまま、ようやく自室にたどりつく。思えば、罪を告発するも同然のあの恐喝リストを隠しておきながら、ドアのロックを確認せずに部屋を出るとは、サマラはそれほど愚かなのかという疑問が生じた。

しかも、書類は簡単にみつかったではないか。

27

自室にもどると、わたしはどこか安全な隠し場所はないかと、必死で考えた。この出生証明書はどうしても隠しておかなければならない。だからといって、廊下のシュロの鉢を使うわけにはいかない。危険すぎる。極秘にしておくべき書類なのだ。ふと思い出した——アンナはサマラのカフリンクを衣類に縫いこめていたが、警察はそれを見逃したことを。

ワードローブのなかを見てみる。棚に並べてある日よけ帽のうち、ひときわつばの広い日よけ帽に目が留まった。バンド部分に幅広のリボンが巻いてある。これだ。わたしは出生証明書を一インチの幅になるまで細く折りたたみ、それをリボンの下に入れた。帽子を棚に置く。離れて見てみる——近づいて見てみる。リボンがほんのちょっと浮いているように見えなくもないが、誰も気づかないのではないだろうか。特に、男性は気づかないのでは。

盗んできた書類の隠し場所が安全かどうか、二重、三重にチェックしてから、その帽子をかぶって、わたしは長い散歩に出ることにした。気温が上昇して暑くなっているが、かまわない。犯罪的行為をしでかして、いやというほど冷や汗をかいてしまったので、このさい、まっとうに汗をかこう。考えなければならないことが山のようにあり、神経が異常に高ぶっているので、体力を消耗してエネルギーを発散したいという思いもある。あの出生証明書は、わたしの実家の家系に大きな分枝ができたことを示している。ミリー叔母に、面と向かって問いただすべきだろうか、それとも、長い歳月、叔母が秘密を隠しとおしてきたという事実を尊重して、黙っているべきだろうか。

炎天のもと、一時間以上も歩きまわったあげく、この問題はしばらく放置しておくという結論にたどりついた。わたしにはわたしの秘密がある。叔母もまた、彼女だけの秘密をもつ権利があるというものだ。

ホテルにもどると、テラスでレドヴァースがお茶を楽しんでいた。近づいてくるわたしを見ると、彼は立ちあがって迎えてくれた。青と白のタイルが貼ってあるテーブルまで行き、彼の隣の椅子を引いた。

「熱でもありそうに見えますよ、ミセス・ヴンダリー。なにをなさっていたんですか?」

「ちょっと散歩を」日よけ帽のつばを軽く持ちあげて、手の甲で額の汗をぬぐう。レドヴァースは眉をつりあげたが、わたしは無視した。社交的な態度としてはいかがなものかという気はするが、どういうふうに見られようと、いまはどうでもいい。「午前中はどこにいらしたんですか?」

「ちょっと街まで。ドクターがあなたに毒を盛ろうとしたわけではないとわかれば、少しは気分がよくなりませんか? あの粉薬はただの胃腸薬でした」

わたしはレドヴァースをにらみつけた。視線でひとを殺せるものなら、検死医はまたひとつ、死体を抱えこむことになっただろう。「わたし抜きで調べてもらったんですね」置いていかれたという失望感が強く、ドクター・ウィリアムズが潔白だったという知らせはなかなか頭にしみとおってこなかった――レドヴァースに燃えあがる怒りをぶつけることに忙しかったせいだ。

「協力者を極秘にしておく必要があるんですよ、ミセス・ヴンダリー」

「でも、約束なさったじゃありませんか」

「確かに、ボーイスカウトの誓いにかけてといいましたが、じつをいえば、わたしはボーイスカウトに属していたことはありません」

「そんなばかげた弁解、初めて聞きました」すっかり頭に血が昇り、サマラの部屋でなにをみつけたか、レドヴァースにいう気がなくなってしまった。子どもっぽいといえばそうなのだが、レドヴァースがわたしに断りもなしに街に行ってしまったことを、あっさり許す気にはなれなかったのだ。自分でも過剰反応だとわかっているが、なぜそうなってしまうのか、いまはまだその理由を分析する心の準備ができていない。

しばらくのあいだ、怒りをたぎらせていたが、熱いコーヒーの味わいが少しずつ気持をなだめてくれた。レドヴァースは読みかけの『エジプシャン・タイムズ』紙に視線をもどし、声をかけてこなかった。怒りがおさまったかどうか、ときどき新聞の縁越しにちらっとこちらを見てはまた紙面に目をやり、ものうげにページをめくることをくりかえした。

「ほかになにかわかったことは？　ミスター・サマラと朝食をごいっしょになさったと聞きましたけど」怒りはおさまっていなかったが、好奇心のほうが勝った。

レドヴァースは新聞を置いてほほえんだ。

わたしはそんな微笑には負けないぞとばかりに、こわばった表情を崩さなかった。

「率直にいえば、ほとんど収穫はありませんでした。少なくとも、ミスター・サマラからは」

どうして古い学友であるかのように朝食をいっしょにしたのか、それ以上、突っこんで訊かないことにする。「でも、ほかの誰かからは、なにか情報を得られたように聞こえましたけど」

「そのとおり。ただし、申しわけないけれど、それもまたくわしく話すわけにはいかないんですよ」

まじめくさった表情だが、目の輝きかたから、からかっているのだとわかる。わたしは聞き流すふりをした。

「あなたが極秘にしておきたい化学者さんは、あの粉薬は毒ではないといったんですよね？」

反撃したいけれど、軽いジャブすら打てない。

「つまり、偶然の出来事が重なっただけだったんです。リリアン嬢のぐあいが悪化したのは、あの粉薬のせいではありません」

ドクター・ウィリアムズはわたしに毒を盛ろうとしたのではなかった。安心したというか、失望したというか、自分でもどちらかよくわからない。あの粉薬に毒が盛られていたのなら、その犯人はまちがいなくドクターだと断定できるし、そうなれば、わたしたちも真相の解明にぐっと近づけることになるのだが。

「リリアンがカリウム不足だったとすれば、重曹を摂取するとすぐに嘔吐《おうと》作用が起こります。

彼女がカリウム不足だというのは、ありそうなことですね。運動のしすぎで」

わたしはうなずいた。

「ただし、だからといって、ドクターを疑惑という釣り針からはずすことはできません。ミス・ステイントンはドクターの銃で射殺されたのかもしれないのですから」

わたし自身、銃は盗まれたというドクターの説明に納得していないので、彼の名前は、まだ容疑者リストの上位にある。リストのトップはホテル在住の恐喝者であるミスター・サマラ。その次にドクターという順番だ。

サマラのことを考えていると、レドヴァースが彼といっしょに朝食をとったという事実の裏には、もっと性質《たち》の悪い理由があったからではないかという疑問がふっと浮かんできたが、わたしはその疑問を頭から追い払った。もしレドヴァースがサマラに脅迫されているとすれば、礼儀正しくサマラと食事をするなど、とうていありそうもない話だ。わたしがレドヴァースに対していらだっているのは、約束を反故にされたこともさることながら、サマラがレドヴァースを恐喝する種を持っているということを信じたくないからでもある。

わたしは単に、男性とのつきあいを深める気になれないだけではなく、レドヴァースを含めて、知り合いの男が犯罪に巻きこまれているという仮説を立て、それを検証するのが嫌なのだ。わたしはひとを見る目があるほうだと思う――もちろん、死んだ夫は別だ。夫の性格の判断を見誤った経験から、いろいろなことを学んだ。本能的にレドヴァースは信用できると思ったのだが、それは安易な、誤った判断ではなかっただろうか。

どうだろう？

たとえば、化学者に会うためにカイロに行ってきたというような、ちょっとした嘘をついて、わたしを騙しているのかもしれないが、もっと重要な事柄に関しては嘘をつかないのではないだろうか。まあいい、いずれ、わかるだろう。

「ところで、わたしがサマラといっしょに朝食をとったという件ですが、どうしてわかったんですか？」

先ほどから、わたしはコーヒーカップをにらんで、これまでの人生に関わってきた男たちのことを考えていた。結婚生活が終わってから、それだけは避けたいと切に願ってきたことがある。だのに、いまのわたしは、どういう人物なのかほとんど知らない、約束を平然と破るハンサムな男に、理不尽ともいえる怒りを覚えている。決して関心をもつべきではない——なかった——男に。

男というのは、狡猾《こうかつ》な生きものなのだ。

「ザキから聞きました。あなたがどこにいらしたか知っているんじゃないかと思って訊いてみたら、教えてくれたんです」

レドヴァースは思案するように、ダイニングルームのほうに目をやった。「なにかと重宝な男ですね」

28

午後は、ディアナとチャーリーのパークス夫妻がテニスをしているのを見物してすごした。ふたりときたら、堂々とズルをするし、恥ずかしげもなく相手をからかい、笑いながらボールを打ち合っている。どうしてふたりが誘ってくれたのかよくわからないが、いつのまにかわたしも、ふたりの傍若無人《ぼうじゃくぶじん》なプレイぶりを楽しんでいた。

リリアンは快方に向かっていると聞いた。だが、ミリー叔母はリリアンの部屋にこもりっきりだ。なので、わたしとレドヴァースはパークス夫妻と夕食をともにすることにした。食事のあいだ、レドヴァースもわたしも何度も笑い声をあげた。この数日のいろいろな出来事のうさ晴らしにはもってこいの楽しい食事だった。この夜にかぎって、増えつづける懸念と疑惑の元であるリストのことは、忘れることにしたのだ。

目が覚めると、いつもよりもよく眠れたのが実感できた。今夜のイベントが待ち遠しい気がする。ただし、ダンスは願いさげだ。パーティを楽しむのに、必ずしもダンスに時間を割く必要はない。ダンスがきらいなわけではない。拍子《ビート》に乗れさえすれば。じつをいえば、わたしはリズムをつかみ、はずれないようにするのが圧倒的に苦手なのだ。だが、ドレスアップして、友人たちと顔を合わせるのはとても楽しみだ。

午後にのんびりとお茶を飲んだあとは、自室でくつろいだ。このホテルに到着して以来、初めて、気の休まる時間をすごせた。まさしく、こういう時間をすごすことこそが、心の平穏に必要なのだ。午後遅い時間に少し昼寝をして目が覚めると、ゆったりと湯につかることに決めた。ジャスミンの香りのバスソルトをようやく使えた。ときどき熱い湯を足しながら、心ゆくまでバスタイムを楽しんだ。手指の先も足指の先もしわしわになってから、風呂を出る。

時間をかけて身仕度をする。どうせヘッドスカーフをかぶるので、髪形に悩む必要はない。ミリー叔母の心づくしと気前のよさに感謝しながら、ネネットの衣装をまとう。叔母にはあらためてお礼をいわなければ。いつも履《は》いているものより少しヒールが高い、銀色の靴を選んでみたが、期せずして、衣装にぴったり合った。

着付けの手伝いをしようと叔母の部屋に行ってみると、誰かがわたしに先んじて叔母に手を貸したらしい。叔母はすでに身仕度をととのえていた。

「ミリー叔母さん！　とってもすてき！」リリアンとマリーがふたりがかりで、叔母の白髪まじりの長い髪を、できるかぎり現代風なヘアスタイルにしていた。顔の両側の髪に鏝《こて》をあててウエーヴをつけて垂らし、残りの髪はうしろにひっつめて、うなじのところで丸くまとめている。十歳は若返って見える。化粧もていねいにほどこされているし、叔母が選んだ衣装は体になじんでいる。わたしが褒めると、叔母はなにやらぶつぶついったが、それは照れ隠しにすぎず、内心はまんざらでもないと表情が語っている。

リリアンとマリーは同じスタイルの、似たような衣装を着ているが、色がちがう。リリアンはあざやかなオレンジ色と赤。マリーは少しくすんだコバルトブルー。どちらもゆったりとしたデザインで、スパンコールとビーズがどっさり飾ってある。リリアンは陽気にふるまっているが、まだ少し顔色がよくない。マリーは元気いっぱいではしゃいでいる。今夜のパーティへの期待で興奮しているのだろう、顔が輝いている。四人そろってテラスに向かうあいだ、若い女性ふたりの溌剌《はつらつ》としたエネルギーがこちらにも流れこんで、わたしもうきうきしてきた。

テラスに行くと、パーティはもう盛りあがっていた。出席者のなかには、カイロの高級ホテルから来たとおぼしい人々が大勢いる。浮かれ騒ぎのパーティに参加するよう招かれたのだろう。前のパーティのときと同じく、テラスの片隅にバーコーナーがしつらえてある。大勢の人人のあいだを、白い長衣の給仕たちが動きまわり、飲み物を運んでいる。人ごみをすかして、ザキが給仕たちの指揮をとっている姿がちらりと見えた。テラスのかなり広い部分がぽっかりと空いて、ダンスフロアになっている。その端のほうの狭い片隅に、楽団員たちが窮屈《きゅうくつ》そうに並んで演奏していて、人々の頭上をいきいきとしたジャズが流れている。スペンサー・ウィリアムズが作曲した曲、《エヴリバディ・ラヴズ・マイ・ベイビー》だ。

いつのまにかうしろにレドヴァースが来ていて、またもやわたしは跳びあがりそうになった。たいていの男性客は伝統的なエジプトのガラビーヤを着用しているが、レドヴァースはシンプルな黒のタキシード姿で、周囲からちょっと浮いている。月光のもと、黒っぽい栗色の髪がつやつやと輝き、黒い目がきらめいている。

「あなたには、人ごみのなかをこっそり歩きまわるのを禁止する必要がありますね」わたしは苦言を呈した。

「あなたはもっと観察力を磨く必要がありますね」そういって、破壊力のある微笑を浮かべる。ここはきついことばでいいかえすべきところなのだが、レドヴァースがわたしに飲み物をさしだし、ミリー叔母に軽く片目をつぶってみせたりしたため、なにもいえなかった。

ためらいがちにグラスに口をつけると、わたしの好きなレモン・ジンフィズだった。

「ミセス・スタンリー、じつにお美しい」

レドヴァースに褒められ、ミリー叔母は骨抜きになったようだ。わたしは叔母の口から辛辣《しんらつ》なことばか、あるいは彼が地元の衣装を一着に及んでいないことを非難することばが発せられるものと思ったが、案に相違して、驚いたことに、叔母の頰がピンク色に染まったではないか。叔母が女学生のように頰を染めている！

「姪ごさんにそっと近づくのはけしからんとお思いですか？」

「いえ、かまいませんよ、ミスター・レドヴァース。では楽しい一夜を」

ミリー叔母はわたしに煽るような笑みを見せると、リリアンとマリーをうながしてバーコーナーに向かった。三人で楽しげにおしゃべりしながら。

レドヴァースはわたしに目をもどした。わたしは顔が赤くなるのを感じた。

「ダンスをなさりたいですか、ミセス・ヴンダリー？」

わたしはヒールの高い靴を履いているのに、レドヴァースは上体を折るようにしてわたしの耳もとでささやいた。そのせいで、わたしは背中がぞくっとした。屋外なので、音楽は耳を聾《ろう》するほどの音量ではないのに、わざわざ耳もとでささやくとは……。背中がぞくっとしたのは、レドヴァースに急に接近されたせいだ。

わたしは頭を振った。「ミスター・レドヴァース、せっかくですが、ダンスはいたしません。うまく踊れないので」これを受け容れてくれればいいと思ったが、レドヴァースは断られていっそう奮いたったらしい。

「その返事では引き下がれませんよ、ミセス・ヴンダリー。ぜひ踊っていただきたい。その衣装はとてもすばらしい。ダンスフロアをひとまわりさせてやらないと、衣装が嘆きますよ」またもや彼の息がわたしの耳もとの髪をくすぐった。

どう返事をすればいいのか。「ありがとう」とりあえずそういったが、拒否の返事になっているのか？　自信がない。口のなかに毛糸の靴下がいすわっているような感じがする。

急に恥ずかしくなって、早くも半分に減っているグラスの中身に視線を落とす。半分はどこに消えたのだろう？　こぼしたのだろうかと思い、床を見てみる。自分が飲んでしまったとはとうてい考えられない。

レドヴァースはわたしの手からあやしいグラスを取り、彼のグラスといっしょにして、近くにいた給仕に渡した。そして、わたしをダンスフロアに誘《いざな》った。わたしはふいに、最初に断った口実を思い出した。

「ほんとうにダンスはできないんです、ミスター・レドヴァース」その口実にしがみつこうとがんばってみる。

「ナンセンス。ちゃんとしたパートナーに恵まれなかっただけだと思いますよ」

わたしは頭を振った。

レドヴァースはわたしの体に片腕をまわすと、軽々とわたしをリードして、優雅な動きでフロアを回った。背中に、彼の強くてがっしりした腕の感触。

「ほらね？　きれいに踊れる……」

その瞬間、わたしはレドヴァースの足を踏んでしまい、レドヴァースはいいかけたまま絶句した。

「気にしないで」今度は彼が頭を振る。「先ほどのことばは忘れてください」

「だから、いおうとしたじゃありませんか。わたしはリズム感がないんです。もうやめましょう。あなたが足を引きずるようになるのは見たくありません」

「いやいや」レドヴァースは顔をゆがめた。「わたしからいいだしたことです。この曲が終わるころにどういう結果になっているか、興味津々ですね」

ふたたびくるりと回転。今度はうしろにいた男性の足をヒールで踏んづけてしまった。男性は片足で跳びはねながら、仔牛革の靴に開いた穴をまじまじとみつめた。そのようすを見ていたパートナーの女性は、困惑の面もちだ。

レドヴァースは不運なカップルからすばやく巧みに離れた。わたしは抑えようとしても抑えきれず、笑ってしまった――レドヴァースのこんな表情が見られるとは。

「そのヒールの踵《かかと》、ずいぶん先がするどいんですね」

「それを忘れないようにしますわ。武器が必要になるかもしれませんから」

「りっぱな武器になりそうだ」レドヴァースは肩越しにわたしの靴を見おろした。「あの気の毒な男の足が出血してないといいのですが」硬い口調でそういうと、彼自身は片足を引きずることもなく、フロアをすべるように動いた。ようやく曲が終わる。

わたしはそばにいた給仕のトレイからグラスをふたつ獲得し、ひとつをレドヴァースにさしだした。レドヴァースはありがたそうにそれを受けとった。

「ダンスができないというのは、謙遜だと思いました」レドヴァースはぐっとグラスを空けた。

「とんでもない」

「もう二度と疑ったりしませんよ」悲惨な出来事を彼自身も体験し、目撃もしたというのに、あたたかい微笑を浮かべている。お返しにわたしも口角をあげた。

「では、みなさんの安全のために、フロアから離れたほうがいいでしょうね」

わたしは笑い、ふたりしてバーコーナーに近いところに移動した。

声をはりあげなくては話もできないため、レドヴァースはかなりわたしに接近している。あまりに近いので、わたしははねあがりがちな鼓動を抑える必要があった。ミリー叔母、リリアン、マリーの姿が見えたので、三人のようすを見にいくことにする。

「叔母のようすを見にいかなければ」わたしは三人のほうに顎をしゃくった。

「わたしはもう一杯、酒を調達しましょう。それからこの人ごみのなかを歩きまわって、誰がどこにいるか、全員の居場所を把握しておくつもりです」

ダンス騒動で、わたしは殺人犯の正体を突きとめる調査をしていることも、容疑者たちをこっそり観察することも、放念しかけていた。レドヴァースの頭の働きはクリアで、わたしのそばにいるからといって、わたしのようにどぎまぎしたりせずに冷静だということに少しがっかりしたが、レドヴァースの言で、そんなやわな思いは破壊された。

あらためて、身近に男という生きものがいるという危険を、脳裏にしっかりと刻みこむ。

おしあいへしあいしている人々のあいだを縫うようにして、ミリー叔母たち三人のほうに向かう。だが、五歩も進まないうちに、誰かに肘をつかまれた。

29

「ミス・ヴンダリー！」

肘をつかんだのはステイントン大佐だった。ネイビーブルーの長衣《ガラビーヤ》に同色のターバンという異国のいでたちながら、身になじんだ服を着ているかのようだ。いつも持っているステッキで、周囲に狭い空間を確保している。「お美しいですな」

「ありがとうございます。大佐もよくお似合いですわ」

大佐の衣装のことをもっといおうとしたときに、背中をとんとんとたたかれた。ふりむくと、双方の鼻先がくっつかんばかりの近さに、ドクター・ウィリアムズがいた。

「やあ、どうも、ミセス・ヴンダリー」ドクターはわたしに会って喜んではいないが、かといって、うっとうしく思っているようすでもない。

「やあやあ、ウィリアムズ少佐」ステイントン大佐は陽気にあいさつした。ふたりは親しげに握手を交わした。わたしが思っていたよりもいい関係のようだ。前に大佐がドクターのことを話していた口ぶりから、てっきり、単なる顔見知り程度の仲だと思っていたのだ。だが、よく考えてみると、このふたりはともに退役軍人だし、ドクター・ウィリアムズは検死のために、アンナが殺害された現場に呼ばれていたではないか。ふたりが親交を深める機会は何度もあったはずだし、事件の日以降、一度も顔を合わせることがなかったというほど、ホテルが宿泊客でいっぱいだったわけではない。

「パーティを楽しんでおいでかな、少佐？　それとも、ホテル・ドクターとしての義務で参加しているとか？」

ドクターは笑い声をあげた。「気持のいい夜だし、たまたま非番でしてね。大佐はカードテーブルに行くつもりじゃないんですか？」

「そうなんだがね。きみはいちかばちかの勝負が好きなようだが、わたしはそういうテーブルにはつかんぞ」

わたしは眉をひそめた。娘が亡くなってからまだ数日しかたっていないというのに、大佐は毎晩、ギャンブルにふけっているのだろうか。いや、なにか気晴らしが必要なのだろう。ひとりぼっちで部屋に閉じこもって悲しんでいては、健康にもよくない。

「娯楽室には女性客も多いんですか？」わたしはつい口を出してしまった。

「ああ、そりゃあもちろん」大佐がそういうと、ドクターは肩をすくめた。「嘆かわしいことに、娘のアンナはわたしのギャンブル好きの血を引いていましてな。夜は長いこと娯楽室ですごしてましたよ……そのう……あの前は……」

大佐がことばに詰まると、ドクターが慰めるように大佐の肩をつかみ、陰鬱《いんうつ》な目つきでわたしを見た。わたしはむっとした。

わたしはわざと大佐の娘のことを持ちだしたわけではない。ただ、チャーリーがアンナのカードの腕前についていっていたことを思い出しただけだ。その話が頭にあったので、好奇心に負けて性急に質問してしまった。たぶん、それがいけなかったのだろう。わたしはドクターに、悪かったという気持をこめて微笑した。

ステイントン大佐は頭を振って気をとりなおし、話題を変えた。その話題に、わたしは唖然《あぜん》とした。

「警察はきみの軍用銃をみつけたのかね、少佐？　けしからん話だ」

ドクターの盗まれた銃。つまり、娘を殺害するのに使用されたとおぼしい銃のことだ。それを大佐がみずから口にしたことに、わたしはショックを受けた。そして、大佐がドクターにも責任があるとみなしているわけではないようすに、さらに唖然とさせられた。

「まだみつかってないようですが、たとえみつかっても、警察から知らせがくるとは思えませんね。ハマディ警部はどういう状況であろうと、関係者をやすやすと安心させてくれるような男じゃありません」

ハマディ警部に対するわたしの印象は、どうやら普遍的なもののようだ。

「警察がどうやってその情報をつかんだのか、きみは知っているかね？」大佐の声はおだやかだったが、眼光はするどかった。

「わたしの部屋にあったのはまちがいないんです。ホテルにいるときもカイロに出かけるときも、持ち歩いたりはしませんでしたから。いや、べつに、盗んでほしかったわけじゃありませんがね」ドクターの口角がかすかにゆがんだ。微笑に見えなくもない。

「阿片窟《あへんくつ》にいらっしゃるときにもということですか？」なんと、これはわたしの声だ。これには我ながらショックを受け、目をみひらいてしまう。またしても、脳より先に舌が勝手に動いてしまったのだ。

ドクターの眉根が寄る。罵詈《ばり》雑言《ぞうごん》をあびせられるのではないかと覚悟したのだが、ドクターは顔をのけぞらせて笑いだした。

「ええ、そんなものを持って阿片窟に行ったりはしませんよ、ミセス・ヴンダリー。みつかれば、とんでもない騒ぎになりますからね」

大佐はさもあらんとばかりに、わけ知り顔でうなずいた。「少佐はそういう場所には慣れているようだが、かなり荒っぽいやつらがいるからな」そういって、それでいいのだという目を少佐に向けた。

わたしは困惑して、大佐と少佐を交互にみつめた。

「ドクターは、阿片窟に入り浸っている元兵士たちをできるかぎり救いだし、阿片をやめさせようとしているんですよ。大勢のふつうの男たちが、戦争の記憶を忘れるために阿片に耽溺《たんでき》しているんです」ステイントン大佐はわたしにそう説明してくれた。

わたしはグッピーさながらに、何度も口を開けては閉めた。ようやく口をしっかり閉ざすことができると、ふたりの男はうっすらと微笑を浮かべた。

ドクターはむかしなじみの戦友であるかのように、わたしと大佐の背中をぽんとたたいた。

「ほら、あそこの若い女性。ダンスフロアでくるくるターンしても、もうだいじょうぶ。すっかりよくなりました」

ドクターの視線の先をたどると、その若い女性とはリリアンだった。頰を薔薇《ばら》色に染めて、マリーとミリー叔母と楽しげに談笑している。

ステイントン大佐はドクターの意見に賛成だといわんばかりに、満面に笑みをたたえた。

「ではそろそろ失礼させていただきますよ、ミス・ヴンダリー。カードテーブルが呼んでいますので」大佐はそういって、わたしに笑顔を向けた。「いつもながら、あなたにお会いできたのは、我が喜びですよ」

わたしが微笑を向けると、ステイントン大佐は軽くおじぎをしてから去っていった。巧みに人ごみのなかをすりぬけていく大佐を見送りながらじりじりと前に出て、大佐のうしろ姿を見失わないようにする。大佐はするりと屋内に入り、ダイニングルームを出るさいにザキに話しかけた。ザキは微笑をたたえ、長衣のふところに手を入れた。と思うと、すぐにその手が出てきた。握手を交わすさいに、その手に握ったものを大佐に渡したようだ――距離があるので、なにを渡したのかは見えない。大佐はザキに微笑を返し、彼の背中をぽんとたたいた。そしてふたりは連れだって、娯楽室のほうに歩いていった。

わたしは口のなかで悪態をついた。もしザキが大佐になにかを渡したのなら、それはごく小さなものだろう。それがなんなのか興味があるが、当然ながら、それを突きとめるのはむずかしい。ちょっと悔しくて、小さくため息をついてから、先ほどドクターの視線が向かっていたほうに移動する。ミリー叔母、それに叔母のふたりの若い被保護者がいるほうに。

人ごみをなんとかすりぬけ、ようやく三人のところにたどりついたが、そのころには、ドクターはリリアンを誘ってダンスフロアにすべりでていた。マリーは腕を組み、不機嫌な顔でダンスフロアのカップルをにらんでいる。叔母は関心がないようだ。わたしは叔母をはさんでマリーとは反対側に立った。

「反対なさらないの？」叔母にそういいながら、わたしはリリアンとドクターのカップルのほうに頭をかしげてみせた。「あのかた、リリアンよりかなり年上よ」

「つまらないことをおいいでないよ、ジェーン。ダンスをしているだけじゃないか」叔母は満足そうにハイボールをすすった。「彼女は礼儀上、誘いを受けただけだよ。それに、ドクターはこのホテルで、りっぱな仕事をなさっておいでだ」

わたしはけげんに思った。ドクターについて、レドヴァースは協力者から悪い情報をもらったのか、それとも、レドヴァースが意図的に、わたしに悪い情報をもたらしたのか。外からの情報によるドクターのプロフィールと、ホテル内でレドヴァースとわたしが集めた情報によるプロフィールとは、まったく異なっているではないか。

人ごみの端のほうに、チャーリーとディアナがいるのが目に留まった。いま必要なのは、愉しい話し相手だ。ほかのひとたちには困惑させられるばかりだし、むやみに考えこんで、せっかくのパーティの夜をだいなしにしたくない。バーコーナーから離れれば離れるほど、ひとの話し声が聞きとりやすくなった。パークス夫妻が大きな声でわめかなくても相手に聞こえる場所にいるので、ほっとする。

ディアナはわたしの衣装と同じタイプの衣装をまとっている――ゆったりしたガラビーヤではなく、伝統的なダンス用の衣装を。きらきらと輝く衣装の飾りが、黒と青のあいだの色あいの夜空にきらめく星々を連想させる。それに、目にほどこしたくっきりした化粧を見ると、仕事でステージに立っている彼女の姿が目に浮かぶ。チャーリーは赤いガラビーヤを着こみ、頭には同色のターバンを巻いている。いつものように逆立った髪の毛をなでつけようと頭に手をのばしては、ターバンにさえぎられ、すぐにその手を引っこめている。

「ジェーン！」わたしをみつけたディアナが、さっと両腕を広げてハグしてくれた。もう数杯はお酒を飲んだようだが、こういうあっけらかんとした愛情の表現は、決して嫌ではない。

「楽しんでる？」そう訊いたものの、答はわかっている。

「猛烈に。ね、チャーリー」ディアナはチャーリーの腰に腕をまわした。チャーリーは幸せそうに新妻を見ている。

「きみがいるからね、マイ・ラヴ」チャーリーはディアナの髪にキスした。

そんなふたりを見て、わたしはほほえんだ。

「で、あなたのハンサムな紳士はどこ？」ディアナがウィンクしてそう訊く。

「あら……いえ……ちがうの……その、わたしたちはそんなんじゃない……」わたしはしどろもどろになった。

「あら、そうに決まってる」ディアナはにんまりと笑っていたが、その笑みがいっそう深くなる。

わたしは話題を変えた。「今夜は娯楽室には行かないの？」

チャーリーはにやりと笑った。「パーティのせいで、カードゲームは開催されてないんです。だけど、もう少し時間がたったら、カードゲームに目がないひとたちが抜け道をみつけるんじゃないかな」

カードゲームが開催されていないとすると、ステイントン大佐はどこに行ったのだろう？　疑問が浮かんだが、わたしはリラックスしようと決めたことを思い出した。悩むのはあとだ。

わたしたち三人は、小一時間ほど、お酒を飲みながら四方山話に花を咲かせた。やがてバンドが《サムバディ・ラヴズ・ミー》を演奏しはじめると、ディアナとチャーリーはわたしに失礼を詫びて、ダンスフロアにすべりでていった。

ディアナの目をみつめながら、チャーリーは優雅にディアナをリードしている。胸がちくりと痛み、わたしはふたりから目をそらした。

人ごみを見渡す。ムードは最高潮――このぶんでは、数日前に殺人という悲劇が起こったことなど、あっさり忘れられてしまうだろう。エキゾチックな鳥よりもきらびやかな衣装に身をつつんでいる人々。楽しげなおしゃべりの声やあざやかな色彩の氾濫《はんらん》が波となって、遠慮会釈なく意識を呑みこんでいく。わたしは疲れを覚え、新鮮な空気を吸おうと、テラスから暗い庭園に出た。

「楽しんでますか？」

なんの気配もしなかったのに、いきなり背後から響きのいい低い声が聞こえた。聞きなれたレドヴァースの声だ。わたしたちはパーティの騒音が反響音程度にしか聞こえなくなるまで、庭園を歩きつづけた。

「おかげさまで。すてきな夜ですもの。誰もが楽しくすごしているようですね」ちょっと寒けがして体が震えた。うっかりして、はおるものを忘れてきてしまった。レドヴァースはわたしが震えたのを見逃さず、ジャケットをぬいで、わたしの肩に掛けてくれた。気遣いと暖かさがうれしい。

「ありがとう」ジャケットの胸元を引き寄せると、石鹸と松の香りとなにやらぴりっとした香料のにおいにつつまれた。

「あなたはいかが？　楽しんでいらっしゃる？」

「いまは心地いいですね」あたたかみがあり、響きのある低い声。わたしたちは人ごみから離れたところで足を止めた。レドヴァースがわたしの目をみつめた。わたしの体がまた震えだした――今度は寒いからではない。次になにが起こるか、わかっているからだ。分別もわきまえず、このハンサムな男の腕に抱かれ、キスをしてほしいという欲望に対し、夫が亡くなってから、研ぎすまされた、するどいナイフの切っ先のような自衛本能が、警告を発している。

レドヴァースが上体をかたむけてきた。わたしは片手で彼の胸を押しやった――自衛本能が勝ったのだ。とはいえ、失望感がおなかの底にずしんと落ちてしまったが。

「できません」

レドヴァースは背筋をのばした。「できないのか、それとも、その気がないのか、どちらです？」

「どちらでも、たいしてちがいはありません」片手を彼のがっしりした胸にあてたまま、わたしは目を伏せた。「どちらにせよ、結論は同じですから」

片手をおろし、彼のジャケットをぬいで、返す。たちまち、暖かさも快《こころよ》いにおいも去ってしまった。男なんて。

「ジェーン」

「わたしたち、お友だちですわね」我ながらきっぱりした声音だったが、それだけではない響きがこもっているのがわかる。目をあげて、レドヴァースをみつめる。「それ以上ではありません。その点は尊重してくださらなければ」

レドヴァースの目に困惑と不満がくすぶっている。ジャケットを着て両手をポケットに突っこみ、わたしをまじまじとみつめる。わたしは両腕で自分を抱きしめ、自室にもどろうと、踵《きびす》を返した。

レドヴァースは追ってこようとはしなかった。

30

輾転反側《てんてんはんそく》して眠れぬ一夜となった。正しい判断をした——その思いは強い。だが、そのコインの裏側は——レドヴァースに可能性も喜びももたらせなかったという思い。そのせいで、眠れないのだ。まったく、せっかくのバカンスだというのに、睡眠不足つづきとは、滑稽《こっけい》でしかない。

ようやく夜が明けると、わたしは体を引きずるようにして、朝食をとりに階下に降りた。行く手でなにやら騒ぎが起こっているが、どうでもいい。わたしにとっては、コーヒーが最優先なのだ。騒ぎの中心部に近づいていくと、大勢の警官が駆けまわっていた。ホテルの宿泊客たちが集まり、不安そうにひそひそとささやきあっている。わたしは一瞬、目を閉じた。胸の内で、なにが起こったのか知りたいという気持と、コーヒーが先だという気持とが闘っている。だが、例によって、好奇心のほうが勝った。警官たちが注目しているほうに向かう。

メインホールのかなり手前で足止めされた。人々を規制している浅黒い肌の警官たちの向こう側を見てみようと、くびをのばしたが、別の制服警官の一団の背中が見えるほかは、ほとんどなにも見えない。わたしは目の前の警官をみつめた。どう考えても、彼を出し抜いて前に進むことなど、とうていできそうもない。そう思っていると、背後からおなじみの声が聞こえ、わたしはほっとすると同時に不安になった。

「隠密の偵察中ですか?」ポケットに両手を突っこんだレドヴァースがそういった。

わたしはくるっとふりむいて、レドヴァースの顔を正面から見た。目の下に隈《くま》ができている。眠れぬ夜をすごしたのは、わたしだけではなかったようだ。

「もちろん。なにがあったんでしょう?」

レドヴァースはしばらく返事をせずにわたしをみつめていた。

「昨夜はなにもなかったとでもいうようですね」

「ええ。そのとおり。あなたもわたしも、そうあるべきです」思った以上に、きっぱりした口調になった。

「なによりです」震えそうになるのを抑えて、ことばが出てこないようだ。

レドヴァースは口を開いたが、きびきびという。「あなたが同意してくださって、うれしいわ。ねえ、あそこでなにが起こっているんでしょう?」

レドヴァースはなにやら口のなかでもごもごいった。〝同意したわけではない〟とかなんとかいったようだが、定かではない。

「昨夜、ミスター・サマラが殺されたんですよ」

思わずはっと息をのんでしまった。短いあいだにサマラについて知ったことや、彼が内々に恐喝をおこなっていたことなどを考えあわせても、ショックは大きかった。

「どこで?　どうやって?」カフェイン欠乏の頭脳には霧がかかっているようで、知的で深みのある質問を組み立てられない。

「娯楽室で。今朝早く、ホテルの従業員たちが清掃に入ったときに、カードテーブルにうつぶせになっている彼を発見したんです。射殺されたんですよ」

「遺体を見られるかしら？」

「遺体を見たいなんて、いったいなぜです？」

レドヴァースは呆気にとられたようすだ。彼を驚かせることができて、わたしは内心、ちょっと得意になった。

「サソリを見て失神しそうになったご婦人のいうことですかね？」

「じっさいは」わたしはむっとしていいかえした。「そんなことはありませんでした。それに、毒のある虫は怖いけれど、ご遺体は怖くありません」そりゃあ、とても大きなサソリだったと誇張したかもしれない。多少は。

レドヴァースは頭を振ってわたしを見た。眉根が寄っている。

「死体に近づく許可をもらえるよう、警察を説得できるとは思えませんね。なんといっても、警察側から見れば、あなたはまだ前の殺人事件の容疑者なんですから」

わたしは苦い表情で、黙って彼をみつめた。レドヴァースはまた頭を振ったが、今度は負けを認めたようだ。わたしがなんとか微笑を抑えこんでいると、彼はちらっと周囲をうかがった。わたしたちに注目している者がいないことを確認してから、わたしの肘をつかんで歩きだした。わたしの盾になって、大勢の警官の注目をあびずにすむようにしているらしい。そんな必要はなかった。レドヴァースがわたしを連れて歩きだしても、警官たちは阻止しようとしなかったからだ。

誰にも止められることなく、娯楽室の開いたドアの前まで行けた。わたしはドア口からなかをのぞきこんだ。レドヴァースがいったとおりだ。サマラはマホガニーのテーブルに片方の頬と左腕をのせていた。血だまりのなかに。目は閉じられている。胸を撃たれたらしいが、その傷口が見えないのはありがたい。椅子に置いてあったとおぼしいクッションが床に落ちていて、いくつかの穴から羽毛がとびだしている。現場には羽毛が散らばっている。殺人犯は銃声を消すためにクッションを使ったのだ。アンナを殺した犯人が枕を使ったように。

時間をかけずに、見えるものはすべて見て、頭にしまっておく。わたしがなぜ喰いつかんばかりの目で遺体を見ているのか、警官たちに不審に思ってほしくない。近くにハマディ警部がいるに決まっているが、警部と顔を合わせるのはぜったいにごめんだ。

見られるものはすべて見たと判断してドア口から離れ、きっぱりとダイニングルームに向かう。レドヴァースがあとをついてくる。

「ずいぶんあっさりしていますね」

「この目で見ておきたかっただけですから。それに、朝のコーヒーも飲まないうちに、ハマディ警部と顔をつきあわせたくないし」

じきに熱いコーヒーを飲んでカフェインを摂取できると思うと、つい、唾が湧いてくる。

ダイニングルームの入り口で、初めて見る顔の若い給仕が迎えてくれた。テラスのテーブルまで案内してくれる。

「ザキは？」若い給仕に訊く。毎日、食事どきには、ザキが笑顔で迎えてくれるのがあたりまえになっているからだ。

「今日は非番なんですよ、マダム」

わたしはうなずいた。ザキは昨夜のパーティでさぞ忙しかっただろう。ザキにとっては深夜勤務も同然だったにちがいない。

席につくとすぐに、わたしは濃いコーヒーをポットで注文した。そして給仕が去ると、レドヴァースにいった。「羽毛が散ってましたね。銃声を消すのに、クッションを使ったんだわ。同じ犯人だと思います？」

レドヴァースは唸るようにいった。「じきにわかりますよ。いまのところ、そのように見えますね。警察はその可能性を追及するはずです。前と同じ口径の銃が使われたようです」

「それを確定することはできます？」

「いや、まずは銃を発見しないと。そのために、ホテルじゅうが警官だらけなんです。二件目の殺人。ハマディ警部は今度の事件を解明しないわけにはいきません。でないと、一身に非難をあびることになる」

「そうだとしても、わたしは同情しませんけど」小声でつぶやく。

「そうでしょうね。警部はちょっと……ことばにトゲがありますから」

トゲ！　いわせてもらえば、トゲなんてことばではなまぬるいぐらいだ。

「新たな容疑者がいるんですか？」

「わたしにいえるかぎりでは、さしあたり、ギャンブル客たちに目をつけているようです」

一瞬、考えこむ。「チャーリーが容疑者になってしまうんじゃないかしら。彼はカードテーブルの常連みたいだから。そうならないといいんですけど」

「その可能性はあります。警察は彼とアンナに接点がないか、調べるでしょう」レドヴァースは表情を変えずにそういった。

アンナの名前が出たとたん、それまで頭の片隅でちくちくと存在を主張していたのに、つかもうとするとすりぬけていた考えが浮上してきた――チャーリーは誰かを連想させる、という考えが。

「彼女が殺された夜のこと、憶えてます？　彼女と連れだっていた男性のことを？」ことばがころがるように口からとびだしてしまう。「あれ、まさかチャーリーじゃありませんよね？」

レドヴァースは考えこんだ。「彼があの若い男と同じような体格だとは考えたこともなかった。それに、どこのホテルを捜しても、あの若い男の容姿に似た男はみつかっていません」ため息。「さらにいえば、あの夜のサマラのアリバイを裏づけた、ふたりの男もみつかっていません」

重要な参考人とおぼしい三人の男が行方をくらまし、警察は発見できずにいる。そのうちのふたりは、そもそも最初から存在していなかったのかもしれない。わたしは情報を整理しようと頭を振った。早くコーヒーを飲みたい。

「とにかく、あれがチャーリーではないことを願うわ。彼とディアナはとても幸福なカップルなんですよ。夫が容疑者なんてことになったら、ディアナ、どうかなっちゃうんじゃないかしら」あの夜のアンナのいいひとが別の男であり、不実なチャーリーではなかったことを、心から祈っている。たとえディアナがあの夜の夫のアリバイで嘘をいったとしても、その嘘はふたりの絆を強め、その絆はいっそう堅固なものになっていると思う。もし新婚の夫がわたしを裏切っていたとすれば、チャーリーといっしょにいるときのディアナのように、あんなに幸福そうな顔など、できっこない。

ふと、また別の考えが浮かんだ。もしディアナがチャーリーのアリバイのために嘘をいったとすれば、彼女自身のアリバイも嘘だということにならないか。

パークス夫妻が事件に巻きこまれることを心配しているというのに、新たな疑念が頭をもたげてきた。

「あなたがおっしゃっていた、ドクターが阿片《あへん》中毒だという情報、まちがっているなんてことはありませんか？」

レドヴァースは両の眉をつりあげた。「どうしてそう思うんです？」

「昨夜、ドクターに関する興味深い情報を耳にしたんです。それで、あなたの情報と照らしあわせてみたくなって」

ドクターに関して、ステイントン大佐とミリー叔母から聞いた話をする。レドヴァースは頭のなかで、その話をじっくりと検証しているようすだ。

「かなりの数の阿片窟《あへんくつ》が、彼を常連客だと認めています」

「だからといって、阿片を使用しているとはかぎらないでしょう?」

「ええ、そのとおり。最多数の出入り客は品物の取引相手のようですからね」

「それじゃあ、なぜドクターを常連客だと認めたのかしら」

「それはその……繁盛している店のオーナーたちの何人かは、彼を知っていると認めましたが、なぜ、どうして、彼を知っているのかは不明なんです。これはもう一度行ってみて、別の角度から質問をしたほうがいいな」

沈黙が降りる。レドヴァースは真実を語っていたのだ。わたしにわざと偽の情報を教えたのではない。それは明らかだ――わたしがもたらした情報に、心底驚いているのはまちがいないから。今度も直感が彼を信用していいといっている。彼はときどき、わたしの質問をはぐらかしたり、真実を避けてあいまいなことをいったりするが、重要な問題だとわかったときは、わたしに嘘をついたりはしないと思う。

彼のくちびるの感触はどんなだろう――などと空想するのは止めなければ。

身震いがでる。いまこそ、アモン・サマラの部屋でみつけたもののことを打ち明けるときだ。今日は警察が彼の部屋を櫛で梳くようにすみずみまで調べるはずだから、あのとき手袋をはめていてよかったとつくづく思う。

「サマラの部屋でみつけたもののことをお話しするには、ちょうどいい機会だと思います」

レドヴァースは静かに訊いた。「彼の部屋に入ったんですか?」

「二日前に」

レドヴァースの怒りが爆発した。「だのに、わたしに話そうとは思わなかった？」吐きだすようにそういう。目が危険な輝きを放っている。

「あなたが過剰反応するんじゃないかと思って」

彼は目をみひらき、矢継ぎ早に怒りのことばを吐き散らした。

レドヴァースの怒りの爆発に、わたしの体は本能的に反応して硬直し、すぐにも逃げ出したくなった。だが、ほんの数秒、彼を観察すると、わたしは深い吐息をつき、こわばった体から力を抜いた。彼は動揺しているが、暴言や暴力でわたしを傷つけたりはしないはずだから。

そうこうしているうちに、ようやくコーヒーポットが届き、わたしはカフェインの摂取に努めた。レドヴァースは枝編み細工の椅子の肘掛けを五本の指でとんとんとたたいている。わたしはあえてレドヴァースのほうを見ずにテラスを見まわし、陽光の暖かさを楽しんだ。いまは彼とわたしの立場が逆転し、わたしは自分が優位にあることを喜んでいる。それは認める。一時的にせよ、疲労感などどこかに吹き飛んでしまった気がする。

レドヴァースの指の動きが止まった。彼に目を向けると、彼は天を仰いだ。

「話をつづけて」

「いいですとも」サマラの部屋でみつけた戦利品のことをくわしく話す。

「まさか、その書類を持ち出したりはしなかったでしょうね？」レドヴァースは望みをかけるような口ぶりでそういった。

「ええ、書類は隠してあった場所にもどしておきました。そう、一枚だけは別として、あとは全部」

レドヴァースがけげんそうに眉根を寄せたので、持ち出した一枚は、母親の欄にミリー叔母の名前が載っている出生証明書のことだと説明した。

「あれって支払い人のリストですよね？　恐喝の」

レドヴァースはうなずいた。

「そのリストには叔母のイニシアルも書きこまれていました」

「わかっていますね、叔母上が容疑者のひとりになると……」

語尾が消えそうな口調だった。わたしにそういったことを悔やんでいるのだ。

「叔母上には動機がある。警察はそう判断せざるをえない」

そのことばを噛みしめる。これまで、叔母が容疑者になることまでは頭に浮かばなかったのだ。叔母についてまったく知らなかったことはたくさんあるが、その一部が明らかになったことしか考えなかった。叔母にひとを殺すことができるだろうか？　わからない。じつをいえば、この展開に気持が揺れ動くどころか、不安でたまらなくなってきたのだ。特に、叔母の動機になるといえる証拠をこっそり持ち出してしまったときては。あの証拠はわたしの部屋に隠してある。そんなところにあるとは、誰も思いつかない場所に。

「わかっています」椅子にすわったまま、もぞもぞと動く。「警察に引き渡せるようなものがなにかみつかるか、調べてみたかったんです」

わたしの弁解を論破しようと考えている表情だったが、レドヴァースはそうしないことに決めたらしい。

「少なくとも、持ち出した書類をどこに隠したのか、教えてもらえませんか？」

ちょっと考えてから、わたしはくびを横に振った。レドヴァースは前に証拠を持ち逃げしたことがある——のちにそれは警察の手に渡ったと判明した。いまはまだ、彼の手に、ミリー叔母の命運を握られたくない。

レドヴァースはわたしをじっとみつめてからため息をついた。「今回の殺人事件で、その書類があなたの動機になることはわかっていますね」

そんな考えはこれっぽっちも頭に浮かばなかった。わたしは恐怖で目をみひらいた。「あんまりだわ。またハマディ警部にいじめられる理由ができてしまった……」わたしは目を閉じた。パーティの人気者と恐喝者、その双方を殺す動機のある者など、とうてい想像できない。ただし、わたしは別だ。あるいは、チャーリー・パークス？　もし彼がギャンブラーで、女好きだとすれば、の話だが。

わたしかチャーリーか。どちらにしても、気にくわない。

レドヴァースは新たな質問を投げかけてきた。「サマラの部屋に指紋を残してきたのでは？　カイロ警察は有能とはいえませんが、それでも——」

わたしはきつい目で彼をにらみ、話をさえぎった。「少しはわたしを信用してくださってもいいんじゃないかしら。もちろん、手袋をはめてました」

ほっとしたように、彼の肩から力が抜ける。

出生証明書といっしょに隠してあった書類のことが気になる。「出土品のリスト。あれはどういう意味だとお思いになります？」

今度はレドヴァースが困惑顔になった。「この国から不法に出土品を密輸している者がいる。その可能性があります」

わたしがいちばんに感じたのは、純粋な怒りだった。観光客から学者まで、すべての者が歴史を学べるように、貴重な遺物は博物館に収蔵されて然るべきだ。それなのに、豊富な資金をもつ、闇のコレクターたちがひそかに自分のものにすると思うと、嫌悪と怒りで頭がくらくらする。歴史的遺物は、過去を学びたい者たちのために、公の施設で保存されるべきなのだ――決して私物化してはならない。

わたしは夫の所有物にほかならなかった――金で買えるトロフィーと同じで、いったん手に入れれば、気の向くままに、好きなように使う。その経験が〝所有〟ということに対するわたしの思いに、強い影響を与えていることはまちがいない。

怒りがおさまると、レドヴァースがなぜ困惑顔なのか、また、密輸業者のことを口にしたときに、なぜおちつかないようすで、もぞもぞしていたのか、それが気になった。彼に関して知っていること――というか、知らないことのほうが多いのだが――と関連づけると、結論はひとつしかない。

「そのために、ここにいらしたんですね？　盗まれた出土品を捜していらっしゃるんでしょ？」返事をする暇も与えず、わたしは矢継ぎ早に質問をくりだした。「誰のために働いているんですか？」嫌な考えが頭に浮かび、嫌悪の表情を隠せない。「まさか、どこかのコレクターの手先ではないでしょうね？」そうかもしれないと思うと、それまでの親しい口調が硬いものになる。わたしは所有という問題に対して、それほど深い負の感情をもっているのだ。

レドヴァースはなんとなくおもしろがっているようすだ。「ちがいますよ。ただし、あなたが英国王をコレクターとみなせば、話はべつですが」

「まあ！」そういうことか。「あなた、政府のエージェントなんですね」そこでまた考えこむ。「ちょっと待って。なぜ英国政府が歴史的遺物をほしがるんです？」

「英国はそれらを我が物にしたいわけではなく、国際問題を回避したいからですよ。エジプトはまだ英国の保護のもとにありますが、この国の歴史的遺物が数多く流出して、他国のコレクターの手に渡るか、あるいはあちこちの国の博物館や美術館に出展されているんです。密輸される前に、英国がそれらを回収すれば、他の国々に流出せずにすみます」

なるほど。「でも、どうして打ち明けてくださったの？」

「あなたがご自分で探りだすのは、もはや時間の問題にすぎませんからね。あなたが穿鑿《せんさく》しないわけがない」

皮肉は無視する。「なぜ秘密にしてるんですか？」

「そのほうが政府にとって安全だからです。選ばれたプロが任務に就いているほうが」

「ははあ」わたしはくちびるを引き結んでレドヴァースの話をよく考えた。彼がまだすべてを聞かせてくれたわけではないのはわかっているが、レドヴァースに対する最初の判断はまちがっていなかった——書類相手のデスクワークに満足しているタイプではない、という判断は。

レドヴァースがじっとわたしをみつめている。「叔母上に立ち向かう必要がありますね。叔母上がなにをごぞんじなのか、聞きだす必要が」

わたしはカップを置き、ため息をついた。

「いちばん怖いのは、それなんです」

31

懸命になってミリー叔母を捜したが、叔母はどこにもいなかった。叔母との気づまりな話し合いが先にのびると思うと安堵したが、安堵したことにちょっと胸が痛んだ。少なくとも、一時的な安堵にほかならない。遅かれ早かれ、叔母とは話をしなければならないのだ。

ホテル内を一周して、ダイニングルームにもどる。叔母はいないが、チャーリーとディアナがいた。

「ごいっしょに！」チャーリーが手を振って、空いた椅子に誘ってくれた。わたしは好意的な顔を見られたことをありがたく思いながら、椅子にすわった。

「ジェーン、カイロの市場にはもう行った？」ディアナが訊く。

「いいえ、機会がなくて、まだ行ってないわ」

「それじゃあ、これからいっしょに行きましょう。故国《くに》の友人たちにお土産を買いたいの」

「このひと、その手の市場では、売り手キラーの凄腕バイヤーなんですよ」チャーリーはディアナを見てにっこり笑った。「相手と渡り合って値引きさせるのが、すごくうまいんです」

ディアナはそんなことはないと手を振って否定したが、やはりにこにこしている。

わたしはチャーリーが口にした〝キラー〟ということばに、はっと息をのんだが、すぐに疑惑を頭から振りはらった。

「すてきなお誘いね。お土産を買うなんて、考えてもみなかった」

父にこまごました品を買ってあげたい。ミリー叔母もハマディ警部もどこかよそで忙しくしているのだから、ほんの数時間、街に出かけても、べつにかまわないのではないか。

「きっと気に入るわよ。市場に行けば、なにかほしいものがみつかるわ」ディアナはあくびを嚙み殺し、給仕に手を振って合図した。

わたしは微笑した。「昨夜は遅くまで起きてたの？」

「ポットのお代わりを」合図に応えてとんできた給仕に、ディアナは空になった銀のコーヒーポットを渡した。「それからわたしたちの友人にカップをもってきてちょうだい」

「なにも食べないの？」わたしは訊いた。

ディアナの前には料理の皿ひとつない。一方、チャーリーは皿いっぱいの料理をせっせと片づけている。

ディアナは顔をしかめた。「そうなの。午後までなにも食べないのよ。朝食なんて、考えただけで胃がでんぐりがえりそう。いつだって、カップ一杯のコーヒーでしゃっきりするから」そういって、バッグから薄いシガレットケースを取りだし、それを軽く振ってみせた。「吸ってもかまわない？」

「どうぞ」わたしは煙草を吸う習慣はないが、空気が循環しているかぎり、誰かが喫煙しても気にならない。

ディアナは煙草に火をつけ、紫煙を吸いこんだ。「昨夜はあれからどうだった?」

ディアナはいたずらっぽい笑みを浮かべているが、チャーリーはあきれたといわんばかりの顔だ。

わたしはすばやく頭を振った。ディアナは細く目をせばめて、しばらくわたしの顔を凝視した。わたしはそわそわと身じろぎした。昨夜、パーティ会場から庭園に出たあと、レドヴァースとのあいだにあったことを誰かに話す気はない。

「あのひと、なにか心に決めてたみたいだったけど。チャーリーにとめられなかったら、あたし、あなたに賭けてたかも」

チャーリーはまたもやあきれ顔になったが、同時に気のいい笑みも浮かべている。

ディアナはわたしに煙草を振ってみせた。「あらあ、もちろん、冗談よ。ミスター・レドヴァースがあなたの彼じゃないことはわかってますってば」またもやいたずらっぽい笑み。「あなた、そういってましたもんね。でも、彼があなたをどんな目で見ているか、あなたは知らない」

わたしは目を丸くした。どう応えればいいか、困ってしまう。

チャーリーはそんなわたしに同情したのか、話題を変えてくれた。

「昨夜、サマラがズドンと殺られたって、聞きましたよ」

これで会話の流れが急転回し、わたしたちはアモン・サマラがいかにして死を迎えることになったのかという話に、長々と時間を費やした。

朝食が終わると、チャーリーはどこかにのんびりと去っていき、ディアナとわたしはスマートなコンヴァーティブルに乗りこもうと駐車場に行った。パークス夫妻が借りている車だ。彼らの金を惜しまない散財ぶりに、わたしは内心でひどく驚いたが、なんとかそれを抑えこんで助手席にすわった。幌《ほろ》がおろしてあるので、スカーフを持ってくればよかったと悔やんだ——街に着くころには、髪がめちゃめちゃになっているだろう。

「あなたのために、むちゃな運転をしないようにするわ」ディアナは横目でわたしを見た。

「どっちにしろ、ここの道路ときたら……スピードを出したくても出せないし」

アメリカでは、ディアナはよほどスピードの出る車に乗っているのだろう。だが、自分でいったとおり、おとなしい速度でコンヴァーティブルを運転した。進むにつれ、そうするしかないとわかった。自転車にラクダに馬、酔狂な徒歩のひとやら、大きな穴ぼこやら、ロバの曳く、どっさりと穀物を積んだ荷車やらを避けて進むしかないからだ。一度、間一髪で危機を回避したあとは、わたしはしっかりとドアの取っ手にしがみつき、必死になって気持をリラックスさせようと努めたが、ディアナがなかなか腕のいいドライバーであることは確かだ。

幅の広いブールヴァードのひとつに沿って、広々とした駐車用のスペースがある。そこにディアナは巧みに車を乗り入れた。停車すると、歩道にいた少年が黒いぴかぴかの車に熱い視線を向けてきた。ディアナは少年に数シリング渡し、車を見ていてくれとたのんだ。数枚のコインはすばやく少年の茶色の長衣のふところに消えた。少年はもっとほしいというしぐさをした。

「あたしたちがもどってきたときに、車がちゃんとここにあったら、またコインを手に入れられるわよ。わかった？」

少年は力づよくうなずいた。そして、ひょいとボンネットに跳び乗って、腕を組み、褐色の顔を引き締めてあたりを睥睨《へいげい》した。

ディアナとわたしはにっこり笑って、その場を離れた。

ブールヴァードから幾筋もの狭い通りが枝分かれしている。どの通りにも、現地の住人や、わたしたちと似たような旅行客があふれている。ディアナは目的地がはっきり決まっている足どりで、さっさと進んでいく。彼女の長い脚が人ごみをものともせずに動いていくあとから、わたしは置いていかれないように、必死になってついていった。

市場に近づくにつれて混雑が激しくなり、人々とぶつかりそうになる。歩いていくそばから、露天商が呼び声をあげながら、色あざやかな布や金の水さしなどをぐいぐい押しつけてくる。「きれいなレディ、お買い得だよ」これが一般的な呼び声だ。いろいろなにおいが鼻孔に流れこんでくる——食べ物、動物、香料、洗っていない体——そういうにおいがいっしょくたになって。

大きな樽に入った、さまざまな香辛料を売っている露店がずらりと並んでいる界隈には、あざやかな色と芳香とがあふれている。そこを通りすぎると、果実を売っている小さな店があった。山積みのオレンジ、デーツの入った樽。バナナの箱のそばには、わたしにはなんだかわからない果実の山。果実店の隣には帽子職人の店があり、職人がみごとな腕前で、湯気のあがっている丸い金属の台にフェルト布をのせて、円《まる》い形にととのえている。イスラム教徒の男子がかぶる円形の帽子はタルブーシュというらしい。色は赤が人気らしいが、淡紅色や青、黒、茶色など、ほかの色もそろっている。

ドームを半分にしたような木製の張り出し屋根が陰を作り、暗く狭い店内から路上にあふれた品物を吟味している買い物客を陽光から守っている。

こういう光景が何マイルもつづいているのだ。

「お目当てはなんなの、ディアナ？」商人たちの呼び声に負けじと、声をはりあげる。騒がしくて耳がおかしくなりそうだが、売らんかな精神がみなぎっている呼び声を無視するのは、なかなかむずかしい。

ディアナは喧噪をものともせずに聞き流している。商人たちはほかの旅行客には遠慮なく呼びかけたり品物を突きつけたりするが、ディアナにはそうしにくいようだ。彼女がただの旅行客ではないと判断したのだろうか？

「仕事に使うんで、ブレスレットなんかのアクセサリーがほしいの。どこに目を留めればいいかわかっていれば、ここにはとっても美しい品がそろってるから」

女性用のガラビーヤを売りつけようとしつこく迫ってきた商人を、ディアナがなんともいえない不穏な目つきでにらみつける。商人は店の陰に引っこんだ。

「退散させるのがうまいわねえ」わたしもにらみを利かせられるように練習しなくては。

「この市場にはもう何度も来てるんですもん」ディアナは軽く肩をすくめた。「チャーリーがカードテーブルで成果をあげたら、あたしはその一部をもらって、買い物に励むわけ。そういう取り決めをしてる」

話をしているあいだは立ちどまっていたが、また歩きだす。わたしはできるだけディアナにくっついて歩いた。呼び声をあびせられるのは変わらなかったが、鼻先に商品を突きつけられる回数は減った。

「彼、カードではいつも運がいいの？」チャーリーのカードの腕前をどう訊けばいいのかわからず、わたしはそういう訊きかたをした。

ディアナはまた立ちどまって、わたしの顔をじっとみつめた。そして、わたしの顔からなにかを読みとったように、軽くうなずいた。

「彼は生まれつき手先が器用なのよ。でも旅先では、本業のことをできるだけいわないことにしてるの。それで勘ぐられずにすんでる」

チャーリーがカードテーブルで手品師の技《わざ》を活かしているのではないかという、わたしの仮説は正しかった。それがわかったからといって、思ったほど怒りは感じない。それどころか、それが発覚したときに、彼らがあやうい目にあうのではないかと心配になったぐらいだ。

「どうやって見破られないようにしてるの？」

「ときどき、わざと負けてるから。そういう手がばれないうちに、街を離れることもあったわ。正直にいうと、この旅もそうやって資金をこさえたのよ」ディアナは立ちどまってリネンの生地をみつめた。ほかの人々はわたしたちといっしょになってリネンを見たりはせずに、わたしたちを避けて通りすぎていく。

「彼、アモン・サマラのことをよく知ってた?」

ディアナはその質問をじっくり考えてから、別のことをいった。「あたし、女友だちがあんまりいないのよ、ジェーン。ひとを信用できないから」

わたしはうなずいた。ほぼ同感だ。

「でも、あなたのことは信用してる」ディアナは声を低くしてそういった。

うるさくてせわしない路上では、そのほうが聞きとりやすいのがわかった。

「サマラはチャーリーに組まないかと持ちかけてきたの。でもチャーリーはそれを笑いとばした。誰かと組めば、ひとりでやっているときにくらべたら、収入が半分になるじゃない?」

「なぜサマラはそんな申し出をしたのかしらね。おかしな提案だと思うけど」

「サマラはチャーリーが毎晩、賭け金をさらっていくのに腹を立ててたみたい。自分の縄張りを荒らされてる気がしたんじゃないかな」

近くをうろうろしている店主に、ディアナはくびを振った。わたしたちはまた歩きだした。

「サマラは脅すつもりでそんな提案をしたんだと、あたしは思う。で、チャーリーはあたしを心配させたくなかった」

「ああ」ディアナの言外の含みがわかった。チャーリーには動機がある、と。

ディアナは耳たぶを引っぱった。「サマラの〝提案〟のことがわかったら、チャーリーは逮捕されるんじゃないかしら。彼、あの恐ろしい警部に、もう何度も尋問されたのよ」

わたしがくちびるをゆがめると、ディアナは笑った。「あなたもあの警部のファンなのね」

「そういうこと。ぜったいにいい友人にはなれないわ」

ディアナは微笑したが、その笑みはすぐに消えた。熱意をこめた目で、わたしの顔をみつめる。「チャーリーは誰も殺してない。そんなことをする理由がないもの。さっきもいったとおり、あたしたちはうまくやってた。サマラはカードギャンブルにいれこんでたけど、でも、それがなに？　見てたかぎりでは、カードテーブルにいたひとは、みんな、そうだった」

わたしはディアナの手を取り、ぎゅっと握りしめた。彼女の表情がゆるむ。わたしたちはまた歩きだした。

チャーリーはアンナのこともよく知っていたのか、それを訊くにはいい機会だ。「アンナ・ステイントンが殺されたことでは、警察に何度も尋問されたのね？」

「そう。ふたりともいろいろ訊かれたわ。あの夜、アンナといっしょにいたひとが、ちょっとチャーリーに似てたらしくて、そういう男を捜してるみたい」ディアナは笑い声をあげた。「でも、あの夜、彼は娯楽室でカードをしてた。あたしはそばで見てた。そのあとは、ベッドに入った」眉を上下させる。「なんてったって、ハニームーンのさなかなんですもん」

わたしはにっこり笑った。ふたりにあの夜のアリバイがあることに安堵する。たとえそれが、たがいの証言にかぎられるものだとしても。それに、ディアナと同じく、わたしも女友だちは少ない。旅先で、ディアナという新しい女友だちができたのはとてもうれしい。

わたしたちは市場をずんずん進んでいった。とある店で、ようやくディアナは足を止め、凝《こ》った細工の大きなイヤリングを買った。それにじゃらじゃらと装飾のついた足くび用の飾り輪《バングル》と、金のブレスレットも。

「アメリカのお客さまたちは、オリエント風だと喜んでくださるの。だから、できるだけエキゾチックな装いにしようと思って」

「ブロンドの髪なのに、どうしたらオリエント風にできるの？」

ディアナは笑って、編んである長いブロンドの髪をなでた。「なんとかなるものなのよ」

地元の布で作ったストールを売っている店が数軒あるが、ディアナはどの店も気に入らないようすだった。だが、細い路地の、香辛料の店にはさまれた小さな衣料品店の前で立ちどまった。いままで見てきたどの店の品よりも、格段に品質のいいものばかりが並んでいる。ディアナは前からこの店を知っていたのだろうか。店主はディアナとは顔見知りのようだ。とすれば、値段交渉は彼女に任せられる。わたしは意を強くして、女性用のガラビーヤを二着買いこんだ。一着はミッドナイトブルー、もう一着はチェリーレッド。自宅でくつろぐときに着るにはもってこいだ。父へのお土産に、おちついた赤みがかった褐色の男性用ガラビーヤも買う。父が着てくれるかどうか、それは疑問だが、まがいものではなく、れっきとした伝統的な衣服だということは評価してくれるだろう。ついでに、ターバンも買う。

さらに数軒の店を見たが、わたしはくたびれてきた。喧噪と、しつこい呼び売りの声に気力が萎えている。ディアナにそういうと、彼女はうなずき、なにか飲んで一服することにしようといった。狭いとはいえ、いちおうメインの通りからさらに細い路地に入り、小さなカフェをみつけた。路地に面して置いてある、ちっぽけなテーブルにつく。腰をおろし、日陰と冷たい飲み物を楽しむ。

午後の時間は、あっというまに過ぎていった。わたしは赤いタルブーシュと、凝った装飾がほどこされた木製の箱を買った。そのあとは、ディアナにくっついて歩いた。彼女が売り手と値段交渉をするのを見ているだけで、充分におもしろかった。彼女の値切りかたは半端ではなく、店主もディアナのことを引っかけやすい旅行客ではないと見てとったようだ。

同じ年齢ぐらいの誰かとつきあって、心底楽しいと思えたのは、いったいいつのことだっただろう。ディアナがこれからも連絡を取りあおうといってくれたときは、それが彼女の真情であることを心から願った。ディアナもチャーリーも冷血な人殺しではないと、強く確信していたからだ。

32

　次の日は、朝食を終えると早々に、捕まえにくいミリー叔母を捜すことにした。ホテルのなかを何度もぐるぐる回ってから、こうなっては十八ホールのゴルフ場に行くしかないとあきらめた。叔母はたいていの時間、ゴルフ場にいるようだが、わたしは暑さと小さなボールを使う球技が苦手なのだ。どちらかひとつなら、なんとかがまんできるのだが。

　昼食の直前に、ようやく叔母をみつけることができた。叔母はダイニングルームのテーブルについていたが、リリアンと不機嫌そうなマリーもいっしょだ。マリーがなぜ不機嫌なのか、訊く気はなかった。賭けてもいいが、一昨夜の仮装パーティで、リリアンが何人もの紳士と踊っていたことが、マリーのふくれっつらの原因だろう。リリアンをちらっと見ると、幸いにも、自分が原因で友人が不機嫌だとはまったく気づいていないらしく、のどかな表情をしている。

　どうしても叔母に訊きたいことがあるのは確かだが、わたしは三人のいるテーブルに近づくことさえしなかった。静かにすわって、よけいなことをいわずに昼食をとれるかどうか、我ながら不安だったので、三人の視野に入らない、小さなテーブルに席をとった。お茶の時間か夕食時に、叔母と話す機会があるだろう。

　とにかく、叔母がひとりでいるときでなければ。

叔母のことを考えながらも、ハマディ警部がやってくるのではないかと注意を怠らなかった。新しい殺人事件の捜査に忙殺されているにしても、このところ、警部は接近してこない。わたしは警察を出し抜いた。証拠となる書類を一枚盗んだのだ。あの書類がなければ、わたしにアモン・サマラ殺しの動機があるとは、さすがに警察も考えないはずだ。

レドヴァースがわたしのしたことを密告したのでなければ。

そう思うと、胃がずんと重くなった。ハマディ警部がわたしにサマラ殺しの容疑をかけて接近してくるならば、それこそが、レドヴァースが密告したのではないかという、わたしの疑惑の証明となる。目を閉じて、レドヴァースの好意を願った――わたしを首吊りのロープの輪から遠ざけてくれるほど、厚い好意をもってくれていることを。

ひとりでいるミリー叔母をみつけたのは、お茶の時間のときだった。昼食のあと、リリアンとマリーはまたゴルフ場に行ったらしい。叔母はテラスでひとり、のんびりしていた。午後の陽光で、どこもかしこもパン焼き窯《がま》の周囲も同然という温度にまで上がっている。

「こんなに暑いのに、リリアンは外に出てるの?」リリアンは〝かよわい〟ということばにはあてはまらないと思うので、日ごろからそのことばは使わないようにしているが、なんといっても、彼女は病みあがりなのだ。パーティでは元気そうに見えたが、それはアルコールのせいなのか、はたまた、ほんとうに回復したのか、どちらともいえなかった。わたしはどちらかといえば健康だが、この暑さで、日々、体力を削がれている。

「ずいぶん元気になったよ。それに、昨日はほぼ一日、休養してたしね」叔母はそういった。

「なかなか見所のある子だね。あの子をゴルフコースから遠ざけておくなんて、英国陸軍だってできないんじゃないかね。あの子にはマリーがついてる。今日の午後のプレイは九ホールだけにするそうだ」

あの出生証明書をみつけたとき、なにかがカチッと音をたててはまったのを思い出す。わたしは衝動的に口走ってしまった。

「リリアンはあなたの娘なんでしょ、ミリー叔母さん」

叔母は手に持っていたカップを慎重におろして、わたしをみつめてから、その目をそらし、遠くに視線を向けた。だが、なにも見ていないのは確かだ。

「どうしてそんなことを訊くんだい？」静かな声だ。

わたしはため息をついた。「アモン・サマラの部屋で書類を何枚かみつけたの。そのなかに出生証明書があった。女のあかちゃんの母親の欄に、叔母さんの名前が記されていた。それで、どうして叔母さんがリリアンに近づいたのか……」叔母の目がうっすらとうるむのを見て、わたしは途中でやめた。

叔母は目をしばたたいて涙を引っこめ、咳払いした。これまで一度たりとも、叔母が泣くのを見たことがない。だが、いまこうしてそれを目のあたりにすると、おちつかない気持になる。

「長い話なんだよ、ジェーン。その話をするには、お茶なんかより強い飲み物が要るね」

わたしはうなずき、叔母が給仕を呼びつけるのを静かに待った。叔母は給仕にいつものカクテルではなく、ストレートのウィスキーをダブルで注文した。叔母に見捨てられたポットから、わたしは自分のカップにお茶をついだ。単なる聞き手にすぎないわたしには、強い飲み物は必要ない。

給仕が叔母に注文の品を持ってくるまで、わたしたちはそれぞれの思いにふけっていた。グラスが届くと、叔母はまた咳払いした。

「あんたはナイジェルのことを知っているし、わたしが幸福だったことも知ってるね」叔母にみつめられ、わたしはうなずいた。「だけど、あのひとは仕事が忙しくて、しょっちゅう家を留守にした。お金を稼ぐのに夢中でね。あるとき、夫婦で英国に行くことになった。旅に出れば、いっしょにすごす時間が増えて、結婚生活をやりなおせるんじゃないかと期待したよ。だけど、そうはならず、わたしは異国で孤独をかこつことになった」

叔母はウィスキーをあおった。わたしならむせてしまうところだが、叔母はまばたきひとつしなかった。

「ナイジェルが会合やらなにやらに長い時間をとられていたので、わたしはヒューズ卿に社交界での庇護を受けることになった。彼もまた孤独だった。おくさまが病弱で、ほとんど寝たきりだったんだよ。

そのうちに、いつのまにか気持が寄り添うようになって、ある日、わたしは身ごもっているとわかった。わたしは女としては決してきゃしゃな体格じゃないから、数カ月は妊娠を隠しておけた。社交界から身を隠す時期になると、ナイジェルに数カ月、田舎ですごさせてくれとたのんだ。あんたのおかあさんの家族といっしょにすごしたいと、いいはったんだ。正直なところ、ナイジェルは仕事のことで頭がいっぱいで、わたしがいないほうがよかったんだよ。あんたのおかあさんが生まれ育ったイングランド北部の実家近くの病院で、リリアンが生まれた。あんたのおかあさんは何通も電報を打って、いろいろな手配をしてくださった。わたしの知るかぎり、あんたのおとうさんにはなにもいわなかったようだ。いえ、そうにちがいない。そして、リリアンを産んだあとも、わたしは田舎に引きこもっていた」

叔母の目がまたうるんだ。叔母にはよく効く活性剤らしく、またウィスキーを飲むと、自制心が働き、涙は引っこんだ。

心から、叔母の気持を思いやることができた。どんなにか孤独だったことだろう。

「とてもきれいなあかちゃんだったよ、リリアンは。だけど、わたしが育てることはできなかった」

それまでは叔母の率直な打ち明け話をさえぎってしまう危険をおかしたくなくて、途中で口をはさんだりはしなかったが、これを聞くと、どうしても気持が抑えられなくなった。

「でも、なぜ？　ナイジェル叔父さんの子だといいとおすことはできなかったの？」

「あんたの叔父さんとわたしは、子どもをもてなかったんだよ、ジェーン」叔母の口もとがゆがんだ。「原因はまちがいなくあのひとのほうにあったんだけど、まわりのひとたちは、わたしのせいだとみなしてた。何年ものあいだ、わたしは憐れみと非難の目にさらされていた。だけど、わたしはひとことも弁解できなかった。問題があるのはナイジェルのほうであって、わたしではないと、わたしにはわかっていたけれど、それを明らかにする方法はなかったんだよ」

叔母はウィスキーを飲んだ。わたしは叔母が置かれていた理不尽な立場のことを思った。世間がいかに無神経で残酷か、わたしは身を以て知っている。世間のひとは誰もグラントの残忍な性格を知らなかったので、うちのメイドたちが頻繁に入れ替わることについて社交界では臆測や噂がとびかい、わたしはどこの家からも招かれなくなった。そのころはまだ、社交界はトラブルそのものだということを、わたしは知らなかった。ミリー叔母は何年ものあいだ、社交界のゴシップの的となり、その悪意に苦しんできたのだ。沈黙を守って。

叔母がまた話しだすのを黙って待っていたが、叔母は静かにグラスのなかでしずくが底に落ちていくのを見ているだけだった。

しびれを切らして、わたしのほうが先に口を開いた。「それで、リリアンはどうなったの？」

「あの娘《こ》の父親が養子にした。わたしたちは秘密の取り決めをしたんだよ。あのひとのおくさまは病弱で、子どもはもてない。だけど養子ならいい。現実に養子がくると、ご自分の寝室に引きこもってばかりはいられなくなった。リリアンのおかげで、ご夫婦は結婚生活の危機から救われたんだよ。リリアンも父親といっしょに暮らせたし。父と娘は、ともにスポーツとアウトドアの愛好者になったんだよ」

わたしはうなずいた。そして叔母の支払った代償を思うと、耐えがたいほどの悲しみを感じた。叔母は、リリアンが成長し、おとなになっていく過程を見守れなかった。自分自身の結婚生活を守るために、我が子を手放すしかなかったのだ。

叔母がなぜこうも酒を飲むのか、ようやく理解できた。

「リリアンの父親は何年にもわたって、便りをくれたよ。もらった手紙はすべて焼いてしまったけど、写真だけはとっておいた。誰だと訊かれても、古い友人の娘だといいつくろうことができるからね。ナイジェルは訊きもしなかったけど、いつ訊かれてもいいように、あらかじめ、返事を用意しておいたんだよ」

「リリアンは自分が養子だと知っている？」

「いいえ。養父と養母を、ほんとうの両親だと信じている」叔母の口もとが苦々しげにゆがんだ。そしてまた給仕を呼んで、酒のお代わりをたのんだ。お代わりが届くと、叔母は話をつづけた。「わたしはこの先も、あの娘にとっては〝よそのおばさん〟でいるつもりだよ。たとえそれだけの存在でしかなくても、ありがたく思うべきだろうね」

「どうして彼女ははるばるここに来て、叔母さんと出会うことになったの？」

「エジプト旅行をすると決めてから、ヒューズ卿と計らって、リリアンとここで会えるようにしたんだ。あの娘の〝おかあさま〟は、昨年、亡くなられたから、わたしもヒューズ卿も、リリアンとわたしが会っても問題はないだろうと思ったんだよ」

　レディ・ヒューズをリリアンの母親だと言明しなければならないのは、叔母にとってはさぞつらいだろう。それを思うと、胸が痛い。だが、新たな疑問が頭に浮かんだとたん、わたしの舌が勝手にその疑問を吐きだしてしまった。

「だから、宿はこのメナハウスにすると決めたのね？」

「察しがいいね、ジェーン。ホテルにゴルフコースがなければ、リリアンがうんといわないのはわかっていたからね。ゴルフのこととなると、あの子は、そりゃあもう真剣だから」

わたしたちはしばらく黙りこんだ。ミリー叔母の視線は、テラスの端にきれいに並んでいる、シュロとユーカリの木々に向いている。過去に思いを馳せているのだろう。わたしは叔母に聞いた話を頭のなかで整理して消化しようとした。だが、まだまだ疑問が残っている。叔母がウイスキーをひとくち飲むまで待った。

「それで、いつからサマラに脅迫されてたの？」

叔母は片方の眉をつりあげた。「脅迫はされてたけど、サマラは関係なかったよ」

「え？」叔母の返事には、心底、驚いた。

「一年ほど前からかね、脅迫状が届きはじめたのは。どの手紙にも、電信の外国為替で金を払えと書いてあった。だけどね、手紙の筆跡は女のものだったよ、ジェーン」

「男が女の筆跡をまねて書いたってことはない？　でなきゃ、叔母さんの知り合いの女だと思う？　だいたい、どうして叔母さんの娘のことを知ったのかしら？」

矢継ぎ早のわたしの質問に、叔母はぎゅっと口をすぼめた。「女だというのは、かなり確かだよ、ジェーン。どこがどうとはいえないけれど、ことばの使いかたでそういう感じがした。脅迫してきたのが女だと見当がついても、それほど驚きはしなかったことを憶えてる」そこで叔母はちょっと間《ま》をおいた。「あんたのほかの質問に答えると、ヒューズ卿は貴族で、かなり裕福だからね。脅迫してきた輩《やから》は、あのかたの財布を軽くしてやろうと、あれこれ探っているうちに、たまたま、リリアンが養子だということを知ったんじゃないかと思う。だけど出生証明書には、あのかたの名前は記されていないから、さらに調べたあげく、あのかたではなく、わたしを脅迫することにしたんじゃないかしらね」叔母は眉間にしわを寄せた。「脅迫者はこのホテルにいるよ」

「どうしてそういいきれるの？」

「最後に届いた脅迫状には、メナハウスの便箋と封筒が使われていた。そして、ここの庭園にお金を置くように指示してあった」

わたしはアンナが殺害された事件に気をとられていたが、それ以前にも、ずいぶんいろいろなことが起こっていたのだ。

「で、そうした？」

「いいや。わたしはここでリリアンと出会えて、親しくつきあえてる。それに、真実が暴露されても、もう、傷つく者はいない。アメリカの社交界ではとやかく噂になって、わたしの立場が悪くなるだろうけど、そんなのは取るに足りない些末《さまつ》なことだからね」

わたしは片方の眉をつりあげた。世間体を気にするミリー叔母から、まさかそんなことばを聞けるとは。

「ナイジェルは亡くなったし、ヒューズ卿のおくさまも亡くなられた。だから、真実を知って、いちばん衝撃を受けるのは、リリアンだろうね。わたしは、お金を払わないことに決めて、ここに来ることにした。金を払わなければ、大金をせしめようという卑しい魂胆の脅迫者も、あきらめるんじゃないかと思ってね」

パズルの残りのピースを適所にあてはめたくて、叔母にあびせた質問の数々が、頭のなかでぐるぐると回っている。

「サマラが脅迫者ではなかったとすれば、どうして叔母さんは彼をきつい目でにらんでいたの？　彼を知っているのかと訊いたときも、叔母さんは返事をしなかった」

叔母の視線がわたしの顔に槍のように突き刺さる。「ジェーン、わたしは単にああいうタイプの男が好きじゃないだけだよ。サマラという男は、わたしぐらいの年齢の女たちを食いものにする、ろくでなしだ。ああいう下劣な男が、彼に夢中になった中年女をたらしこんでとくとくとしているのを、何度も見てきたからね。あんた、エセル・ブレナンを憶えているかい？」

わたしはうなずいた。故郷のボストンで、一大スキャンダルがもみ消されたことがあった。エセルはボストンを離れ、ニューヨークの北部に住む親戚のもとに行ったきり、帰ってこなかった。

「彼女になにがあったと思う？　あの手の男が――若くてハンサムで、彼女の金を狙っていた男がいたんだよ。その男はエセルの銀行口座を空にした。彼女は恥にまみれて、あの街から逃げ出さなければならなくなったんだ」

ミリー叔母には脱帽するしかない。叔母は確かにサマラの本性を見抜いていたのだ。

それでは、いったい誰が叔母を脅迫していたのか、その解答はまだ得られていない。叔母はサマラではなかったと確信しているが、わたしは彼の部屋で、脅迫や恐喝に結びつく書類をみつけたのだ。とはいえ、いかにもお粗末な隠しかただったことや、部屋にいとも簡単に入れたことを思い出した。おそらく、あの書類はどれも、サマラが所持していたものではなかったのだろう。誰かがサマラを陥れようとした？

謎のピースはまだいくつも残っている。

サマラの死後、警察が彼の部屋でなにをみつけたのか、ぜひとも知りたい。だがわたしには、ミリー叔母にあとひとつだけ話さなければならないことがある。

「わたし、サマラの部屋から、あの出生証明書は持ち出したんだけど、ほかの書類は置いてきてしまった」

「あんたが持ち出した？　見知らぬ男性の部屋にもぐりこんで、私物を持ってきてしまったというのかい？」

わたしはため息をついた。叔母は責めるべきポイントをまちがっている。「あれを持ち出したのは、叔母さんが巻きこまれないようにするため。叔母さんを守りたかったの」もう一度、ため息。半端なやりかただった。恐喝の支払い人リストも持ってくるべきだった。「リストには叔母さんのイニシアルも記されてた。だから叔母さんもわたしもサマラを殺したがっていたと、警察は動機づけをするでしょうね」

わたしのもたらした情報をつぶしてしまおうとでもいうように、叔母はぎゅっと目をつぶった。

沈黙がつづいた。

機会さえあれば、叔母を質問攻めにしようと思っていたのだが、こうなっては、すべてを時の流れにゆだねようと決めた。わたしにはつらい決断だ。叔母に、わたしは味方だといいたかったのだけれど、叔母と、ほかの人々とのあいだの溝に、どうすれば橋をかけることができるのか、わたしにはその方法がわからない。

「叔母さん、わたし――」

叔母が片手をあげて制したので、わたしは先をつづけられなくなった。

「ありがとう、ジェーン。ほんとうに感謝してるよ。だけど、よかったら、ちょっとひとりになりたいんだけどね」

わたしはうなずいて立ちあがり、叔母の肩に軽く手を置いてから立ち去った。ミリー叔母は最高に機嫌がいいときでも、なかなか近づきにくい強固な面のあるひとだ。いまは、どうすれば叔母の力になれるのか、いい考えなど、なにひとつ頭に浮かばなかった。

33

屋外のテラスから館内に入ると、すっとレドヴァースが現われた。

「まあ、すばやいこと。シュロの鉢のなかにでもひそんでいたんですか？」

「叔母上はなんとおっしゃってました？」

叔母の話をどの程度までレドヴァースに教えるべきか、よくわからない。もう少し自分のなかで消化して、それからくわしく話すほうがいいのではないだろうか。

「いまは要点だけ、くわしいことはあとで」

レドヴァースがうなずいたので、要《かなめ》となるリリアンの出生のことを話した。

「でも、ミリー叔母は、サマラが脅迫者だとは思っていないんです。脅迫してきたのは女だといってます――確信があるみたい」

「ふうむ。そうすると、事件に異なる光があたることになりますね」

「確かに。わたしたち、アンナのことを過小評価していたんじゃありません？　でなければ、彼女が殺された理由をまちがって判断していたとか。彼女以外に、このホテルに滞在している女性客が恐喝に加担していたとは思えないし」

レドヴァースはなにかいおうとしたが、わたしはそれより先に新しい仮説を口にした。

「アンナとサマラが手を組んで、恐喝していたとは考えられません？　それなら彼が書類を持っていたことにも説明がつくわ。でも、脅迫状を書くのは彼女の役目だった」

自分たちは愛しあっていたとサマラがいっていたことを思い出す。だが、ロマンチックな関係だったというより、仕事のパートナーだったというほうがしっくりくる。わたしはこの新しい仮説が気に入った。興奮して血がたぎってくる。

「こうなったら、彼女の筆跡のサンプルが必要ね」

アンナの部屋はもう片づけられてしまっただろう。次善の策としては、アンナの父親のステイントン大佐にたのむしかない。大佐に嫌な思いをさせるのは本意ではない――彼女の名前を聞いただけで動揺していたのだから。なにかもっと穏便な方法で、筆跡のサンプルを手に入れられないだろうか。ステイントン大佐や警察に接触せずに。

「それにしても、なぜアンナがサマラのカフリンクを隠していたのか、その理由がわからない。ギャンブルがからんでいるのかどうかも、わからない――チャーリーが関係しているとは思わないけど」わたしの思考は、ハチドリの羽ばたきよりも速く、せわしなく、あちこちに飛んだ。

「まだあるわ。密輸の件で、いったい誰が恐喝されていたのか、考えてみなくては。いままではそっちの筋を考えてなかった――でも、そのひとたちにも動機があることになる。二件の殺人の双方に。そうじゃないかしら？」

レドヴァースはなにもいわない。なにかを検分しているかのように、じっと天井をにらんでいて、わたしの話を聞いているのやらいないのやら。じれったいことこのうえない。

「アンナがそんな大それた企みの片棒をかついでいたなんて、わたしはこれっぽっちも考えつかなかった。表紙だけを見て本の内容を判断してはいけないし、着ている服だけでフラッパーだと決めつけてはいけないってことね。勉強になったわ」

そういえば、筆跡を比較検討しようにも、わたしたちはオリジナルの脅迫状も持っていない。だが、それはあとで考えよう。

「警察がサマラの部屋でなにをみつけたか、ごぞんじ？」

「捜査中になにを発見したかなんて、訊けませんよ」

「ご自分で探りだせるんじゃありません？　わたしがみつけた書類を発見したかどうか、知る必要があるでしょ」

その点をレドヴァースが重視せざるをえないのは、わたしにもわかる。かといって、なにごとにしろ、ハマディ警部がわたしに教えてくれるとはとうてい考えられない。たとえわたしが警部と親しく話をする気になったとしても。

「ああ、いい忘れるところでした」レドヴァースはいった。「警察は、プールサイドの更衣室のひとつで、銃を一挺みつけましたよ。シートクッションの下に隠してあったそうですが、銃身はきれいに拭かれていたとか。そこに隠した人物を突きとめるのは、ほぼ不可能でしょうね」

「プールエリアには、一日じゅう、大勢のひとが出入りしてますものね」わたしはため息をついた。「あなたのいうとおりだわ。いつ、誰が銃を隠したかなんて、ピンポイントで突きとめるのは、とてもむずかしいでしょうねえ」

レドヴァースはうなずき、わたしの腕にやさしく手を置いた。「だいじょうぶですか？　いろいろな事実が次々に発覚して、受けとめるのがたいへんだとお察ししますよ」

「ありがとう、ご親切に。でも、わたしがいちばん気にかけているのは、ミリー叔母のことです」

レドヴァースはちょっとためらってから、手を引っこめた。そのあと、わたしたちは別れて、各自の道をたどった。レドヴァースはハマディ警部を捜すという。警部がまだホテルの敷地内にいるのなら、わざわざ街に出かける手間がはぶける。レドヴァースの幸運を祈ったものの、わたし自身は警部を捜す気にはならなかった。

わたしはわたしで、どうすればアンナの筆跡のサンプルを手に入れられるか、頭をひねった。いまは、彼女が脅迫者だという考えを受け容れていたが、ステイントン大佐を刺激することなく、それを証明する方法が必要だ。アンナが脅迫者なら、そして、彼女が恐喝に関わっていたのなら、新たな容疑者が山ほど生じるはずだ。そこにミリー叔母とわたしが含まれることはないだろう。それなら、殺人犯を早くあぶりだせるかもしれない。

ザキと話をしてみることにする。ルームサービスの料理の注文伝票、娯楽室での伝票、ホテルのレジスター等々、アンナがサインしたものがまだ残っているかもしれない。メインホールやダイニングルームを捜しまわったあげく、厨房《ちゅうぼう》でザキをみつけた。ザキはわたしに背を向けていたので、わたしはぎごちなくドアの外をうろつき、誰かが気づいてくれるのを待った。ようやく厨房スタッフのひとりが気づいて、しわがれ声でザキになにかいった。ザキはくるりとふりむき、笑みを浮かべて廊下に出てきた。

「お仕事の邪魔をしてごめんなさいね、ザキ」

「いえいえ、おかまいなく、ミセス・ヴンダリー。わたくしを捜していらしたのなら、だいじな用があるはずですからね。なにかお役に立てますか？」

「あのね、ホテルの記録物のなかに、ミス・ステイントンの自筆のものが残っていないかと思って。おかしなお願いだということは承知のうえなんだけど……」

「お要りようだとおっしゃるのならば、おかしなお尋ねだとは思いませんよ」そういうと、ザキは少し考えこんだ。「ですが、残念ながら、あのかたの自筆のものかどうかは、わたくしにはわかりません。警察に見せてもらってはいかがですか？」

「できるなら、警察には話したくないの。それに、彼女のおとうさまをわずらわせるのは遠慮したいし」

わたしがくちびるを噛むと、ザキは気持はわかるというようにうなずいた。

「伝票は？　厨房に出した注文伝票なんかは取ってあるんじゃない？」

ザキはまたうなずいた。「頭のいいかただ。そういうものが残っているかどうかはわかりませんが、係の者たちに訊いてみましょう。お望みのものがみつかるかもしれません」

わたしは感謝して微笑した。「ありがとう、ザキ。ほんとうにありがとう」

ザキの好意が空振りに終われば、なんでもいい、大佐からなにか――手紙とかはがきとか――を手に入れなければ。いざとなったら、アンナのことを思い出させるのを避けて、直接お願いせずに、大佐の部屋にしのびこむほうがいいかもしれない。そもそも、なぜ彼女の書いたものが必要なのか、大佐に説明したくない。彼女がまちがいなく脅迫者であっても、それは大佐が知らなくていいことだ。父親として、娘の思い出を傷つけることなく記憶しておくことぐらい、許されて然るべきだ。

情報を整理して、よく考えようと、わたしはゆっくりとテラスにもどった。日陰のテーブルに席を取り、くったりしてきた日よけ帽をぬいで、手の甲で額をぬぐう。給仕がやってくると、ほとんど上の空で、冷たいハイビスカスのジュースを注文した。水も。こっちはピッチャーで。

レドヴァースが情報収集からもどってきたころには、アンナの筆跡のサンプルを手に入れる計画を練りあげていた。もっとも、これという決定的な案を考えつくには、まだまだ時間がかかりそうだ。大佐の部屋にしのびこむのは、あまりにも無謀だが、それがいちばん現実的な方法のような気がしている。

「捜査の結果、サマラの部屋にはあやしい書類など一枚もなかったそうです」やってきたレドヴァースはそういった。「彼の英国のパスポートを別にすれば。そのパスポートには、写真のそばに、デューク・ヘリングという名前が記されています。〝公爵《デューク》ヘリング〟というわけですよ」

わたしは吹きだした。「公爵ヘリングですって?」その意味を考えているうちに、皮肉な笑みは消えてしまった。「エジプトのパスポートもあったんですか?」

レドヴァースはくびを横に振った。「英国のものだけです」

「彼の名前も肩書きも嘘だったんですね。ええ、べつに驚くことでもありませんね。アンナが彼のカフリンクを隠していた説明もつきます。彼女はサマラの本名を知り、脅迫の材料に使うつもりだった。それはつまり、ふたりがロマンチックな仲だなんて、嘘っぱちだったってことだわ」

わたしは指でくちびるをとんとんとたたきながら考えこんだが、レドヴァースがわたしの指の動きを見ているのに気づき、その動作をやめた。

「アンナが脅迫者だったという仮説が、ますます強固になってきましたね」

レドヴァースはうなずいたが、視線はわたしのくちびるに向けられたままだ。

わたしが手で口をおおうと、今度はその手に、レドヴァースの視線が向けられた。

「わたしが彼の部屋にしのびこんでから、警察が捜査に入るまでのあいだに、誰かが書類を盗んだんですね」

「理の当然ですね」

つまり、あの書類がいまどこにあるのか、わたしたちにも警察にもわからないということだ。恐喝という環《リンク》がなければ、警察はミリー叔母とわたしをサマラの殺害に結びつけることはできない。

「とすると、いまのところ、ミリー叔母もわたしも疑われていないってことですよね」

それにしても、いったい誰がサマラの部屋に書類を置き、そしてまたそれを引きあげたのか見当もつかないが、少なくとも、しばらくのあいだ、叔母とわたしは嫌疑の外に置かれる。

「いまのところは」レドヴァースの目がちかっと光った。「そうですね、あなたというひとを知っているから、あなたなら消えたリストをみつけることができると思いますよ」

わたしは顔をしかめた。

「少なくとも、ミリー叔母の機嫌がよくなりそう」

「それはそうと、あなたが見た出土品の目録の内容を思い出せますか？　どの品にチェックが入っていたか、憶えていますか？」

わたしは頭のなかでリストを思い浮かべた。「かなり憶えている自信があります。でも、どうして？」

「明日、カイロの博物館に行かなければならないからですよ。失われた出土品について話してくれる人物に会いに」

わたしは興奮して金切り声をあげそうになったが、なんとか自制した。「すてき」

レドヴァースの口もとがちょっとあがって、微笑らしきものが浮かんだ。わたしは彼をばかにしたわけではない。有名な博物館は、訪れたい場所のリストの上位にある。博物館の展示物が観られると思うと、心が浮きたつ――もっとも、博物館に行く理由を顧みなければ、の話だが。口には出さなかったが、用件がすんだら、展示物を観てまわろうと決めた。

「チェックしてあった出土品の像が、殺人と関係があると思います？」少し黙りこんだあと、レドヴァースに訊く。

レドヴァースは頭を振った。「なんともいえません。ですが、あらゆる道をたどっていくべきだと思っています」

話が終わるころには、太陽はもう地平線近くに傾いていたため、レドヴァースとわたしは、いっしょに夕食をとることにした。ダイニングルームに行くと、いつもの場所にいたザキが、人目につきにくいテーブルに案内してくれた。わたしたちの仲を誤解して、ロマンスを後押ししようとでも思っているのだろうか。だが、じきにそのテーブルについていることをありがたく思った。というのも、ミリー叔母がよろめくようにわたしたちのテーブルにやってきて、どっしりと腰をすえたからだ。

「ウィスキーを」

叔母はまず給仕にそういった。レドヴァースとわたしは警戒して目を見交わした。叔母にはこれ以上、酒を飲ませるべきではない。テラスで別れてから、叔母が思い出を溶かしこんだウィスキーを、ずっと飲みつづけていたのは確かだ。率直にいえば、叔母がまだ立っていられるのが不思議なぐらいだった。叔母の注意がそれているあいだに、わたしは給仕に手まねで叔母の注文はそれだけだと示した。給仕はうなずいて、すばやく去っていった。頭のいい男だ。叔母の状態を見れば、彼女に必要なのはさらなるウィスキーではないことは明らかだ。ウィスキーが届く前に、あの給仕が水を持ってきてくれるといいのだが。

しばらくすると、叔母の顔におなじみの、皮肉っぽい、ゆがんだうすら笑いが浮かんだ。次に起こることにそなえて、わたしは内心で身構えた。

「ねえ、ジェーン、あんたはいま、わたしの秘密を全部知っているわけだ」

わずかにろれつがあやしい口調だが、毒がこもっているのは充分にわかる。

「だけど、ここにおいでのご友人が、あんたの秘密をごぞんじないのはまちがいないね。知っておいたほうがいいと思うんだけどねえ」

わたしは目を閉じて、叔母に口をつぐんでほしいと伝えようとしたが、叔母はおかまいなしに話をつづけた。

「ジェーンはお金が目当てで、わたしのかわいい義理の甥と結婚したんですよ。愛してもいなかったのに。そして、甥が亡くなったときは大喜びした。そうじゃなかったかい、ジェーン？戦死の電報を受けとったとき、あんたは快哉《かいさい》を叫んだにちがいない」

叔母のゆがんだ笑みは勝ち誇った笑みに変わった。目がとろんとしている。

恥ずかしさと怒りとの半々の激情が、胸の内を駆けめぐる。耳のなかでどくどくと血が流れる音がする。ふいに目がうるみ、視界がぼやけた。わたしは立ちあがった。なんとか倒さずに椅子をうしろに引く。いつもなら、叔母のことばを聞き流すことができるのだが、この十日たらずのあいだに起こったもろもろの出来事のせいで、神経がささくれていて、叔母の攻撃をかわすだけの気持の余裕がなくなっていた。ダイニングルームを出る。駆けだしはしなかったが、できるだけ早足で歩く。叔母の話の半分はまちがい、半分は真実だ。苦痛の記憶で胃がむかつく。

階段を昇ったところに、いまや見慣れた景色となった絶景を眺望できる、こぢんまりとした休憩室がある。休憩室のテラスには誰もいなかった。むさぼるように外気を吸いこみ、気持をおちつかせる。心臓の鼓動が速くなっているいま、このまま自室に閉じこもることはしたくない。感情をきっちりと抑制するには、広く開けた空間が必要なのだ。しばらくのあいだ、呼吸することにだけ専心し、意識から負の記憶を遊離させる。つらくて苦しかった結婚生活の記憶に、思考が引きもどされてはならない。危険すぎる。そのかわり、呼吸することだけに気持を集中した。息を吸って吐く。吸って吐く。

「きっとここにいると思いましたよ」

背後から低い声が聞こえた。わたしと彼とのあいだの距離を跳び越えてきた、低いけれども響きのいい声。

月光をあびて、やわらかい金色に染まりはじめたピラミッド群を眺めるのを中断して、上体だけをひねってうしろを向く。

「ええ」だいじょうぶ、いつもどおりの口調で話せる。

レドヴァースはテラスに出てきて、手すりにもたれた。わたしがおちつくのを辛抱《しんぼう》づよく待っていたようだ。大いなる歴史の遺産と同じように、黙って、どっしりと、思慮深く。

階下のダイニングルームのざわめきが聞こえてくる。カトラリーが磁器やガラスの皿にあたる音も聞こえる。わたしは大理石の手すりに両肘をのせ、背を丸めた。

「叔母が今夜みたいになることはめったにないんですけど」わたしは目を閉じた。

「従業員たちが数人がかりで、叔母上を部屋まで連れていきましたよ」レドヴァースはまだ、わたしたちのあいだの距離をのぞきこんでいるようだ。「叔母上はまだ部屋にはもどりたくなかったようですが、わたしがなだめて説得しました」

「ありがとう」ほっとした。叔母の面倒をみるのはわたしの責任なのに、今夜はもう、あれ以上、叔母の醜態を見たくなかったのだ。

「どうして叔母上といっしょにいるんです？」

レドヴァースの声はおだやかで、ミリー叔母がわたしと彼のまんなかに落とした爆弾には触れずに、遠回しに話をしている。わたしはそれをありがたく思った。

「家族ですもの」シンプルに答える。「それに、家族というのは複雑ですものね」

レドヴァースは唸るように同意した。彼もまた身を以て知っているのだろうかと、ちらっと思った。そういえば、彼が家族について口にしたことはない。

「叔母があんな醜態をさらしたことについては、叔母にかわって弁解したいのですが、だからといって、やむをえなかったとはいえません」わたしはため息をついた。「いつもはあんなにひどくはないんですよ。でも、お酒が入ると……」

レドヴァースは疑わしげに、鼻を鳴らすような音をたてた。

「ええ、あなたがいいたいことはわかります」わたしは小さく微笑して、彼の無言の指摘を認めた。「やさしいときだってあるんですよ。この旅行の費用ももってくれてるし」そういってから、口をつぐんで、考えをまとめた。「わたしの父は……ええ、父とわたしはミリーのことを気にかけています。わたしたちの身内は、もう、ミリーしかいないので」ふっと笑みがこぼれる。「でも、それは正確とはいえませんね。リリアンのことがわかったいまは」

レドヴァースにどこまで打ち明けようか、どこまで自分の過去をさらけだそうか。その決心がつくまで、わたしはしばらく黙りこんでいた。

「わたしの夫だったグラントは、ミリー叔母の連れあいだったひとの甥でした」わたしは目の前の光景を眺めながらそういった。

「そうしたくないのなら、説明なさる必要はないんですよ」レドヴァースはわたしのほうに顔を向けた。まっすぐ前を見ていても、彼のまなざしを感じる。その声にはやわらかい響きがこもっていた。

わたしはふっと息を吐き、彼に力のない微笑を見せてから、月光をあびている景色に視線をもどした。

「いえ、だいじょうぶ。グラントに会ったのは、わたしがまだ若かったころ――二十歳《はたち》そこそこだったころ――で、わたしは彼を愛していると思いました。とても魅力的なひとだったんです。やがて、彼はすべてのひとを軽蔑していることがわかりました。ミリー叔母ばかりか、彼自身の叔父をも。ふたりに愛されていることを重々承知していながら」〝愛されている〟といったとき、苦い口調になったのが自分でもわかった。「ミリー叔母はいまだになにも気づいていません」

恥ずかしくて、また胃がもやもやしてきたため、一瞬、黙りこんだが、すぐに話をつづけた。

「グラント・スタンリーは生きものに苦痛を与えて喜ぶ性質《たち》だったんです。ときどき馬を手ひどくあつかっていました。でも、結婚する前にわたしが気づいたのはそれだけだった……。結婚してすぐに、彼が苦痛を与えることをどれほど楽しんでいるか、身を以て知りました。彼が心底楽しめるのは、その行為だけだったんです」

わたしはまた息を吐き、急いで話をつづけた——気が変わらないうちに話してしまおうと。

「わたしが苦しめば苦しむほど、彼は快感を覚えた……」

レドヴァースの顎が固く引き締められている。ガラスでも噛みくだけそうなほど固く。

「上流の社交界では決して口にされないたぐいの話です。それはわかっていますが、でも、それが事実です。結婚して一年もたたないうちに、彼は出征しました」頭のなかにグラントの残忍な笑い声が響き、わたしはぞくっと身震いした。一瞬、片手が腰のあたりをさまよった。いつか、彼の声が聞こえなくなる日がくるのだろうか。わたしはぎゅっと目を閉じた。闇のなかで怪物を見なくてすむように目を閉じる、子どもさながらに。

「叔母がいったことのなかに、ひとつだけ真実があります。彼がもどってこないとわかったとき、わたしはとてもうれしかった。だから、彼の遺産相続の権利を放棄したんです。陸軍省からの遺族年金しか受けとっていません。それだけで、充分、暮らせます。お金のために彼と結婚したわけではありませんでしたから」

「あなたがそんなことをするひとだとは、思っていませんよ」レドヴァースは静かにいった。

「そんな怪物と結婚なさっていたのは、お気の毒でした」

レドヴァースは手をのばし、そっとわたしを彼のほうに向かせた。

わたしは目を開けて、おずおずと彼を見あげた。その顔に嫌悪や憐れみが見てとれるのではないかと思ったが、そんなものはいっさいなかった。読みとれたのは、〝理解した〟という表情だけだ。わたしは彼の胸に視線を向けた。

「多数の男性は、あなたと同じ意見ではないはずです。戦争が終わり、新しい時代が来たといっても、女は結婚して夫のものになる――それ以上の存在にはなれないんです」

「それがばかげているとわかっている男――いや、女――もいますよ」歯切れよく子音を明瞭に発音するレドヴァースの口調には怒りがこもり、その怒りは小さな剣のようにするどい。とはいえ、その短剣の切っ先がわたしに向けられていないのは確かだ。

なにもいわずに、レドヴァースはポケットからハンカチを取りだした。そのハンカチで、涙に濡れたわたしの頰をそっとぬぐう。気づかないうちに、わたしは泣いていたのだ。

レドヴァースは広い胸にわたしを抱きよせた。わたしは両腕を彼の背中にまわし、がっしりした温かい胸に顔を埋めた。彼がここにいてくれること、わたしを支えてくれていることが、ありがたかった。長い時間を経たあとに、初めて、おだやかな安らぎを得ることができたのだ。

34

翌朝、わたしとレドヴァースは早くに朝食をとった。前夜にわたしがあの小さなテラスで打ち明けたことも、わたしが夕食をとらずに早々に自室に引きあげたことも、双方とも口にはしなかった。

朝食をすませると、ほかの数人の人々とともに路面電車《トラム》に乗りこんだ。カイロまで八マイル。ディアナが運転するコンヴァーティブルに同乗したときにくらべると、トラムのゆるやかな揺れに身をゆだねているのは、安心で快適だった。そのうえ、トラムはわたしたちを目的地のすぐ近くまで運んでくれたのだ。

エジプト博物館までの数ブロックをのんびりと歩いた。並木に囲まれたカスル・エル－ニール広場に建っているこの博物館は、ナイル河から運ばれた石だけで造られている。レドヴァースは、この博物館のエジプト古物専門の学芸員《キュレーター》と会う段取りをつけていた。レジナルド・エンゲルバック――友人たちにはレックスと呼ばれているというキュレーターだ。

「キュレーターが英国人だといわれても、驚くことじゃないのかしら。とはいえ、ちょっと驚いてますけど」

レドヴァースはわたしの声に嘆かわしいという響きがこもっているのを聞きとり、眉をつりあげた。あいかわらず雄弁な眉だ。

「わかってます。この国の現在の政治的事情を考えればしかたがない。そうでしょ?」わたしはため息をついた。

博物館は朝の陽光をあびて、黄色がかった淡紅色に輝いている。大きなドームの下のアーチ形のエントランスの両側から左右対称の形で、ふたつの翼棟がのびている。ドームもエントランスも翼棟もみんな淡紅色の石造りだ。陽光をあびると、こんなに印象的な色になるとは、どういう種類の石なのだろう。

大きな石造りの噴水のそばを通りすぎる。メイン・エントランスに至る幅の広い階段のいちばん上で、エンゲルバックとおぼしい人物が待っていた。わたしたちを見ると、その男は階段を駆けおりてきた。

「おはよう」エンゲルバックはレドヴァースの手をぎゅっと握りしめると、力をこめて上下に振った。次にわたしの手も。「来てくれて、うれしいですよ」

エンゲルバックの熱烈な歓迎ぶりに、わたしは楽しくなった。

彼の額にはぱらりと金髪が垂れている。青い目はなんでも写しとっているように見える。ツイードのスーツは上質だが、いささか旧式のスタイルだ。このひとの頭のなかは、最新のファッションより、もっと重要な問題で占められているのだろう。

博物館のなかに入る。一瞬、足が止まった。目の前にもサイドにも、長い通路が幾筋ものびている。どの通路の天井もアーチ形で、二階の通路の天井もまたアーチ形だ。なんだか、大理石のバルコニーが連なっているようだ。

エンゲルバックは彼のオフィスに案内してくれた。そこに行くまでのあいだ、わたしはできるかぎり上下左右の光景を目に焼きつけた。パピルスの工芸品、石像、古代のコイン。ガラスの展示ケースのなかの品々にはすべて、手書きの小さな札が添えてある。興味深い品が目にとびこんでくるたびに、立ちどまってよく観てみたいという衝動に駆られたが、エンゲルバックとの話が終われば、展示品を観てまわる時間がたっぷりあるのだと、自分にいいきかせた。そのときには、きっと、レドヴァースがていねいにガイドをしてくれるだろう。

窓のない、ドアだけがずらりと並んだ通路を進む。どのドアも、その向こう側はエンゲルバックの同僚のオフィスなのだろう。通路のつきあたりの、がっしりした木のドアの前までいくと、エンゲルバックはそのドアを押し開けた。ちっぽけといってもいいほど狭いオフィスは、書類の束で埋まりそうになっている。やはりちっぽけな窓の下に、オーク材でできた古めかしいファイリングキャビネットがある。窓は開けられたことがないようだ。キャビネットの引き出しがどれも空っぽだとわかっても、わたしは驚かないだろう。なにしろ、キャビネットの上も、エンゲルバックのデスクの上も、書類が山をなしているのだ。どの山も上のほうがぐらぐらしていて、いまにも崩れそうだ。いったん崩れたら、わたしたちはあえなく多量の紙の下敷きになってしまうだろう。

「さて、この埃《ほこり》っぽい世界の片隅に足を運んでくださったのは、なにゆえでしょうかね、ミスター・レドヴァース？」エンゲルバックはそう訊いた。

ずばりと用談に入るやりかたが気に入った。

「地元の発掘現場のことで情報がほしいんだ。メナハウス近辺の現場の。きみなら出土品のリストを持っているんじゃないかと思ってね」

「ああ、はいはい。どこかにリストがあったはず」

思わず疑念が顔に出たらしい。エンゲルバックはわたしを見てにやっと笑った。

「みつけることなんか不可能だと思ってますね。だけど、この混沌にも、それなりの秩序があるんですよ」そういって、書類の山のひとつをかきまわしはじめたが、あてずっぽうにやっているとしか見えない。

「ほら、あった。捜してるのは、これですよね？」エンゲルバックはレドヴァースに一枚の書類を渡した。レドヴァースはざっと目を通しただけで、すぐにそれをわたしによこした。

わたしはじっくりリストを見た。見憶えのある名称の品がいくつかあるが、レドヴァースに確認してからでないとめったなことはいえない。

「これと同じリストだったと思います」レドヴァースをちらっと見てから、またリストに目をもどす。

「おお、すごい！」エンゲルバックは顔をほころばせた。

風も通らないオフィスで、書類の山に埋もれているひとが、どうしてこんなに陽気でいられるのか不思議だ。じつにうらやましい。

わたしはまたリストに見入った。そして、サマラの部屋で見たリストにあった品と同じものをみつけた。

「ええ、これでした」レドヴァースのほうに上体をかたむけて、リストの品目を指さす。

レドヴァースはその品目の説明を読んでから、そこをエンゲルバックに指さして教えた。

「この品のことだとは奇妙だといいそうになりましたけどね、レドヴァース、じつのところ、なにが起ころうと驚きゃしないってとこなんです」

レドヴァースは尋ねるように眉をあげた。エンゲルバックは先をつづけた。

「先週、この品を持ってきたひとがいるんです。そして、その品がどういうものか訊かれました」

興奮して、血がたぎってきた。パズルのピースがまたひとつ増えたからだ。どうやらわたしには、簡単にのぼせてしまう癖《へき》があるようだ。

「誰だったか、わかるかね?」レドヴァースは訊いた。

「ミス・アンナ・ステイントン」ためらいもせず、エンゲルバックはその名を口にした。「その品を持参してきたんです。ひと目で、出土品だとわかりましたよ」わたしに目を向ける。

「地元の考古学者の名前はこのオフィスに登録してあります。彼らがなにを発見したか、定期的に出土品をチェックしなければならないんです」

わたしはうなずき、話をつづけてくれるようにうながした。

「それを彼女から取り返そうと懸命になりましたけど、残念ながら、力及ばず。彼女は、その品を最初に持っていたのは誰か、それを知りたいといいはりましてね。持ち主に返したいから、と。もちろん、どれぐらいの価値があるのかも知りたがりましたが」せつなそうにため息をつく。「警備員を呼んで彼女を拘束してもらうべきだったのかもしれないけど、それは不当だ。とはいえ、なんとしてもあの品を持ち帰らせるべきではなかった……」

エンゲルバックが警備員を動員してアンナを拘束できたかどうか、わたしにはわからないが、出土品をとりもどすために、ベストを尽くしてアンナを説得しようとしたのは確かだろう。

「すると、彼女はほかの誰かからそれを手に入れたんでしょうか？」わたしは固い木の椅子に浅く腰かけた。

「そのようですね。知り合いの誰かが持っているのをみつけて、その品をどうしようとしているのか、それを探ろうとしていたらしい」エンゲルバックは頭を振った。「数多くの貴重な出土品が、そうやって失われてしまうんだ……」

わたしは彼に同情した。多くの歴史的遺物が闇のルートを通って、国際的なコレクターや他国の博物館や美術館のもとに流れていくのを見ているしかないのは、キュレーターとしては耐えがたいことだろう。大戦が始まる二年ほど前、ドイツの考古学者がエジプトの砂漠でネフェルティティの彩色石灰岩彫刻を発見し、ドイツに持ち帰った。貴重な、歴史的価値のある品がエジプトから流出したのだ。その胸像は、現在、ドイツの美術館に収蔵され、管理されている。

「ついうっかりと、アンナ・ステイントンがその人物の名前を口にしたということは？」レドヴァースの声にはそこばくの期待がこめられている。

「それはなかったなあ。ぼくだって、知りたかったですよ。彼女が持ってきたのは小さな彫像だったけど、欠損のない品でした。出土品はどんなものでも価値があります。エジプトあるいは英国で保管できないのなら、せめて、どこに流出したのか、それを知りたい。最近、いくつもの出土品が消えている疑いがあるんですが、ぼくも助手たちも、発掘現場すべてに目をくばるなんて、とうていできやしません。盗まれるのを警戒して出張っている、うちの職員ひとりに対し、密輸業者の仲間は二十人もいるんです。おそらく、もっとたくさんいるでしょうね」

どんなにか悔しいことだろう。海に投げた小石が、次々に押しよせる波によって、岸に押しもどされるようなものだ。

「でも、前にいったとおり、彼女はその人物を知っていたように思えます。その点を考慮すると、検討すべき場所を少しばかり絞りこめるかも」エンゲルバックは一瞬黙りこんでから、また口を開いた。「ミス・ステイントンは、その彫像の歴史的価値をきちんと評価していたわけではなかった。関心があったのは、金銭的価値だけ」

「ああ、それはべつに驚くにはあたらない」レドヴァースはうなずいた。

「ひとつがどこかに流出すれば、もっと多くの品もそれと同じ流れに乗せられるでしょうね」エンゲルバックの顔がひきつる。「誰かはわからないけれど、その人物はひとつどころか、いくつもの歴史的遺物を持っているんじゃないかと思います。なにか突きとめたら、ぼくに知らせてほしい。そうしてくれますか、レドヴァース？」

レドヴァースがうなずくと、エンゲルバックはほっとしたように椅子の背もたれに寄りかかった。しばらく話しこんでいたふたりのやりとりが終わると、わたしたちは立ちあがった。

「この博物館の見学はもうなさいましたか、ミセス・ヴンダリー？」

「まだなんですけど、この国を出る前に、ミスター・レドヴァースに館内のガイド役を引き受けていただきたいと思っています」

エンゲルバックは両手をパンと打ちあわせた。「それはすごい！　では、それに先だって、ぼくが短い館内ツアーのガイドを引き受けましょう。そりゃあ、時間をかけて展示物をごらんになりたいでしょうけどね。今年は、かのツタンカーメンのマスクと王墓を展示できることになったんです。ぜひとも見てもらわなくちゃ！」

展示室に行くと、エンゲルバックは重要にして貴重な品々を誇らしげに示した。彼の努力により、その多くはこの国立エジプト博物館に確保され、保管されている。とほうもない富の展示に、頭がくらくらしてくる。しかも、ここに展示されているのは、ハワード・カーターが若い王の墳墓でみつけた遺物のほんの一部でしかない。わたしは展示物に圧倒された。黄金や石や象牙《ぞうげ》の巨大な像。獅子の肢をもつ黄金の玉座。膨大な量の宝石。黄金と宝石を組み合わせた、手のこんだ細工。もちろん、それだけではない。目のくらむような品々がまだまだある。

もっとも厳重な警備をしてある展示室に向かう。エンゲルバックのいったとおりだ。ツタンカーメンのマスクはすばらしいものだった。きらきらと輝く黄金に黒いストライプが入り、その中央に王の若々しい顔。大きな目はくっきりと黒く隈《くま》どられている。

「二十四ポンドの、ほぼ純金に近い黄金で造られているんですよ」エンゲルバックは低い声でいった。わたしは頭を振るばかりだ。

ツタンカーメンの黄金のマスクをあとにして、ほかの展示物を観てまわる。そのひとつひとつについて、エンゲルバックが詳細な説明をしてくれた。考古学者たちが広大な砂漠で、どうやって遺跡の場所を特定し、苦労に苦労を重ねて発掘したか、気の遠くなるような経緯をくわしく語ってくれたのだ。エンゲルバックはいった——残念ながら、根っから正直な者であっても、これほど苦労したのだから、その見返りとして、出土品を故国に持ち帰るとか、自分のものにしてしまう誘惑に抵抗できなくなるという。その結果、エジプトの歴史的遺物は海外に流出してしまうのだ。

一時間ほど案内してくれたあと、エンゲルバックはオフィスにもどったが、わたしたちはあと数時間、この宝物殿を見学できる。レドヴァースはわたしにつきあって展示物を観てまわりながら、歴史や工芸品についてあれこれと話をするのを楽しんでいるようだ。彼はじつに博識で、いっしょに観てまわっているあいだ、わたしはとても幸せな気持になった。

ふと腕時計をのぞくと、もう正午を過ぎていた。そろそろホテルにもどらなくてはならない。急に空腹感を覚えたからというだけで、ほかに理由はないのだが。

博物館を出ると、外は暑かった。まだ時間は充分にあるので、ナイル河沿いの遊歩道をぶらぶら歩きながら、エンゲルバックから得た情報を整理することにした。

「我らがミス・ステイントンは、小さな像を持っていて、その金銭的価値を知りたがった。その像を持っていた人物を脅迫するつもりだった——そう思います？　それとも、それを売って、お金にしたかっただけかしら」

「ミス・ステイントンに関してわかっている事実から考えると、両方ともありそうですね。その像を種にして、誰かさんを恐喝して金を要求する。あるいは、自分が密輸業者たちの仲間になる」レドヴァースはため息をついた。「そういうビジネスには大金がからむ。汚い金であろうと、大金が」

「でも、彼女が脅迫者だとは、まだ決まっていませんよ」わたしは指摘した。

「そうでもない」レドヴァースはふっと息を吐いて立ちどまり、わたしのほうを向いた。「まだあなたに話していないパズルのピースがあります。じつは、わたしはステイントン大佐の動向を探るためにここに来たんです。英国政府は、大佐がエジプトの出土品を、闇のルートで密輸しているのではないかと疑っていました。ヨーロッパじゅうで、さまざまなエジプトの歴史的遺物がみつかっていますが、来歴を調べてみると、そのどれもに、どこかしらで大佐が関わっていたことがわかったんです」

胸の内で、さまざまな感情がもつれて渦を巻いた。怒りの感情もあるが、それはそれほど強くない。レドヴァースは銀行員だと名のったが、それが偽装だということは、もうわかっている。そして、レドヴァースのターゲットはステイントン大佐ではないかとひそかに疑っていたのだが、おかしな出来事が次々と起こったため、いつのまにか、その疑念は頭の片隅に追いやられていた。おかしな出来事の筆頭は、二件の殺人。それに、わたし自身が陽気な大佐を寛大な目で見ていたというのも、これまた事実だ。

せめぎあう感情がおちつくと、残ったのは軽い焦燥感だった。

「打ち明けてくださるのに、ずいぶん時間がかかったんですね」わたしは腕を組んだ。

「口外してはならないという命令のもとに動いていますからね。それに、あなたは容疑者のひとりだった」

驚いた。レドヴァースが本気でわたしを容疑者だとみなしていたとは、とても信じられない。

「あなたの叔母上はまだ容疑が晴れていません」レドヴァースはさらに疑念を口にした。

わたしはとげのある笑い声をあげた。昨夜の件で、わたしはまだ叔母を許していないし、顔を合わせるのが怖い。叔母本人があの醜態を憶えていたら……いや、酒を飲みすぎて、記憶が飛んでしまった可能性もあるが。

「いろいろと欠点があるにしても、ミリー叔母に冷血な人殺しができるとは思いません」可能性すらないと断言したいところだが、どれほど躍起になってこじつけようとしても、それは無理だ。

レドヴァースの疑念を聞いて、いくつかの疑問がわいてきた。「あなたが監視していることに、大佐は気づいているんでしょうか?」

「疑っているとは思います。わたしがあのホテルに滞在するようになってから、必死になってわたしを避けようとしているところを見れば」

「敵が身近にいるという知らせを聞いたとか?」

ふいに、ピラミッドのそばで、ステイントン大佐が発掘作業員のひとりとなにやら話しこんでいた光景が目に浮かんだ。あれは、ほんの数日前のことだったっけ？　数週間も前のことのような気がする。だがいまは、あの光景にはもっと多くの意味が含まれているように思えてくる。

ほかの人々のことを考えてみる。「実の父親が密輸に関わっていると知っていたのなら、アンナはなぜ、像を博物館に持ちこんだんでしょう？　以前から父親のことを知っていたとか？　旅行中に同行者の目につかないように行動するのは、むずかしいように思えます」

「アンナ・ステイントンの場合は、そうとはいいきれませんよ。彼女はたまたま、父親のしていることを知った。たいていの若い娘は、父親のビジネスに興味をもとうとはしないものですが、彼女はちがった」

「そうでしょうね」

「だが、彼女は出土品がどれぐらいの金になるのか、そこに興味をもった」レドヴァースの苦苦しい口調から、その点が気にくわないのだとわかる。

「大佐が密輸業者だとすれば、殺人犯はいったい誰なんでしょう？　それに、大佐は密輸用に集めた出土品を、どこに隠しているのかしら？」

「残念ながら、どこに隠しているのか、まだつかんでいません」

「それなら」わたしはさりげなくいった。「つかんだら、教えてくださいね」

歩きだす。河から吹いてくるそよ風を心地よく受けながら、ステイントン大佐のことを考えた。内心で、大佐に関するレドヴァースの所見がまちがっていることを願う。彼は、〝どこかしらで大佐が関わっていた〟といったのでは？　だが、おそらく、その裏には別の見解があるのだろう。

「そもそも、いったいなぜ、大佐は出土品の密輸に関わるようになったのかしら？　お金のためだけではないのでは？」

「そこが要《かなめ》でしてね。ステイントン大佐は戦時中に財産の大半を失いました。投資が失敗したようで……海外のあやしげな会社に投資していたんですが。その損失をとりもどそうと、美術工芸に関する知識を利用して、かなりうさんくさい連中と取引していたんですよ」

わたしの希望ははかなく砕け散った。失望感に襲われる。大佐とは知り合ったばかりなのに、これほど失望感を抱くなんて、我ながらへんだと思うが。ついいましがた、この国の歴史的な至宝を観て高揚していた気持に、苦いものがまじる。

失望感には、大佐の人柄を見誤っていたという事実が、いちばん大きく影響している。

「こんなことを知らされる羽目になって、お気の毒に思います。じつは、もうひとつ理由があって、あなたにお知らせするのをためらっていたんですよ――あなたが大佐に好意を抱いているのがわかっていたもので」

わたしはちょっと微笑し、ありがとうという気持をこめて、レドヴァースの腕に軽く手を触れた。だが、歴史的遺物を盗むような者は、誰であろうと許せない。大佐の人柄を見誤っていたのは残念だが、きれいさっぱり、わたしへの――同時にミリー叔母への――疑いを晴らすためには、真実を突きとめなければならない。

「わたしたちが捜していた脅迫者はアンナだということで、まちがいなさそうですね。だったら、無理して彼女の筆跡のサンプルを手に入れなくてもいいですよね」

ステイントン大佐の裏の顔がわかったいまとなっては、大佐の部屋にしのびこむようなまねをしなくてすむのがうれしい。できるかぎり、大佐とは距離をとっておこう。

「次はどうします?」

「じっと待つんです。そして、わたしたちの身になにが降りかかるか、それを見きわめたいところですが、あなたにそれができるとは、とても思えない」

「できませんね」わたしは認めた。

レドヴァースはじっと待つことに慣れているかもしれないが、わたしは終わりに向かって突っ走りたい。たとえ、どんな終わりが待ち受けていようと。

35

ホテルの昼食時間にはまにあわないので、路面電車《トラム》に乗る前に、小さなカフェで遅い昼食をとることにした。いろいろな可能性を考えると気持は逸るが、体は疲れている。ホテルにもどると、そのまままっすぐ自分の部屋に向かった。

長い時間歩いたあとでは、優雅なバスタイムは天国のように思えた。ジャスミンの香りのする湯に一時間もつかり、湯が冷めてしまうまで贅沢《ぜいたく》な時間をすごした。浴室から出てベッドに横になり、窓から吹きこむそよ風を楽しむ。

ほんのちょっと横になろうと思っただけなのに、いつのまにか一時間も眠りこみ、目が覚めると、太陽は地平線近くにまで傾いていた。夕食前のカクテルタイムに遅れそうだ。

急いで夕食用の服を着こむ。数分後、手に負えない髪に見切りをつけ、幅の広い銀のヘッドバンドを使うことにした。髪をしっかり押さえてくれるといいのだが。少なくとも、ひどいありさまの髪が目立たなくなればいいけれど。濡れた髪を乾かさずに寝てしまうと、髪は謀反を起こす。まったくもう。

廊下を早足で歩いていくと、沈みかけた太陽の光で足もとに長い影が落ちる。バーラウンジにたどりつき、食前酒をたしなんでいる人々をざっと眺め、なじみ深い顔を捜す。ミリー叔母は小さな丸いテーブルについていた。リリアンとマリーが同席している。だが、目が合ったとき、叔母はすぐに目をそらし、テーブルの上にあるなにかに気をとられたふりをした。わたしは軽く頭を振り、バーカウンターに向かった。叔母とのあいだにある溝に足を踏みいれる覚悟は、まだできていない。

バーカウンターでは、レドヴァースとドクター・ウィリアムズがなにやら話しこんでいた。わたしは飲み物を確保してから、ふたりの仲間入りをした。ドクターは礼儀正しくあいさつした。レドヴァースは――誓ってもいいが――ちかっと目くばせをしてよこした。お返しに、こっちはぱちぱちぱちとまばたきしてみせた。

「お邪魔してすみません」じっさいは少しもすまなく思っていなかったが、わたしのせいで急に会話が中断したのはまちがいない。ドクターは礼儀正しく微笑してから去っていった。

「あらまあ」わたしはくびをめぐらして、去っていくドクターを見送った。「ごめんなさい。なにかたいせつな話の邪魔をしてしまいました？」

「いや、競馬の話をしていただけですよ」

「競馬ですって？　ほんとに？」

「ほんとうです。あの善良な医師は薬物には手を出していないかもしれませんが、馬には金を賭けていますね。明日、直接、この目で確かめてみましょう」

どういう意味か訊こうとした矢先に、レドヴァースは話題を変えた。

「叔母上と話をなさいましたか？」

「いえ。叔母は知らん顔を決めこむつもりみたい」

レドヴァースはにやっと笑った。「長くはつづきませんよ」

そういわれて、わたし自身、ミリー叔母の態度をそれほど気にしているわけではないと気づいた。叔母があやまるかあやまらないか、どちらにしろ、どうでもいい気分だ。叔母が昨夜のことを憶えているのはまちがいないが、ミリーはあくまでもミリーなのだ。その点はいささかも変わりはしない。いずれ、通常にもどるはず。あるいは、少なくとも、以前と同じような、我の強い叔母とのつきあいがもどるだろう。叔母の隠し子のことを知ったからには、叔母が理不尽なふるまいをしても、わたしが恨みや怒りを抱えこむことはないといいきれる。

「この目で確かめるって、どういうことなんですか？　なにを確かめるの？」

レドヴァースの目がいたずらっぽくきらめく。

「気分転換が必要です。明日はまさにそれにうってつけでしてね。長袖の服を着て、日よけ帽をお忘れなく。昼食後、すぐに出かけますからね」

なにがなんだかさっぱりわからなかったが、それ以上のことは聞きだせなかった。

次の日の午後、わたしは心もとない思いで、ロビーで待っていた。長袖のブラウス、スラックス、そして大きな日よけ帽といういでたちながら、これからなにが起こるのか見当もつかず、いささか不安だった。

背後から、ヘビのようにしなやかにディアナの腕が巻きついてきた。

「ジェーン、準備はいい？」ディアナの声は興奮してはずんでいる。リネンのズボンのポケットに両手を突っこんだチャーリーは、にこにこ笑っている。

「たぶん、ね。だって、なにがなんだか、さっぱりわからないんですもの」

そういったものの、わたしも笑い声をあげた。ディアナの陽気な気分がうつったらしい。

その瞬間を見計らったかのように、レドヴァースが現われた。わたしはディアナに手を引っぱられるようにして、ホテルのエントランスから外に出た。パークス夫婦が借りたコンヴァーティブルに乗りこむ。レドヴァースとわたしは後部座席におさまった。チャーリーが運転する車は、駐車場を出るときにスピンしたが、あとは安定した走りでピラミッド群のほうに向かった。レドヴァースとわたしは帽子を押さえる手を離せなかった。

「この時間帯なら、車で行きやすいんですよ」レドヴァースはいった。

「どこに行くのか、わたしはまだわからないんですけど」

レドヴァースはにんまり笑うだけだ。わたしは彼の腕を肘で突いてやった。

わたしたちが向かっているほうに、大勢の人々も進んでいく。旅行者だけではなく、ホテルの従業員らしき人々もいる。馬やラクダに乗っているひとも多い。ホテルに残っているひとはいるのだろうか。あっというまに、大ピラミッド近くの駐車場に着いた。そこで車を降りて歩く。前方に、いつのまに設置されたのか、レース場が見える。

「すわるかい？」チャーリーがディアナに訊く。

「走路の柵の外に立ってるほうがおもしろいわよ」

ディアナに連れられて、スタンドの観客席から少し離れたところまで行き、レース場が見渡せるオープンスペースに陣取った。中央の砂地の走路を取り巻くように、人々が二重の壁を作っている。

「これはなんなの？」

「ジムカーナですよ」

わたしはぱちぱちと目をしばたたかせた。「いいたくないんですけどね、それがなんなのか、さっぱりわかりません」

ディアナが笑った。「あたしも知らなかったの。英国風ヒンディー語ね。要するに、競馬のこと」ディアナはぽんと跳ねた。

「ラクダのレースもありますよ。それに、ロバのレースもお忘れなく——これには男性も女性も参加できるんです」レドヴァースは口の端にからかうような笑みを浮かべてわたしを見た。「参加してみますか？　まだ締め切り時間にまにあいそうだ」

わたしは笑ってくびを横に振った。周囲の人々は興奮しきっていて、手でさわれるほどの熱狂ぶりだ。わたしもわくわくしてきた。熱い血が体内を駆けめぐるのが感じとれる。レドヴァースは正しかった——トラブルだらけのわたしにとって、これは効果満点の気分転換だ。レドヴァースは目立たないように手をのばして、ほんの一瞬、わたしの手をぎゅっと握った。わたしの体内をまた別の種類の熱い血が駆けめぐる。

それを無視しようと、わたしは周囲を眺めた。ホテルの従業員と滞在客の行動を見張れそうだ。なにしろ、見知った顔がそこここにあるのだから。走路の向こう側にはドクター・ウィリアムズ。こちら側の、わたしたちから少し離れたところには、ザキとホテルの厨房《ちゅうぼう》スタッフが数人。スタンドの正面席近くには、ミリー叔母とリリアンとマリー。叔母とは目が合ったが、今回はそっぽを向いたりはしなかった。そのかわり、くびをちょっとかしげて、片方の眉をつりあげた。わたしは間《ま》をおいてから、軽くうなずき、小さな笑みを送った。叔母の顔がやわらぎ、口角がほんの少しあがった。そのあとは安心したように、両側のお嬢さんたちとのおしゃべりにもどった。

このすべてをレドヴァースも見ていた。例によって雄弁な眉が動く。

「叔母上とは話をしたんですか?」

「いいえ」

「では……」

「ええ、あれが叔母のあやまりかたなんですよ」

レドヴァースは納得がいかないような表情を見せたが、わたしは笑みを浮かべて頭を振った。

「ミリー叔母にはあれがせいいっぱいなんです」

じきに、叔母とわたしの仲も、ふつうの状態にもどるだろう。そう思うと、肩のこわばりがほぐれてきた。

軍の楽隊がレース開始の演奏を始め、人々はぴたりと口をつぐんだ。ディアナはうれしそうに両手をぱちんと打ちあわせ、にっこり笑った。チャーリーは楽隊ではなく、そんなディアナをみつめている。

最初の何レースかは競馬で、騎手はエジプト人ばかりだ。暑いなか、騎手がさかんに馬をあおっているので心配になったが、レドヴァースが、アラビア馬はこの地で生まれ育ち、この気候に耐えられる血統なのだと説明してくれた。観客は拍手し、喚声をあげた——それぞれに贔《ひい》屓《き》をしている馬がいるらしい。

両側の観客たちのうしろで、数人の男たちが円形を作っているのに気づいた。わたしはレドヴァースを肘でつつき、彼らのほうを目で示した。集まっている男たちのほぼ中央に、ザキが立っている。

レドヴァースはわたしの無言の質問を読みとった。「あの善良なドクターが金を失っている現場ですよ。我らが友人のザキもそうらしいですね」

そうか、金を賭けているのか。賭ける者も受ける側も立ったままで金のやりとりをしているのだ。昨夜、バーカウンターでレドヴァースと交わした会話の意味が、ようやく理解できた。

競馬は楽しく見物したが、そのあとのラクダレースは、これほど愉快なものだとは想像もしていなかった。ぶかっこうな動物がハイスピードで走るさまは優雅といってもいいほどで、ラクダがあんなに速く走れるとは意外だった。このラクダレースには観光客も参加できる。前の競馬にくらべれば、まったく緊張感がない。ほかのラクダが走りだしたのに、一頭だけがスタート地点から頑として動かず、あわてた乗り手がラクダに動いてもらおうと、鞍の上で躍起になって立ったりすわったりしているのを見て、思いっきり声をあげて笑った。乗り手にとっては不運としかいいようがない。やがて、ラクダは立っているのにあきたのか、のんびりと至福のときをすごそうとばかりに、ひょいと脚を折って地面にすわりこんだ。まさかの事態に、乗り手はあやうく鞍から落ちそうになった。

歓声や笑い声をあびながら、ラクダたちはゴールラインに走りこんだ。優勝したのは地元民だが、当然といえる。レースに参加した観光客のほとんどは、鞍にすわっているのが命令を下す乗り手だということをラクダに認識してもらえず、スタート時は走りだしたラクダも、途中から走らなくなってしまったのだ。

次にロバがスタートラインに並んだとき、その耳の長い動物に、マリーとドクター・ウィリアムズが乗っているのを見てびっくりした。マリーはドクターを見て苦い顔をしたが、ドクターは彼女ににやっと笑ってみせた。

スタートを知らせるピストルが鳴りひびき、マリーは上体を前に倒した。ロバが走りだす。わたしは口をあんぐり開けて、マリーがわずかに先頭に立ち、その位置をキープしているのを見守った。僅差でドクターが追っている。どちらかといえば、ラクダよりもロバのほうがあつかいにくいかもしれないが、マリーはしっかりと彼女のロバを制御している。もう少しでゴールというところで、彼女がドクターに追いぬかれそうになった。わたしは夢中で手をたたいて応援した。マリーはここが正念場とばかりにロバを急《せ》かして先頭をキープし、そのままゴールインした。ふと気づくと、彼女の活躍ぶりに、わたしは満面に笑みをたたえていた。マリーの誇らしげに輝く顔。その表情は彼女に似合っている。彼女が着ているニッカボッカーは、エジプトに来るために用意しておいたものだろう。さらに見守っていると、リリアンがゴールラインまで行き、マリーをかたく抱きしめた。リリアンが笑顔でドクターと握手して、負けをねぎらっても、マリーの強烈なほど誇らしげな表情は、いささかなりとも翳《かげ》ることはなかった。

レドヴァースは称賛の面もちでマリーを見ている。「彼女があれほど優れた騎手だとは思わなかった」

「わたしもびっくり」マリーに独自の趣味や特技があるとは思ってもいなかったが、それがまちがっていたのは明白だ。なんとも底の知れないひとだ。

ホテルにもどったころには、もう午後の五時を過ぎていた。体じゅう砂まみれだが、気持は高揚している。砂を洗い流してから、わたしたちはロビーで落ち合い、ダイニングルームに向かった。チャーリーとディアナといっしょに夕食をとることになっているのだ。ディアナはわたしたちを観客とみなし、ステージ仕込みの話芸を披露してもてなしてくれた。わたしはちらちらと何度かレドヴァースを見たが、彼も楽しんでいるようだ。胸の内がほっこりあたたかくなる。

熱い空気と、ぎらぎら光る太陽のもとで長い一日をすごしたあとだが、わたしはラウンジで一杯飲んだだけで、お代わりはしなかった。ディアナとチャーリーはもとより、レドヴァースでさえお代わりを勧めたが、わたしは断固として一杯だけにとどめた。エジプトの暑さにはどうしても体が慣れない。ほぼ一日、騒音と色彩の氾濫《はんらん》に身をさらしていたあとでは、ゆっくりと静かな時間をすごす必要がある。

自室にもどり、カバーをはずしただけで、ベッドに寝ころんでいると、廊下でなにやら争っているような声が聞こえた。誰と誰が争っているのかわからないが、起きあがって、シルクのローブをまといながらドアに向かう。ドアの向こうで、ふいになにかが倒れたような重い音がしたため、足を早めた。

ドアを開けると、ミリー叔母が床に倒れ、レドヴァースが叔母にのしかかるように立っていた。彼の足もとにはクリケットのバットがころがっていた。

36

急いで叔母に駆けより、床に膝をついて叔母の口もとに顔を近づけ、息をしているかどうかを確認した。だいじょうぶ、息はある。

「ミリー叔母さん……ミリー叔母さん、聞こえる？」

叔母はかすかに呻いたが、まぶたは閉じられたままだ。

「叔母になにをしたの？」わたしは叫んだ。レドヴァースは、わたしの強い非難口調に愕然としたようだ。

レドヴァースはしゃがんで叔母の脈を測ろうとしたが、わたしは彼を押しのけた。レドヴァースは立ちあがって一歩さがった。怖い顔をしている。近くの部屋のドアが開き、ローブ姿の中年の紳士が廊下に出てきた。そして、この光景をひと目見るなり、その男はフロントにとんでいった。

「お医者さまを呼んでください！」男の背中に、そう呼びかける。

「わたしは決してあなたの叔母上を傷つけたりはしない」レドヴァースは静かにいった。静かだが、その声はするどい。だからといって、彼の立場がよくなるわけではなかった。

わたしは返事をしなかった。これまでに聞かされた、レドヴァースのいくつもの嘘、なにを考えているのか見当もつかない数々の行動。そんな記憶がいちどきにわっとよみがえってきて、ついいましがた見た、床に倒れている叔母にのしかかるように立っていた彼の姿と重なった。わたしはなにごとにつけ、レドヴァースを信頼してきた。だが、それは愚かなことであり、その報いとして、叔母の生命をさしださなければならないのだろうか。

怒りがこみあげてくる。そのおかげで、かろうじて涙をこぼさずにすんだ。床にころがっていたクリケットのバットを、叔母の体の向こう側に押しやり、わたしはレドヴァースと叔母のあいだに身を置いた。わたしの指紋がつかないように、バットにはちょっとしかさわらなかった。というか、叔母を襲った者の指紋が残っているかもしれないので、それを消さないように用心したのだ。

レドヴァースは近づいてこようとはしなかったが、わたしは彼から目を離さなかった。できるだけ叔母を動かさないようにしたが、叔母の手くびに触れ、脈を測ることは怠らなかった。脈は細いが、はっきりと感じとれる。何年もたったかと思われたころ、ようやくドクターが息せききって駆けつけてきた。叔母のそばに膝をつき、状態を念入りに調べた。わたしはドクターに場所を空けようと、体をずらした。ドクターを呼びにいってくれた中年の紳士があえぎながらもどってきて、わたしのそばに立った。

「このかたの部屋に移しましょう」ドクター・ウィリアムズはレドヴァースに手伝ってくれるよう、身ぶりで示した。

「だめ！」わたしは大声でそれをさえぎり、中年の紳士の腕をつかんで前に押しだした。彼がドクターの手伝いをしはじめると、レドヴァースは踵《きびす》を返して去っていった。わたしははらわたがねじれるような気持を味わった。もしレドヴァースが叔母を襲ったのなら、その場にとどまって、叔母が介抱されるのを黙って見ているだろうか？　わたしは頭を振った。やがて警察が明らかにしてくれるだろう。

クリケットのバットを廊下にほっぽっておくわけにはいかない。わたしはローブの袖で手をくるみ、おずおずとバットをつかんだ。それをつかんだまま叔母の部屋に行き、デスクの上にそっと置いた。

叔母が彼女の部屋のベッドルームに運びこまれても、わたしの胸の動悸はおさまらず、ベッドルームのドアの前を行ったり来たりしていた。しばらくするとドクターがベッドルームから出てきた。

「なにがあったか知っていますか？」ドクターが訊く。

「いいえ。わたしの部屋のドアの前で、なにやら争う声がしたんです。たぶん、ミリー叔母とミスター・レドヴァースだと思います。それから、重い音がして……彼が叔母を殴った音にちがいありません。でなければ、叔母が床に倒れた音かも。わたしがドアを開けると、叔母が倒れていて、その叔母にのしかかるように、彼が立っていたんです……」

つい早口になってしまった。ドクターがちゃんと聞きとってくれればいいのだが。あの光景の意味を読みとこうと、脳がせっせと働いている。その結果、叔母が殴られたのは、レドヴァースに裏切られたからだという事実が導きだされるのではないかと恐れている。

「叔母はだいじょうぶでしょうか?」息を詰めて返事を待つ。

「ようすを見ましょう。頭部に強い打撃を受けています。ですが、ベストを尽くしますよ」

ドクターは同情のこもった目でわたしを見た。つい最近までドクターを疑っていたことを思うと、うしろめたい思いにさいなまれる。

「あなたも横になったほうがいい。手伝ってもらえることはありません。今夜はわたしが付き添います。朝になったら、いらしてください」

反論しようとしたわたしの肩を、ドクターがぽんぽんとたたき、きっぱりとくびを横に振った。わたしがむりやりにドクターの手伝いをさせた中年の紳士は、すでに引きあげていた。

わたしはベッドルームのドアをみつめ、両腕を力なくわきに垂らした。「叔母が意識をとりもどしたときに、わたしがそばにいなかったら?」

「ミセス・ヴンダリー、こんなことはいいたくないのですが、彼女が今夜じゅうに意識をとりもどす可能性はありません」

すでにうるんでいた目から大粒の涙がこぼれた。

「いまのうちに休んでおけば、明日のためになりますよ」

「警察が来たら、あれを見せてくださいますか?」デスクの上にのっているクリケットのバットを指さした。ごくありふれたバットを。

ドクターは必ずそうすると請け合った。決してさわったりはしない、と。

わたしはドクターの言を受け容れ、しぶしぶと叔母の部屋を出た。ドクターにとって、わたしは邪魔者でしかないのだ。心配しておろおろするのは、看護とはいわない。ドクターが専念すべきは叔母の看護であって、わたしの世話をすることではない。そう、そのとおりだ。

自分の部屋にもどる途中、クリケットのバットのことを考えた。あれは、わたしがサソリに襲われそうになったあと、部屋に毒虫がひそんでいる場合にそなえて、退治用にレドヴァースが貸してくれたものだ。そういえば、この数日、あれを見た憶えがない。当初の数日間は毒虫捜しを怠らなかったが、だんだんと、毎夜の点検を手抜きするようになっていたのだ。

部屋にもどると、すみずみまで念入りに点検してまわった。クリケットのバットはどこにもなかった。誰かがあれを盗みだして叔母を殴りつけたのだ。わたしはぞっとした。

眠るどころではない。ゆったりしたリネンのズボンをはき、それに合ったブラウスに着替える。バットの謎の答をみつけるつもりだ。

ほとんど人けのない廊下を静かに進む。メインホールは早くも無人状態だ——宵っぱりのパーティ好きもいない。フロントに立ち寄ると、心配そうなフロントマンが警察には連絡したと教えてくれた。わたしは礼をいってそこを離れ、さて次はどうしようかと考えた。

レドヴァースの部屋に行ってみることに決めた。彼には一歩先んじられているが、運がわたしに味方すれば、彼に追いつけるかもしれない。もし逃げ出す算段をしているようなら、阻止してみせる。

彼の部屋のあるフロアに行く。廊下はもちろん、そのフロアぜんたいがしんと静まりかえっている。なにか聞こえないかと、彼の部屋のドアに耳を押しつける――いびきも、荷物をまとめている音も聞こえない。部屋のなかは静かだ。わたしはくちびるを引き結び、共用エリアのほうに足を向けた。

ダイニングルームに近づくと、またもや争う声が聞こえた。今度は低い小声だ。なにをいっているのかは聞きとれないが、男ふたりの声だというのはわかった。片方の声は、よく知っている。履《は》いている靴の踵《かかと》をみつめた。この靴では、足音をたてずにこれ以上近づくのは無理だ。手をのばして靴をぬごうとしたが、その矢先に、声が遠ざかって聞こえなくなった。できるだけ足音をしのばせて、ダイニングルームの出入り口まで行き、端っこからなかをのぞいてみた。遅かった。声の主のふたりの姿はもうなかった。

37

しまった。ほんの一瞬だけ間《ま》をおいてから、暗いダイニングルームのなかに入る。電灯はついていないが、夜空で銀色に輝く月の光が、高い窓からさしこんでいる。しかし、月の光だけでは室内がよく見えるとはいえない。まず右の脛《すね》を、次いで左の脛を椅子にぶつけ、思わず悪態をついてしまった。暗くて、椅子やテーブルがほとんど見えないのだ。しかたがないので、両手を前に突きだし、そろそろと進む。なにかにぶつかる回数はぐんと減ったが、まったくぶつからなかったわけではない。朝になったら、あちこちに青黒いあざができているだろう。

ようやく、テラスに出られるフレンチウィンドウにたどりついた。充分に用心して、ガラス越しに外をのぞく。目を細くせばめると、芝生を歩いているふたつの人影が見えた。背の高いほうの人影の歩きかたで、すぐにそれが誰だかわかった。

レドヴァースだ。

ゆったりした長衣姿のもうひとつの人影もまた、見知った人物だとわかったが、正確に誰とは断定できない。

若干パニック状態になりながら、フレンチウィンドウの取っ手を探る。夜間にはロックされるはずなのだが、このフレンチウィンドウはロックされていなかった。テラスに出ると、今度は障害物のありかがよく見えた。月の光は屋内ではおぼろだが、屋外では皓々《こうこう》とさえている。おかげで速く進め、尾行しやすくなった。前のふたりにみつからないように、木々の陰に隠れながら進む。

夜更けにふたりの男を尾けるなんて——武器も持たずに——正気の沙汰ではない。だが、立ちどまるたびに叔母のことが頭をよぎり、そのたびに怒りが沸騰し、その怒りが前に進む原動力となった。

やがて、ふたりの男が向かっているのは厩舎《きゅうしゃ》エリアだとわかった。夜は厩舎には人けがない。厩舎の係員たちはメナヴィレッジの住まいに帰るからだ。遠目でも、長衣姿の男が厩舎の木の扉の鍵を開け、レドヴァースに先になかに入るように、手まねでうながすのが見えた。顔がこちらを向き、一瞬だが月光にさらされた。誰だかわかった。給仕頭のザキだ。

なぜ厩舎に入っていくのだろうと、くびをひねっている暇はない。ザキがレドヴァースのあとから厩舎に入るのを待って、わたしも木の陰からすべりでて厩舎に近づいた。ありがたいことに、ザキは扉を閉めず、開けっぱなしにしていた。

ふいに気づいたが、ダイニングルームを出てからここに来るまで、男たちはひとこともしゃべらなかった。だが、白い漆喰《しっくい》塗りの厩舎に入ると、先ほどわたしが耳にした、口争いのつづきらしきものが始まった。

「ここでなにをする気だ？」レドヴァースが訊く。

わたしは混乱した。ザキはなにをしようとしているのか？

「あんたを放っておくわけにはいかないんだ。さっきのことを見られたからには」ザキの声には絶望の響きがこもっている。

馬たちの蹄の音や荒い鼻息がまじった夜気が、外に流れでてくる。なじみのない男がふたりも現われたため、馬たちが動揺しているのだ。開いている扉のすきまからのぞいてみようとしたが、なにも見えない。なかでなにが起こっているのか、ぜひとも確かめなくては。ザキはしゃがんで目線を低くしてから、危険を承知のうえで、扉の端から顔を突きだした。ザキはわたしに背を向けているが、その手に小型の黒い銃を握っているのが見えた。

銃口はレドヴァースに向けられている。

叔母が襲われた件で、わたしが筋を読みちがえたのは、これで明らかになった。

「おまえがなぜミセス・スタンリーを襲ったのか、どうにも理由がわからない」レドヴァースの声は少しかすれている。わたしはまた顔を突きだした。レドヴァースはじりじりと中央通路をあとずさり、ザキはそれに合わせて前に進み、少しずつわたしから遠ざかっていく。

これは偶然だ。レドヴァースはまだわたしに気づいていないのだから。わたしは靴をぬぎ、ザキがふりむきませんようにと強く念じつつ、開いている扉のすきまからすばやく、そっとなかにしのびこんだ。もはや躊躇《ちゅうちょ》している余裕はない。

全身が震えているにもかかわらず、わたしはゆっくりと進んだ。はだしの足裏に砂利が突き刺さり、思わず口もとがゆがむ。右側は馬具置き場で、壁は隣の馬房との仕切りになっている。

わたしはざらざらした木の壁に体を寄せた。自分の立ち位置をチェックして、男たちの視界に入っていないことを確かめ、できるだけ静かに呼吸法を実践する。耳もとでどくどくと血が流れる音が聞こえる。

「あのばあさんはちっと勘がよすぎてな」ザキはいった。「おれが更衣室にドクター・ウィリアムズの銃を隠すとこを見られた。それに、サマラの部屋に何度も出入りするとこも見られてた――なんでもかんでも見てたんだよ、あのばあさんは。ばあさんがあれやこれやを結びつけるのは、時間の問題にすぎなかったんだ」

ミリー叔母が〝なんでもかんでも〟見ていたとは思えないが、このところ、そういうことを話すほど、叔母とは親密な仲ではなかった。それはまちがいない。それにしても、もしザキが銃を隠したのなら、それが意味することはひとつしかない。

「彼女があれとこれとを結びつけて、おまえがサマラを殺したことを見抜くんじゃないかと思ったんだな」レドヴァースはゆっくりとそういった。わたしと同じように、頭のなかで、ばらばらの断片をつなぎあわせているのだ。

「おれとサマラは取り決めをしていた。娯楽室に飲み物を運んだおれが、ほかの客の手の内のカードを見て、合図を送る。サマラは勝った金の割り前を払う」

「おまえたちがいかさまをやっていることは、誰にも気づかれなかった?」

「従業員なんかに目を留めるやつなんざいない」ザキのひとことひとことに、長年のあいだに鬱積《うっせき》した怒りがこもっていた。「おれたちはあんたたちにお仕えする田舎者にすぎないんだ。

あんたたちはおはようとか、やあとか声をかけてくるが、おれたちを見てはいない。おれは飲み物を運ぶ。あんたたちは飲み物しか見やしない。おれなんか目に入らないのさ。ザキという男のことはな」

ザキのことばに胸を突かれ、わたしは恥ずかしくて、体がかっと熱くなった。ザキに好意をもっていたとしても、彼の存在をしっかり認識していただろうか？　彼をひとりの人間として見ていただろうか？

ザキの話からすると、彼とサマラは巧妙ないかさまシステムを作りあげていたようだ。ふたりはそれでけっこうな稼ぎがあったらしい――チャーリー・パークスが現われるまでは。

わたしはザキの話に気をとられすぎないように、聞き流すだけにした。ザキにレドヴァースを撃たせないようにすることが先決だ。周囲を見まわすと、馬具置き場と一枚の壁を共有している馬房の扉に掛け金がおりていることに気づいた。壁にへばりついているわたしにも、なんとか手が届きそうだ。壁を軽く蹴る。壁の向こう側の馬が驚いて動きだした。幸いなことに、わたしが多少の音をたてても、驚いた馬が動く音にまぎれてしまう。

「サマラはアメリカ野郎のカードさばきがうまいことに目を留め、欲をかいた。そして、もうおれは要らないといいやがった」ザキの声が怒りに震える。「だから、サマラの部屋に脅迫リストやなんかを置いておいたら、あんたのレディがみつけて、警察に通報すると思ったんだ。けど、そうはならなかった」

それであの朝、ダイニングルームでザキを見かけたあとすぐに、彼がいなくなった説明がつく。また、ザキがいかにもいそいそと、サマラの部屋番号を教えてくれただけではなく、その部屋に鍵がかかっていなかった理由も呑みこめた。だがザキは、わたしが叔母に嫌疑がかかりそうな書類しか持ち出さないことまでは、予想していなかった——書類を盗みだしたわたしが、警察に通報できないことまでは。ザキはすべての書類を、ていねいに読んだりしなかったにちがいない。

行動すべきときがきた。壁の端からひょいと顔をのぞかせる。レドヴァースの視線がすばやくわたしに向いた。今度こそ彼の目に留まったはずだ。ザキにも気づかれたかどうか。わたしは息を詰めた。

ザキはふりむかなかった。

ちらりとわたしに目を向けたあと、レドヴァースはザキから目を離さず、右に左にと体を動かして、彼自身にザキの注意を惹きつけた。わたしは馬房の扉の掛け金に手をのばし、ゆっくりと掛け金をあげた。音は気にしなくていい。馬房の馬が壁に体当たりし、不安そうにせかせかと脚を動かしているからだ。

「それで彼を殺したのか」レドヴァースはザキから話をすべて聞きだし、同時に彼の注意を惹きつけておこうとしている。

「あいつに脅されたんだ。もしあいつのことを密告したら、ふたりで組んで稼ぐ金だけじゃない、職も失うことになるぞ、とね」ザキの手のなかで銃が震えている。

掛け金があがった。わたしは扉をぐいと手前に引いて、その陰にしゃがみこんだ。馬が馬房からとびだした。仰天したザキはふりむきざまに発砲した。わたしの頭上で、板壁の木っ端が飛び散る。ザキが棹立《さおだ》ちになった大きな黒い馬に目を奪われたとたん、レドヴァースが前にとびだし、銃をつかんでザキの手からもぎとった。間髪を容れず、レドヴァースはその黒い金属の塊をザキの側頭部に振りおろした。ザキはへたへたとくずおれ、地面に倒れた。功績をなした馬は、開いている扉の向こうを見ると、棹立ちの姿勢から前脚をおろして地面をしっかり踏みしめてから、自由に向かって駆けだした。馬の安全を思い、あまり遠くまで行かないことを念じる。

レドヴァースは上体を曲げ、両膝に手を置いている。右手にはまだ銃が握られていた。目をあげてわたしを見る。「ありがとう」

わたしは盾にしていた馬房の扉の陰から出て、できるだけ無頓着な態度を装い、ズボンをぱたぱたとはたいた。

「どういたしまして」軽く受けたが、すぐにまじめになる。「レドヴァース、さっきはほんとうにごめんな——」

レドヴァースがさえぎった。「なにもいわなくていいですよ。よくわかっている」複雑な笑みを浮かべている。「それに、わたしの命を助けてくれた。おあいこってところですね」

おたがいの視線がからまる。ミリー叔母が襲われた件に彼が関わっている、と思いこんだわたしを許してもらえるといいのだが。

腰に両手をあて、わたしは動かないザキを見おろした。「殺してしまったの？」

「死にはしないと思う」

レドヴァースはわたしのそばにきて、靴の先でザキの脚をつついた。ザキは身じろぎもしない。

少し近づいてみると、ザキの胸が弱々しくも上下に動いているのがわかった。

「アンナを殺したのも彼かしら？」

「それが判明すれば、さぞハマディ警部が喜ぶだろう」

38

罪人を見張っているレドヴァースを残して、わたしは急いでホテルにもどり、警察に連絡した。そのついでに、ひとを出して逃げた馬を確保してほしい、とフロントマンにたのんだ。馬が砂漠に迷いこんでしまうような事態は、ぜひとも避けたかったのだ。

警察が到着するころには、ザキは意識をとりもどしていた。ハマディ警部は容疑者を掌中におさめることができてご満悦だったが、わたしが関わっていたことに対しては、感情をむきだしにすることを厭わなかった。率直にいって、警部はわたしの容疑が晴れて残念しごくという顔つきだったのだ。わたしの行動をねちねちと咎《とが》めるかと思えば、一転して、ミリー叔母が襲われたことに同情し、早い回復を願っているといった。ころころ態度を変えるとは、わたしの不意を衝いて動揺させることを楽しんでいるとしか思えない。

レドヴァースは捜査に加わりたいらしく、カイロ署にもどる警部に同行した。わたしは厩舎《きゅうしゃ》の前でぎごちなく手を振って、おやすみなさいと声をかけてから、静かになったホテルに入った。なんだかすっきりしない気分だが、わたしとしては、どんな形であれ、ハマディ警部の面前で、レドヴァースにくどくどと弁解したくはなかった。

ミリー叔母のようすを見にいく。容態に変化なし。それから自室にもどり、這うようにしてベッドにたどりつくやいなや、疲れきって眠りに落ちた。夢も見なかった。

　翌朝、目が覚めても心が重かった。ザキの逮捕により、表向き、わたしの容疑は晴れたものの、ミリー叔母のことが重しになっているのだ。それに、自分がレドヴァースの味方のような立場にあることも、なんとなく不安だった。

　あたふたと服を着替える。気が急《せ》いていたので、部屋を出る直前まで、スカートをうしろ前にはいていることに気づかなかった。

　叔母の部屋のドアをノックすると、ドクター・ウィリアムズがドアを開けた。ドクターの目は赤く充血しているが、表情は明るい。

「叔母は……？」わたしはそれだけいうのがやっとだった。

「快方に向かっていますよ」ドクターは元気づけるようにほほえんだ。「一度、意識をとりもどしましたけれど、いまはまた眠っています。頭が痛いと訴えるので、その処置をしました。彼女がお望みなら、少しのあいだ付き添ってかまいませんが、無理に起こしたりしないように。彼女には安静が必要なので。わたしはベッドに入ります。午後にはようすを見にきますから」

　わたしはうなずき、ベッドルームに行った。枕にあずけた叔母の丸い顔は蒼白だが、呼吸は安定しているし、しっかりしている。しばらく見守っていることにする。

　十分もたたないうちに、ノックが聞こえた。リリアンだった。

「きのうの夜、なにがあったか、聞きました」リリアンの顔は不安に青ざめている。「朝食におりてこられないので、訊いてまわったんです。ああ、ジェーン、だいじょうぶなんですか？」

リリアンは叔母のベッドに近づいたが、叔母の手に触れてもいいのかどうか決めかねて、おろおろしていた。

わたしはリリアンのそばに行き、彼女の震える手をぎゅっと握りしめた。「よくなるわ。とても頑健なひとですもの。お医者さまがおっしゃるには、いまは安静が必要だけど、一時的にしろ、意識はとりもどしたそうよ」

リリアンは大きく息をつき、泣きそうな笑みを見せた。

「少しのあいだ、ふたりだけにしてくれませんか?」

その申し出には驚いたが、わたしはこっくりとうなずいた。

「このかたが大好きなの」リリアンはいった。

もしかすると、リリアンはわたしたちが思っているよりもずっと深く、事情を知っているのかもしれない。だが、訊いてはならないことだ。彼女を残して、わたしはそっと部屋を出た。しばし廊下に立ちつくし、叔母が快方に向かっていることに安堵し、しみじみとありがたく思った。あとで、またようすを見にくることにする。

これでもう、午前中にしなければならないことがなくなった。カフェインを摂取してエネルギーをたくわえようと、朝食をとりに階下に向かった。

ダイニングルームのドアの前で立ちどまり、ザキの陽気なあいさつを期待したとたん、彼が逮捕されたことを思い出した。おかしなことに、ザキの笑顔が見られないのは寂しい。彼があんな目にあったのは自業自得とはいえ……。

いまのところ、給仕頭の地位は埋まっていないようだ。わたしはダイニングルームに入った。

窓のそばのテーブルにレドヴァースが席を占め、新聞を読んでいた。叔母を殺そうとしたと彼を責めていた身としてはじつに面映ゆく、近づくのがためらわれた。だが、彼は目をあげてわたしを見ると、あたたかい微笑を浮かべた。わたしは彼のテーブルに近づいていった。

「おはよう」低い声であいさつする。

「おはよう。コーヒーは？」

わたしのために、コーヒーをポットで注文してくれていたのだ。わたしはほほえみ、彼がカップについでくれたコーヒーの香りを胸いっぱいに吸いこんだ。

レドヴァースの顔から微笑が消えた。「叔母上はどうです？」

「よくなっています。ドクターが快方に向かっていると」

「それはいい知らせだ」

レドヴァースの心底から安心したようすを見て、彼を疑ったという罪の意識がちくちくと胸を刺す。

「いまはリリアンが付き添っているんですよ。しばらくのあいだ、叔母とふたりだけにしてほしいってたのまれたんです」

レドヴァースの雄弁な眉が斜めにかしぐ。

「ええ、わたしもそう思います。あのお嬢さんは、わたしたちの予想以上に、事情を知っているのかもしれない」

「確かに。早く叔母上と話ができるようになるといいですね」

わたしは顔をしかめた。「いまは眠ってますが、目が覚めたら、かなり回復するんじゃないかと思います。頭痛がどうなるかはわからないけれど」

レドヴァースも顔をしかめた。そして、ふたりともほほえんだ。

「あれからハマディ警部と話しましたよ」

「もう?」

「どうせ眠れませんでしたからね」

徹夜の影響でも残っていないかと、レドヴァースの顔をしげしげと見たが、そんなものはまったくなかった。ちょっと驚く。わたしは顔がむくみ、まぶたの裏が砂粒でこすられたようにざらついているというのに。

「ザキは警部におおかたのことを自供したようです。ザキが客の手の内のカードを盗み見て、それをサマラに伝えるという、いかさまのやりくちを」

わたしはうなずいた。それは昨夜、ザキが話していたのを聞いて知っている。

「ザキはその金をあてにするようになった——相当な額になったんですよ」

「じゃあ、なぜサマラを殺したんです?」

「ザキは、チャーリーがサマラと組む気などないことを知らなかった。それで、サマラを片づけて、自分がチャーリーと組もうと企んだんです」

「それなりに筋が通ってますね」わたしはあくびを噛み殺した。レドヴァースの話に興味はあるが、体のほうは疲れきっているのだ。

レドヴァースがこちらを見たので、身ぶりで先をつづけてほしいとうながす。

「それに、もしサマラが密告したら、ザキは職を失う恐れがあった。彼は給仕頭という地位にたいそう誇りをもっていましたし。サマラが警察に尋問されたときは、不安でたまらなかった。すべてが明るみに出るんじゃないかと、戦々恐々としていた。それで、あの夜、娯楽室の客が引きあげたあとにサマラと会う段取りをつけておいて、殺したんです」

「でも、サマラがこのホテルに来てから、それほど日数はたっていないんでしょ。どうしてそんなに早く、手の込んだ取り決めができたのかしら?」

わたしの空になったカップに、レドヴァースがコーヒーをついでくれた。

「サマラは以前からここの常連客だったんです。彼は一流ホテルを巡回するシステムを作り、このホテルもそのシステムのなかに組みこまれていたんですよ。監視がきびしくなったり、ほかの客に尻尾をつかまれそうになったら、次のホテルに移動して、一カ月かそこいらたったら、またもどってきて、カードのいかさまで稼ぎ、年配のご婦人たちをたらしこんで騙す。じつに卑劣なやつだった」

わたしは頭を振った。そしてザキのことを考えた。彼はいくつも罪を犯した。それはそれとして、彼の家族――特にネネット――のことを思うと、胸が痛む。

「彼の婚約者に会いました――とてもきれいな、感じのいいひとだった。彼女がかわいそう」

レドヴァースは眉根を寄せた。「わたしの知るかぎり、ザキに婚約者はいませんよ。警部に確認してみますが、まちがいないと思います」

「なぜ、そんな嘘を?」不思議だ。どんな目的があって、婚約していると嘘をついたのだろう?

レドヴァースは肩をすくめた。「さてね」

一瞬、間《ま》をおいてから、また尋ねる。「ほかになにかわかりました?」

「ザキは脅迫関係の書類を持っていましたよ。元はアンナが持っていたものですが」

「それじゃあ、アンナが恐喝をしてたのね」少なくとも、この件に関しては、わたしの推測は正しかった。

「彼女が首謀者だった。とにかく浪費家で、贅沢《ぜいたく》三昧でしたが、財力が衰えた父親から援助を受けられなくなると、自力で大金を得る方法をみつけようとした。それも、一度かぎりではなく、長くつづく方法でなければならない」レドヴァースの口もとがゆがむ。「アンナは多数の恐喝の種を持っていたそうで、ザキはそれを盗んだことを認めた。アンナが買いもどしてくれるんじゃないかと期待したらしい。アンナが殺されたあと、ザキは盗んだ書類をサマラの部屋に隠した。あなたにみつけさせるのが目的で」

なるほど。確かに、アンナは身を飾る美しいものを好んでいた。そういう品はたいてい高価だ。

「ザキにとっては、たやすいことだったでしょうね——客室すべての鍵に手が届くんですもの」

「そのとおり。それに、彼はホテルという背景にうまくとけこんでいたから、疑いをかけられることもなかった」

　ふいに、ミリー叔母に使われた凶器のことを思い出し、わたしは吐息をついた。「わたしの部屋からクリケットのバットを持ち出したのも、彼だった?」

　レドヴァースはうなずいた。「二日ほど前に盗みだしたそうです。あなたを罪に陥れるのに使えるものはないかとあなたの部屋を物色して、あのバットをみつけた。で、これなら使えると思ったんでしょう」

　ザキがわたしを罪に陥れようと画策したかと思うと、ひどく悲しくなった。わたしはザキに好意をもっていたし、彼もまたそうだと思っていた。だが、部屋に侵入されたのに、なにも気づかなかったと思うと、不安がこみあげてくる。

「サソリを仕込んだのも彼でしょうか?」あの小さな黒い毒虫のことを考えると、背筋に寒けが走った。

「十中八九は。あの日、あなたが主だった容疑者たち全員と話をしてまわっているのを、ザキは見ていた。おそらく、手を引けと、あなたに警告するつもりだったんでしょうね。サソリの件はハマディ警部にいっておきましたから、警部はその件も取り調べたはずです」

「何度も同じ手を使おうとはしなかったし、わたしの部屋にサソリを仕込んだりもしなかったのは、わたしにとって幸いでした。夜、毒虫退治をしようと、部屋じゅうを捜しまわるのは、数日でやめましたから」

「最初の一匹は、単なる脅しだったと思いますよ。だが、あなたを刺させる目的でベッドの下にサソリを仕込むのは、脅しではすまない。あなたが部屋にひとりでいれば、たとえ刺されても助けを呼ぶことはできませんからね」

わたしはあらためて我が身の幸運を嚙みしめた。

「きのうの夜……」わたしは口ごもった。昨夜の殴打事件を持ち出すのは気まずかったが、どうしても訊きたいことがいくつかあるのだ。「どうしてあんなに早く、あの場に駆けつけてこられたんです?」

「あなたのことが心配だったので、あなたの部屋の向かいの空室に荷物を移しておいたんですよ」

「いつ?」

「二日前」

レドヴァースの気遣いには心を動かされたけれど、それがかえって彼を不利な立場に追いこんだとわかった。なぜなら、そのおかげで彼はすばやく現場に駆けつけることができたのだが、むしろそのために、わたしは彼こそが犯人だと思いこんだのだから。

そうすると、レドヴァースの所在を確かめたくて、ドア越しに聞き耳をたてたあの部屋は、いったい誰の部屋だったのだろう。

「フロントに伝言メモを取りにいこうとした矢先に、あなたの叔母上とザキの口論が聞こえたんです。ザキが叔母上を殴りつけるのを止めたかったけれど、まにあわなかった。わたしがドアを開けると同時に、ザキはうまうまと、すぐ近くの廊下に逃げこんだんですよ」

あのとき、わたしは廊下の諍いの声を聞いてドアに向かおうとしたが、途中で足を止め、ローブをはおった。ほんの少し手間どったせいで、ザキが逃げるところを見逃し、事件発生直後の現場を目の当たりにすることになったのだ。

「ほんとうにごめんなさい」どれほどあやまっても、あやまりきれない思いだ。手をのばして、テーブルに置かれたレドヴァースの手を握りしめる。

わたしのその手を、レドヴァースはもう一方の大きな手でつつみこんだ。「あやまる必要はありませんよ。さぞ恐ろしい光景だったでしょう。わたしももっと正直になるべきだった。わたしのせいで、あなたに新たな重荷を背負わせてしまうことを承知しておくべきだった」

わたしたちはあたたかい微笑を交わした。

狙ったかのように、そのとき、ステイントン大佐が近づいてきた。わたしたちは握りあった手を離した。

「おはようございます、ミス・ヴンダリー」いつにも増して陽気な声だ。レドヴァースにはそっけなくうなずいただけだったが、今朝はレドヴァースがいても、なんの痛痒も感じていないようすだ。

「ごきげんいかがですか、大佐」ぴりぴりする両手を膝に置く。レドヴァースの手が落雷のように、わたしの手指の末端神経を直撃したせいだ。

「あの給仕頭が逮捕されて、すべてが解決したと聞きました。大ニュースですねえ。かわいそうなアンナも喜んでいるでしょう。ようやくあの娘を故郷《くに》に連れて帰れます」

「いつお発ちに?」

「明日いちばんに」大佐はステッキの先端で、床をとんとんと突いた。「いろいろなことが紆余曲折して最終的な決着をみたわけですな」

「そうですね、大佐もさぞ安心なさったことでしょう」

「ええ、ありがとう」こほんと咳払いする。「では失礼しますよ。もうお会いできないかもしれませんので、せめてごあいさつをと思いまして。明朝早くに出発しますので、今日のうちに準備しておくことが山のようにあるんですよ。手配しなくてはならないことが山のように」

わたしもレドヴァースも立ちあがった。大佐の幸運を願い、わたしは片手をさしのべて大佐と握手した。

大佐は堅苦しい態度で、レドヴァースとも握手を交わした。

「ごきげんよう、大佐」レドヴァースは丁重だが、あたたかみのかけらもない声でいった。

「ありがとう、ミスター・レドヴァース」

大佐はもう一度わたしのほうを向き、うなずいてみせると、足早に去っていった。

わたしは大佐を見送りながら、レドヴァースにいった。「大佐の口ぶりでは、事件が決着したので、警察はアンナのご遺体を返してよこしたようですね。ハマディ警部はザキがアンナも殺したと確信しているにちがいないわ」

「そのようですが、わたしが聞いたところでは、ザキはアンナの件には関わっていないと主張しているとか。アンナが殺害された時刻には寝ていたといいはっているそうです。だが、同じ口径の銃が使われたわけだし、ザキなら簡単に銃を入手できますからね」

「部屋の鍵も」

「そう、部屋の鍵も。ザキなら気づかれずにドクターの部屋に入り、銃を盗むことができた」

「なにか見落としていることがあるような気がするんですけど。なぜザキは、アンナを殺したとすなおに白状しないのかしら？　サマラを殺したことも、ミリー叔母を殺そうとしたことも認めているのに」

レドヴァースは頭を振った。わたしの疑問に対する答は持っていないのだ。

「それに、密輸の件は？　二件の殺人事件と密輸とは、なんの関係もないのかしら？」なにかぴったり合わない点がある。それがなにか、どうしてもわからない。

「どういう手段を使っているのかはわかりませんが、誰が密輸をしているかはわかっています」レドヴァースは大佐が去ったほうを顎でしゃくった。「いまはもう時間がありません。デッドラインが近づいている」

「明日、大佐が帰国するまで」

レドヴァースはうなずいた。

39

朝食のあと、レドヴァースと別れて、わたしはミリー叔母のようすを見にいった。

叔母は目を覚ましていたが、これも一時的なことだった。わたしに弱々しい笑みを見せたかと思うと、またまぶたを閉じてしまったからだ。頭痛がひどいらしく、ほとんど眠っているようだが、ほんの短いあいだだったけれども、叔母が目を開けたのをこの目で見られて、わたしはほっとした。ドクターが叔母の容態を見守ってくれるし、リリアンはほとんど叔母のそばを離れない。叔母が目覚めている短い時間に、食べさせたり飲ませたりしているのだ。看護をつづけているリリアンに休息をとるように勧めたが、彼女は静かにくびを横に振っただけだった。

叔母の容態は心配だったが、わたしはどうにも中途半端な、おちつかない気持をぬぐえなかった。レドヴァースはステイントン大佐を調べるという任務を続行している——単独で。

わたしはプールサイドに行き、本を読もうとしたが、頭にさまざまな事実や人々の顔がちらついて離れず、じきに本を読むのをあきらめた。ぶらぶらと通路を歩きまわっているうちに昼食時となり、ひとりで昼食をとった。美味な料理もよく味がわからなかった。食べ物が胸につっかえただけだ。

昼食後はホテルの敷地内を散歩することにした。スカートを薄いリネンのスラックスにはき替える。今日も暑いが、血の巡りがよくなれば、頭の働きもよくなるかもしれない——あるいは、くたくたに疲れて休息をとれるかも。

それほど遠くまで行かないうちに、ふいに、ホテルに出入りする業者の住居が集まっているメナヴィレッジはどこにあるのだろう、という疑問が湧いた。メナヴィレッジに行って、あの美しいネネットとおしゃべりをすれば、ザキがなぜ彼女と婚約しているなどと嘘をいったのか、その理由がわかって、頭のなかでひしめいている疑問がひとつ減るかもしれない。わたしはホテルにもどった。

物好きな客のふりをして、フロントでメナヴィレッジの場所を尋ねる。若いフロントマンはゴルフコースを突っ切っていくのがいちばんの近道だと教えてくれた。ということはつまり、灼熱の太陽が中天にある時間帯といえどもゴルフボールが飛んでくるなかを突っ切る、ということにほかならない。ゴルフというスポーツに身を捧げている人々の情熱には、驚くほかない。わたしは遠回りのルートを取ることにした。ホテルの広大な敷地の縁をぐるっと回っていくルートで、これはもう、ハイキングに近い。徒歩でいくのはやめて、馬で行くことにする。

嫌でも昨夜の出来事が頭をよぎったが、わたしはあえてのんびりと厩舎《きゅうしゃ》に向かった。ザキがアンナを殺した動機が、どうしても納得できないのだ。アンナ殺しもザキが犯人だとすれば、わたしが知っているいろいろな事実に符合する。ハマディ警部と同じように——いや、警部以上に——一件落着といきたいところなのだが、どうしても、真相にたどりついたとは思えないのだ。厩舎が見えてくると、あらためて昨夜の記憶がよみがえった。

白い漆喰《しっくい》の建物のある厩舎エリアは、真昼の陽光のもとではまたちがった景色に見える。あちこちに厩舎の係員や客たちがいて、にぎやかで忙《せわ》しげだ。昨夜の恐ろしい出来事の痕跡はなにもなく、わたしは知らないうちに詰めていた息を吐いた。

馬を借りたいという注文に、少年のような若い係員がわたしのサイズを目測してから厩舎の奥に入っていき、小柄で、見るからにおとなしい栗毛の馬を曳いてもどってきた。ビビという名前だという。係員がビビに鞍をつけているあいだに、わたしはヴェルヴェットのようなビビの鼻づらをなでた。ビビはうれしそうに鼻を鳴らして、わたしの手のにおいを嗅いだ。

ビビの背にまたがり、ゆっくりと歩かせた。ビビのほうがわたしより暑さに強いのはわかっているが、熱い外気のなかを無理に急がせたくなかったのだ。心地よく鞍にまたがるコツをとりもどすのに、それほど時間はかからなかった。乗馬の訓練を受けていたのがまるで昨日のことのようだ。

やがてメナヴィレッジが見えてきた。丈の低い、日干し煉瓦《れんが》の家があちこちにばらけて建っている。うろうろと歩きまわっているニワトリが、ときどきけたたましい鳴き声をあげて、静けさをかき乱す。ほかの家畜は陽光を避けて、低い軒下に逃げこんでいる。ネネットの住まいはどこか、誰かに訊かなければならない。在宅していればいいのだが、カイロに店を持っていて、そっちに行っているかもしれないのだ。この時間帯なら、たいていの店主は自分の店にいるはずだ。

村の広場に向かって馬を進めると、家々の開いた戸口から小さな顔がのぞいた。村のほぼ中心部に近いところで馬を止めて降りる。手綱を引いて、ビビを水飲み場に連れていく。ポンプの柄をつかむと、子どもたちが数人、おずおずと近寄ってきた。わたしがポンプを押しはじめると、そのうちのひとりがポンプの水口の下にバケツをさしだして、水を受けてくれた。ビビに汲みたての水を飲ませてから、好奇心に満ちた小さな顔を見まわす。

「英語、話せる?」ノーという返事を覚悟して訊く。

子どもたちはたがいに顔を見合わせた。額に黒い髪がばさりとかぶさっている男の子が、前に進みでてきた。

「ちょっとなら」黒い目が真剣そのものだ。

この国の子どもたちの教育がどうなっているのか、わたしは知らない。ザキはいっていた――富裕な旅行客は地元民など目に入らないようで、彼らを召使いとしてしか見ていない、と。自分の無知が恥ずかしい。これからは、旅先の現地の人々のことを、もっとよく学ぼうと決心した。

「名前はなんていうの?」わたしは男の子に訊いた。

「カディール」

「じゃあね、カディール、ネネットを知ってる?」

カディールは重々しくうなずいた。

「ネネットの家も知ってる?」

子どもたちはアラビア語で会議を始めた。スポークスマンであるカディールが会議の結論を教えてくれるまで、じっと待つ。

「こっち」カディールはいった。

小さな女の子が、わたしの手からビビの手綱を取り、わたしと並んで歩きだした。ネネットの住まいまで、わたしと馬と子どもたちの短い行列が進んでいく。土ぼこりや砂塵《さじん》におおわれた幾筋もの路地を通って、ようやく、こぢんまりとした日干し煉瓦の建物の前で、行列は止まった。家のなかに誰かがいる気配はない。

子どもたちは期待に満ちた目でわたしを見あげている。なにか贈り物を持ってくるべきだったと、はたと気づいた。ふと思いついてポケットを探り、エジプトのコインをひとつかみ取りだした。どういう配分がベストなのか見当もつかないので、みんなで分けるようにカディールにいった。カディールはわかったとうなずいた。おおかたはカディールが取ったが、残りは仲間たちにちゃんと分けたようだ。

わたしと子どもたちはたがいにうなずいた。カディールのまじめくさった小さな顔を見て、わたしも笑いを噛み殺して大まじめな顔をこしらえた。やがて子どもたちは、午後の遊びを楽しもうとばかりに散っていった。

暗い戸口に向かってネネットに呼びかけたが、応答はない。誰もいない家のなかに入るのは抵抗がある――ホテルで二度も他人《ひと》さまの部屋に無断で侵入したことを考えれば、いまの心境には、我ながら驚いてしまうが……。馬もわたしも休めるような日陰はないかと、ビビを曳いて家の裏に向かう。家の裏手の軒が大きく張りだしている。軒下をポーチがわりに使っている空間のようだ。わたしはビビとともにその日陰に入った。

支柱の一本にビビの手綱を巻きつける。ビビが、支柱ごと建物を引き倒そうなどと考えなければいいけれど。金具としばらく格闘したあげく、なんとか鞍のはずしかたがわかった。鞍をはずし、さらにあざやかな色彩の敷物もはずす。敷物は汗で濡れているが、その一端でビビの背中をぬぐってやる。やわらかい鼻づらをそっとこすってから、一歩さがる。じきにビビは目を閉じた。一定の間隔をおいて、ハエ除けに尻尾を揺らしている。子どもたちのひとりが、バケツに水を汲んで持ってきてくれた。ビビが頭を下げて水が飲めるところにバケツを置く。

自分の案はばかげているのではないかという気がしてきた。たとえここがネネットの住まいだとしても、彼女が帰宅するまで、どれぐらい待っていればいいのか。子どもたちはいちばん近い無人の家に、わたしを足止めしておこうとしているのではないだろうか。とはいえ、この家の玄関前は掃除がいきとどいているし、庭も手入れされている。きっとここがネネットの家だ、そうにちがいない、と思いたい。

軒下の日陰にすわりこみ、周囲を見まわす。ビビが日陰の大半を占めているが、彼女の大きな蹄が届くところにすわりこむのは、あまり賢明とはいえない。ビビは温厚な馬だが、なにかに驚いて暴れだせば、わたしはあっさり踏みつぶされてしまうだろう。陽光を避けたいがためにそんな危険をおかすべきではない。

庭の片隅に立つ大きな木に招かれているような気がして、わたしはその木陰に移動し、地面にすわりこんで木の幹にもたれた。陽光を避けようと、日よけ帽のつばを傾け、手足を引っこめる。いつのまにか眠りこんでしまったらしい。というのも、次にまばたきすると、家の正面から裏に向かってくる足音が聞こえたからだ。わたしは静かに立ちあがり、全身のあちこちをぱたぱとはたいた。おとなしいビビのようすを確認してから、家の横手に向かう。

「こんにちは、ネネット」

わたしの呼びかけに、よほど驚いたらしい。ネネットは勢いよく体の向きを変えた。

「ミセス・ヴンダリー！」ネネットは心臓のあたりを手で押さえた。「ほんと、びっくりしましたよ。ここでなにをしてるんですか？」

「あなたとちょっとおしゃべりしたいなと思って。じつは、ザキのことでいくつかお訊きしたいことがあるの」

ネネットは悲しげにうなずき、家に入るように手まねでうながした。

家のなかは簡素だが、清潔だった。部屋の中央に美しい織物の壁掛けがさがっていて、ついしげしげと見入ってしまった。複雑な模様が織りこまれ、窓からさしこむ陽光を受けて、あざやかな赤とオレンジ色の糸とからみあった金糸がきらりと光る。すっかり目と心を奪われ、これは先祖代々受け継がれてきた一品かもしれないと思った。それとも、ネネット自身の手織りなのだろうか。テーブルがわりとおぼしい、使いこまれた木製の作業台をはさんで、やはり木製の椅子が二脚、向かいあわせに置いてある。椅子に置かれたクッションは、カバーを最近取り替えたようだ。家具や調度は少ないけれど、居心地のいい、快適な部屋だ。

「ザキのことは聞きました。みんな、知ってます。とても残念です」ネネットは手まねでわたしに椅子を勧めてくれた。

「ほんとうに。わたしも彼には好意をもっていたから」

ネネットはうなずいた。

「彼はあなたと結婚する予定だといってたわよ」

ネネットはとんでもないという顔をした。「あたしはザキを好きでしたが、結婚する気はなかったんです。アスワンというひとと結婚していたけど、夫は戦争中に亡くなってしまって。だから、あたしは店をもつことにしたんです」

わたしはこっくりとうなずいた。戦時中に夫を亡くした妻たちのことなら、わたしもよく知っている。

「ザキは勝手にあたしと結婚すると決め、しょっちゅう、あたしを口説いてました。でもあたしは、再婚するつもりはなかった。もし再婚するなら、愛するひとといっしょになりたい」ネネットは肩をすくめた。「ザキにしつこく求婚されて、うんざりしてました。いくら断っても、受け容れようとはしなかったでしょうね。だけど、彼がひとを殺しただなんて、とても信じられない」

「そうね」わたしはため息をついた。「でも、彼はミスター・サマラを殺したと白状したの」

「あの若いご婦人は？　やっぱり彼が殺したんですか？」

わたしはくびを横に振った。「彼女を殺したのは自分じゃないといいはってるそうよ。でも、彼にはアリバイがないんですって」

ネネットはうなずいた。「あのご婦人のおとうさんを知ってます——軍人さんですよね？よくこの村にいらしてますよ」

わたしは緊張した。「どうしてこの村にしょっちゅう来るのか、そのわけを知ってる？」

「いいえ。でも、二、三軒先に住んでる男に会いにくるみたいですよ」顔が曇る。「ラドワという男です」

「なんだか、その男のことが気に入らないみたいね」

ネネットはうなずいた。「このメナヴィレッジの住人たちは、みんな、一所懸命働いてます。だけど、ラドワはぜんぜん働かない。若いころから、問題ばかり起こしてましてね」

いかにも密輸のグループに関わりそうな男ではないか。こんな降って湧いたような幸運にぶつかるとは、思いもしなかった。メナヴィレッジは小さな集落で、住人は誰もが知り合いだろう。もちろん、誰もが各自の仕事を知っているはずだ。レドヴァースが捜している答に近づいたかと思うと、わたしは興奮してしまった。

当然ながら、ステイントン大佐と鉢合わせするのはごめんだ。だが、大佐が出土品を盗み、それを裕福なコレクターに売るという闇の商売に手を染めているのなら、大佐を告発することにためらいはない。どれほど大佐に好感を抱いていようと、歴史的遺物の密輸はぜったいに阻止すべきだと思う。

「そのひとの住まい、どこだか教えてくれる？」

「はい、いいですよ」

いっしょに外に出ると、ネネットは数軒先の家を指さした。「ほら、あの、家の前庭がゴミだらけのとこです」鼻にしわを寄せる。「ラドワにゴミを片づけてくれって、みんなでたのんでいるんですけどね、ちっともいうことを聞いてくれなくて」

家自体も傷んでいる——建物の土台の角が欠けているのが見てとれる。屋根はもっと傷みがひどい。それほど激しくなくても、雨が降れば、家のなかが水びたしになりそうだ。家の横手の空き地には煉瓦や建材などが散らばっている。

わたしたちは家にもどり、そのあとしばらくはおしゃべりを楽しんだ。ネネットが夕食に誘ってくれたが、わたしは断った。この気のいい女性に、よけいな面倒をかけたくなかったからだ。いきなり住まいを訪ねてきただけでも、充分に迷惑だったはずだ。

ビビを裏庭につないであることを説明すると、ネネットはビビに穀物を少しあげようといってくれた。その好意には甘えることにする。そして、もうしばらくビビを預かってほしいとたのむと、ネネットはこれまた快《こころよ》く引き受けてくれた。そのうえ、わたしの代わりにホテルまで連れ帰ってあげようとさえいってくれたが、わたしは必ずもどってくると約束した。

ラドワの住まいを調べるには、夜になるのを待つ必要がある。

わたしが村にとどまるつもりだと見てとると、ネネットはそれならぜひにも夕食をいっしょにと、また誘ってくれた。今度は断るのも気がひけて誘いを受けることにしたが、台所仕事を手伝わせてほしいと申し出た。ふたりでグリルドチキンと野菜の煮込み、レンズ豆のスープ、平たいパンを準備する。チキンも煮込みもスープも、香辛料がきいていてじつにおいしい。市場で香辛料を買うことと、頭のなかにメモを書きこんだ。アメリカに持ち帰りたい。

おいしい料理を食べ、おしゃべりに興じ、わたしたちは楽しいひとときをすごした。ネネットは気のおけない話し相手で、あっというまに時間がたった。暗黙の了解というか、たがいの結婚生活の話は避けた。仮装パーティの衣装を選ぶとき、ネネットに背中の傷跡を見られたが、それを口にしない彼女の配慮がありがたかった。

暗くなったので、わたしは心をこめてネネットに別れのあいさつをした。彼女はわたしに幸運を祈るといってくれた。このあとわたしがなにかをするつもりだと察していて心配しているのに、あえて聞きだそうとはしないでいる。その気持が伝わってきた。

ビビを軒下の支柱につないだままにしておくが、ネネットはわたしがもどってくるまで、世話をすると請け合ってくれた。

ラドワの家の窓から薄明かりが洩れている。わたしはネネットの家の裏から、隣の家の裏庭に入りこんだ。それからまた隣の家の裏庭に。幸いなことに、どの家も犬を飼っていない——途中で出くわした動物といえば、数羽の不機嫌なニワトリだけだった。止まり木で静かに休んでいるところを邪魔された彼らに、いらだった鳴き声をあびせられた。

ラドワの家に近づくと足どりをゆるめ、薄暗がりのなかの濃い闇を選んで身をひそめた。ラドワの家の裏庭は前庭同様、ガラクタやゴミや木箱が散らかり放題で雑然としている。うっかりなにかを踏んづけて音をたてないように、足の置き場に用心した。吸い寄せられるように、家の裏手の窓の下にそっと近づく。ありがたいことに、そのあたりは瓦礫や木箱が散らばっていない。窓の下にたたずみ、数分間、耳をすました。

家のなかは静かだ。

くびをのばしてすばやく偵察。さっとくびを引っこめる。その一瞥《いちべつ》で人影がないことを確認できたので、もう一度くびをのばして、家のなかをのぞきこむ。その部屋は倉庫として使われているらしい。ネネットの家と同じ間取りのようで、台所の向こうに広い部屋が見える。わたしがのぞきこんでいる部屋には、丈の高い木箱がいくつか積みあげられているが、なかになにが入っているかは見えないし、木箱になんらかのしるしがついているにせよ、それも見えない。室内の灯りが暗すぎる。懐中電灯を持っていれば……。

背後で物音がした。わたしは急いでしゃがんだ。体が凍りつき、脈が速くなる。茶色のニワトリが満足そうに地面を引っかき、コッコッと鳴きながら通りすぎていった。ほっとして、安堵の吐息がもれる。脈もおちついたので、また窓からのぞく。目を凝《こ》らす。

いきなり後頭部を殴られ、意識が遠のいた。

40

ゆっくりと意識がもどってきた。目を開けても、暗闇しか見えない。とっさに、目が見えなくなったのかとあわてたが、手足を動かそうとすると、縛られていることがわかった。暗闇しか見えないのは、目隠しをされているせいだけではなく、いまは夜で、しかも暗がりのなかにいるからだ。パニックに陥り、背中で縛られている両腕を動かそうと、じたばたした。両膝は胸のあたりまで引きあげられて、ロープでぐるぐる巻きにされているし、ごていねいに足くびも縛ってある。胎児のように両足を胸元に引き寄せられ、背中を丸めた姿勢で縛られているのだ。背中で縛られている手に、ざらざらした木の感触がある——ここは木箱のなかだ。荷物を詰めた木箱のなかに閉じこめられている。もがきにもがいて木箱の壁に体を寄せると、むきだしになった肌に、木材のささくれがするどく突き刺さる。

涙がこぼれる。口のなかにボロ布を詰めこまれているだけではなく、さるぐつわまで噛まされている。さるぐつわの布の両端は、後頭部でしっかり結ばれている。パニックの波に襲われるままに、わたしは必死になってもがいた。じきに疲労困憊してアドレナリンの噴出が止むといいのだが。しばらくもがいていると、目隠しが少しずれて、まばたきができるようになった。ゆっくりと鼻から息を吐きながら、目の焦点を合わせる。パニック状態はつづいているし、なにやら巨大なものに胸を押しつぶされているような感じは消えないが、いくぶんか呼吸がおちついてきた。

生きのびたいのなら、自分を抑制する力をとりもどさなければ。

アドレナリンの噴出が止むまで、永遠とも思える時間が過ぎたような気がしたが、じっさいは三十分ほどだっただろう。ようやくパニックもおさまって、自分をとりもどしてきた。恐怖は消えないが、頭を働かせることができるようになり、呪文を唱えるように、おちつけおちつけと自分にいいきかせる。

足音が聞こえる。ひとりではない。

複数の足音が近づいてくるにつれ、男ふたりが口論しているのだとわかった。口論の種はわたしらしい。

「あの女をどうする？　殴って、気絶させたんだな？」甲走った声。

少なくとも、わたしが意識をとりもどしたことを、男たちはまだ知らない。長くゆっくりした呼吸をくりかえしながら、必死で考える――いまの声の主は誰だ？　訛りが強いこと、そして、わたしがいた場所から判断すると、ラドワという男にちがいあるまい。

ため息が聞こえた。「始末しなきゃならんな。なかなかいい女なんだが、いろいろと知りすぎている」

その声の主はすぐにわかった。

ステイントン大佐だ。

心臓のあたりがきゅっと痛くなった。大佐のことでは、レドヴァースがまちがっているのではないかと、根拠のない期待をまだ捨てていなかったのだ。密輸はすぐさま暴力的な襲撃や殺人に結びつく犯罪ではない——そう思っていたのだが、大佐は冷酷にもわたしを殺そうとしている。

とはいえ、大佐の口調には、わたしを始末するのは気が進まないという響きがこもっていた。

「もいっかい、殺しなんて、おれは嫌ですぜ」

ラドワのことばを聞いて、心臓の鼓動が一拍、停まってしまった。〝もいっかい、殺し〟？

「最初の殺しには、おまえはまったく関係してないじゃないか」ステイントン大佐は冷笑的な口ぶりでいった。

「実の娘なのに」ラドワがいいかえす。

その情報を消化しようと、一瞬、息を止めたが、すぐに深くゆっくりした呼吸を再開した。わたしは知りすぎていると大佐がいったときは、てっきり密輸のことだと思った。大佐が実の娘を殺したとラドワが責めたのは、わたしの聞きちがいではないのか？　ラドワの言を否定するのではないかと、わたしは大佐の返答を待った。ザキが、自分はアンナ・ステイントン殺しとは関係ない、誰かほかの者のしわざだといっていると聞いたときは、とうてい信じられなかったのだが。

「あの娘は欲ばりすぎたのさ。母親にそっくりだ。あいつを好きなようにさせていたら、早晩、わたしたちも破滅する羽目になっていたよ」大佐の声は冷たく、切って捨てるようないいかただった。「おまえもよけいなことを考えるんじゃない」

さるぐつわを嚙まされているのでなければ、顎ががっくりと落ちて、ぽかんと口を開けていたことだろう。大佐が実の娘を殺したという事実は、わたしの生死を左右する不吉な前兆といえる——実の娘を殺したのなら、わたしを殺すのに良心の呵責を覚えるわけがない。大佐に対しては友人としての親しみをもち、気遣いもしていたのだが、いまやその気持は冷えきってしまった。そんな恐ろしいことができるひとだとは、これっぽっちも思っていなかったのに。けっきょく大佐は、人生という舞台の一場面で演じていた役を降りた——娘を失って悲嘆にくれる父親、という役柄をかなぐり捨てたのだ。

パニックが前の二倍になって襲いかかってきた——今度は死が切迫しているという恐怖が加わっている。胸がつぶれそうな感じがどんどん強くなり、徐々に呼吸が浅くなってきたかと思うと、ふっと意識が遠のいた。

意識がもどったとき、今度は心臓の鼓動がひとつ打つだけの短い時間で、わたしが押しこめられている木箱が自動車らしきものに積みこまれたと認識できた。エンジンの大きな音が聞こえるし、揺れぐあいから、穴ぼこだらけの道路を走っているのがわかる。幸いなことに、パニックに襲われることはなかった——アドレナリンが尽きてしまったのか、縛られて監禁されている状態に慣れてきたのか。音をたてても、エンジンの騒音にまぎれてしまうと思い、わたしは木箱の壁を足で押してみた。この木箱がどれぐらい頑丈な造りなのか、確かめてみたかったのだ。

できるかぎりの力をこめて、木箱の板と板のあいだのすきまを蹴る。といっても、たいして力がこもらない。狭い空間に横向きに押しこめられているせいだが、板のすきまに膝を力いっぱいぶつけているうちに、木箱が少し動いた。膝をぶつける合間に、男たちになんの音かといぶかられているかどうか確かめたが、車はがたがた揺れながら走っている。スラックスの膝が血で濡れてきたが、わたしは懸命に膝をぶつけつづけた。

ちょっと休んでいると、頭上でなにか音がした。わたしは凍りついた。幸運を求めて祈る――彼らに気づかれたのではありませんように。

幸運には見放されたらしい。

エンジンの騒音に負けずに、頭上で木箱の蓋がきしむ音がしはじめた。車のスピードが落ちたわけではないので、木箱の蓋をいじっているのはふたりの男のどちらかではない。いったい誰だろう……などと悠長に考えている場合ではない。ともあれ、蓋が開いたら、相手――誰であろうと――に膝蹴りをくらわせてやろうと思ったのだが、あいにく、両脚をうしろに引いて身構えるだけの姿勢がとれない。

蓋が開いた。次になにが起こるのかと、身がすくむ。

ほの暗いなかで見えたのは、レドヴァースの顔だった。

安堵の涙が噴きだし、ぽろぽろと頬を伝って落ちていく。レドヴァースは、横向きに寝ている状態のわたしを起こしてすわらせ、手早くさるぐつわをはずし、目隠しの布もとってくれた。

肺にどっと空気が流れこんでくる。木箱のなかで窮屈《きゅうくつ》な姿勢を強いられていたせいで、筋肉がちぢこまっているため、レドヴァースはわたしが倒れないように背中を支えてくれた。そしてわたしが自力で上体を起こしていられるようになったと見てとると、身をかがめて、わたしの手くびと足くびの縛めをほどきはじめた。手と足が自由になると、わたしは曲げたり伸ばしたりして、血行をうながした。手足の指がちくちくしてくる。停滞していた血流が末端まで巡っている証《あかし》だ。

レドヴァースの手を借りて立ちあがり、木箱から出る。膝から出血しているし、体じゅうがずきずき痛むが、木箱から解放されたとたん、わたしはレドヴァースに両腕をまわし、ぎゅっと抱きついた。なんとまあ！　レドヴァースもさることながら、わたし自身が仰天してしまう。とはいえ、誰かに会えてこれほどうれしかったことは、初めてだったのだ。

「静かに」レドヴァースはわたしを引き離しながら、耳もとでそっとささやいた。

わたしはなにもいってない、声を出してしゃべったのはあなたのほうだ、といいたかったけれど、ほっとしたせいか、文句をいう気にもなれない。

自由の身になったいま、見まわしてみると、小型トラックの荷台にいることがわかった。T型フォードのようだ。前部に運転席があり、そこにステイントン大佐とラドワがいるはずだ。レドヴァースとわたしは、車体の両サイドに頑丈な木の側板が立っている、中型サイズのベッドぐらいの広さの荷台にいる。いくつもの木箱が高く積まれていて、運転席からは荷台のようすは見えないだろう。わたしが押しこめられていた木箱は最後に積みこまれたので、レドヴァースも容易に蓋を開けられたのだ。

「どうしてわたしをみつけたの？」レドヴァースに体を寄せてささやく。

「木箱からがたがたと音がしたんでね。今日はずっと、大佐を尾けてたんだ。荷台に木箱を積みこんでトラックを出したのを見届けてから、トラックを追って走り、荷台に跳びついてよじのぼった。彼らには見られていない」

「車が停まったらどうするつもり？」

「そのときになったらわかるよ」

わたしたちはわたしの元の監獄のそばに、窮屈な姿勢でうずくまった。レドヴァースはわたしのようすを見て、黒い長衣のポケットからハンカチを取りだした。いつものスーツではなく、地元民の長衣姿なのだ。ハンカチを見て、わたしは尋ねるように眉をひそめた。レドヴァースがわたしの膝に視線を向けたのでハンカチを受けとり、できるだけ膝の血を拭きとる。スラックスの薄いリネンの生地が裂けているので、膝のみにくい傷があらわになった。負け戦だったと認める間《ま》もあらばこそ、レドヴァースのハンカチは血まみれになってしまった。いくつもの縦長の傷はあとで手当すればいい。わたしは血まみれのハンカチを投げ捨てた。

「おいおい！」レドヴァースは低い声で怒ったようにいった。

「あら、返してほしかった？」

レドヴァースは天を仰いでから、くびを横に振った。返してほしかったという返事がかえってくるとは、わたしだって思っていない。

「ほかの木箱にはなにが入っているのか、わかる?」

「出土品、だろうね」

レドヴァースはわたしの監獄だった木箱の反対側に移動し、シートを元どおりにかぶせるのを手伝ってくれと、身ぶりで示した。わたしが閉じこめられていた木箱の蓋を開けるために、そこだけシートをめくってあったのだ。

なるべく大きな音をたてないように、少しずつシートを広げていく。がさごそという音が運転席の男たちに聞こえていないとは驚きだ。そう、ツキはわたしたちにあるのだ。シートをかぶせてしまうと、レドヴァースはわたしのそばにもどってきた。

がたがたと走るトラックの荷台で右に左にと揺られながら、視界にとびこんできた景色を見て、ここがどのあたりなのかを理解するのに、少し時間がかかった。トラックはカイロに向かっている。じきに夜が明けそうな時間帯だが、人影はない。市街地に近づくと、トラックは速度を落とした。道路の状態は格段によくなったとはいえ、トラックはやはりがたがたと揺れている。レドヴァースは荷台の端に移動し、荷台後部の止め板によじのぼった。そして身ぶりでわたしに来いと告げた。わたしは目を大きくみひらきながらも彼の指示にしたがった。膝の傷やロープで縛られてこすれた傷から血がにじんでいるが、大量に出血することはないだろう。レドヴァースの策がどういうものであるにせよ、苦痛をともなうものであることは覚悟する。

「次のカーブで跳びおりる」レドヴァースはいった。「着地したら、膝をしっかり曲げて、体を丸めてころがれ」

わたしは彼の策に同意していることを伝えようと、しっかりと彼の目をみつめた。だが、走っているトラックから跳びおりるという危険な行動をするには、心の準備どころか、強い覚悟が必要だった。曲がり角にさしかかり、トラックが軽く傾いた。荷台の木箱が左に動く。レドヴァースは荷台からジャンプして着地するなり、体を丸めて路上をころがった。わたしはちらっと天を仰いでから、レドヴァースに倣い、荷台からジャンプした。レドヴァースほどはうまく着地できなかった。スラックスのあちこちが破れてしまったようだ。路上に寝ころがったまま、体のぐあいを確認する——どこも骨折していないが、打ち身やすり傷が増えているのは確かだ。このあと数日は身動きできなくなりそうだ。トラックは、逃げたわたしたちの姿をくらましてくれる暗い道路をがたがたと走り去っていった。

「だいじょうぶかい?」レドヴァースは手を貸してわたしを立たせると、わたしの全身をざっとあらためた。

体じゅうが痛いと悲鳴をあげている。「だいじょうぶみたい」脚を屈伸させ、スラックスの状態を確かめる。破れたり裂けたりしている箇所が増えているが、見苦しいところまではいっていない。「あのひとたち、どこに向かっているのかしら?」

「港だ」レドヴァースはトラックが去っていった方向に足を踏みだして歩きだした。わたしは大股で歩く彼になんとかついていこうとがんばったが、痛む体がいうことをきかず、遅れてしまう。レドヴァースはふりむいてわたしを見るなり、表情をやわらげてペースを落とした。わたしが足をもつれさせてころびそうになると、肘をつかんで支えてくれた。

「港まで行って、そのあとの策は？」わたしは尋ねた。「ハマディ警部に連絡するの？　今度ばかりは、警部に話したいことがあるし――ステイントン大佐がアンナを殺したというのを聞いたから」

レドヴァースが足を止めたので、わたしはまたころびそうになり、あわてて彼の腕につかまったが、話はつづけた。「聞いたことを警部に伝えなくてはね。わたしでもいいけど、あなたのほうがいいかも。わたし、警部に好かれてるとはいえないから」

「ステイントン大佐が実の娘を殺した？」

「ラドワがそういったのを、この耳で聞いたわ」

「なぜなのか、理由をいったかい？」

その話を聞いたときのわたしと同じように、レドヴァースも当惑しているようだ。わたしたちは人けのない歩道に立ちどまっていた。そばの煉瓦《れんが》造りの建物の壁にレドヴァースの声がぶつかり、はねかえって響く。「ところで、ラドワって誰だい？」

「ピラミッド群のところで、大佐と口論していた男だと思う。その男の家の庭で、捕まってしまったの――その家こそが、盗みだした出土品の倉庫なのよ。大佐がなぜアンナを殺したのか、はっきりした動機はわからないけど、大佐は彼女が欲ばりすぎたからだといってたわ」

レドヴァースはため息をつきながら、周囲を見まわした。「電話をみつけなければ」

そういわれて、わたしはくびをかしげた。

「わたしたちが追っているのは、単なる密輸業者だとばかり思っていた。だが、実の娘を殺したとなれば、思っていた以上に危険な男だ」

「でも、灯りがついているような家は見あたらないわね」わたしは周囲を見まわした。どうやら、このあたりは、港湾関係のビジネスエリアのようだ。事務所などは夜間は閉まっているのがふつうだ。見えるのは、灯りのともっていない、暗い窓ばかり。

「警察署は遠いの？　そこまで行って、警官たちを連れてくればいいんじゃない？」

わたしの提案に、レドヴァースは考えこんだ。「署まで歩いていくと、三十分はかかる」彼の目がわたしの破れたスラックスに留まった。「そんなに遠くまで歩けるかい？」

返事をしようとしたとき、角を曲がって、トラックがこっちに向かって走ってきた。もどってきたのだ。

どうやら、わたしたちはこれからどうするかという話に、時間をかけすぎたようだ。わたしたちには貴重な時間だったが、大佐とラドワにとっても貴重な時間になったようだ。トラックを停めて、最初に手をかけた木箱——わたしを閉じこめていた木箱——に、わたしがいないことを知ってしまったのだから。

こうなっては、警察に電話をかける時間的余裕など、あるわけがない。

41

わたしにいちばん近い建物に銃弾があたった。わたしもレドヴァースもさっとしゃがみこんで、銃声がしたほうに顔を向けた。ステイントン大佐がトラックの窓から身をのりだし、こちらにまっすぐ銃口を向けている。トラックが嫌な音をたてて急停止した。大佐がドアを開けているあいだに、わたしたちはずんぐりした建物のわきの狭い路地に逃げこんだ。角を曲がろうとすると、そこに停めてあった木製の荷車にぶつかりそうになった。はっとして立ちどまってしまったが、レドヴァースに腕をつかまれ、必死に足を動かそうとした。

「どうしてだれもかれもが銃をもってるの！　いったいどこで手に入れてるの？」わたしは小声でわめいた。

レドヴァースはわたしのヒステリックな質問を無視した。「この下にもぐっていなさい。わたしが彼らの注意を惹きつける」

とやかくいっている暇はないので、わたしはいわれたとおりに荷車の下にもぐりこんだ。レドヴァースはすぐに走りだして、暗い路地の奥に向かった。わたしはできるだけ体をちぢこめて、頑丈な木の車輪の陰に身をひそめた。ふたりの男の脚が荷車のそばを駆けぬけていくあいだ、じっと息を詰めていた。片方の男がなにか金属製のものを蹴とばしたらしく、暗い路地に大きな音がして、左右の建物の壁にぶつかってわんわんと反響した。

男たちはまた走りだした。ラドワと大佐はレドヴァースを追っているのだが、レドヴァースとわたしが別行動をとっていることを見てとれるほど接近してはいない。

レドヴァースはわたしを守るために、勇敢な行動をしてくれている。ふたりの追っ手をわたしから引き離してくれているのだ。だが、わたしがじっと隠れているあいだにレドヴァースが殺されてしまい、男たちがわたしを捜そうと引き返してくる、という事態になったら、レドヴァースのせっかくの思惑もそこまでだ。

男たちの足音がかなり遠くなると、わたしは荷車の下から這いだした。体じゅうが痛い。だが、痛みにかまけている場合ではない。

選択肢はふたつ。ひとつは男たちを追いかけること。もうひとつは電話を捜して警察に通報すること。

電話を捜すのは時間がかかりそうだ。

なにか武器になるものはないかときょろきょろしながら、大佐たちのあとを追う。路地にはいろいろな廃棄物が散乱していて、ゴミ捨て場さながらだ。野菜屑が入った木箱が放置され、地面には割れたガラスのかけらが散乱している。なにやら濡れてぐにゃっとしたものを踏んづけたときには、ぎゅっと目を閉じて、それがなんなのか確かめることはしなかった。いま履《は》いている靴は、処分品のリストに入れよう。

ついに焦ってきた。武器に使えそうなものはみつからない。このまま路地を進んでも、ゴミを踏んづけるだけだ。わたしに振りまわせる短い鉄パイプとか、手ごろな金属片とか、なにかそんなものがあるかと期待していたのだが、そううまくはいかなかった。レドヴァースが大佐やラドワよりも脚が速いことを祈りながら、路地をもどる。

あきらめずに、武器に使えそうなものを捜しながら、荷車が置いてある角までもどってきた。角からそっと頭を突きだして、道路のほうを確認する――大佐とラドワがレドヴァースを追っていったのは見たけれども、まだそこいらにいるのではないかと不安だったからだ。

道路に人影はなかった。

だが、トラックが路地の入り口をなかばをふさぐようにして斜めに停車していた。トラックに向かう。うるさいエンジンの音が聞こえ、少し安心した。急いだあまり、トラックを運転していたラドワは、エンジンを切らなかったのだ。アメリカで、乗用車の基本的な運転講習を受けたことがあるが、自力でこのトラックのエンジンをかけたいとは思わない。クランクを回そうとするだけで、腕が折れてしまいそうだ。運転席によじのぼり、座席にすわってペダルを踏み、トラックをバックさせる。ゆっくりとリバースペダルを踏みながら、ペダルの反応ぐあいを確かめる。トラックは勢いよくバックした。

ペダルの感度はいいみたいだ。よすぎるかもしれない。

エンジンが止まってしまわないことを祈りながら、三つ目のクラッチペダルを踏んでギアを入れ、ペダルにのせた足の力をゆるめる。トラックのハンドルを回してみる。荷台の木箱がいっせいに片側に寄った。なにが起ころうと、貴重な出土品が無事であってくれるといいのだが。

男たちがどちらに向かったのか、はたまた、彼らが走っている路地に出口はあるのか、わたしには見当もつかない。レドヴァースのために、わたしたちがあわてて逃げこんだ路地が袋小路ではないことを願うばかりだ。トラックをまっすぐにしようと、ハンドルを大きく左に回す。荷台の木箱がいっせいに左に移動した。トラックの一瞬、重みが片寄ってトラックがひっくりかえるのではないか、と不安に駆られる。トラックというものがどういう構造なのか、まったく知らない。だが、四個のタイヤはしっかりと路面にくらいついている。わたしはクラッチペダルを踏み、あの路地の出口があると思われる方向にトラックを走らせた。

男たちの姿は見えない。速度をゆるめ、ニュートラルの状態にしてエンジンの音を低め、ほかの音が聞こえてこないかと耳をすます。エンジンを切るわけにはいかない。自力でエンジンをかけることはできっこないからだ。右手のほうから声が聞こえた――ような気がして、そちらにトラックの鼻先を向けたが、人っ子ひとりいない路面が見えるだけ。いらだってしまい、眉間にしわが寄る。トラックを盗んだのは、思慮のない行動だったかと思いはじめたとたん、今度こそ叫び声が聞こえた。ペダルを踏みこみ、両手で大きなハンドルを握りしめ、叫び声のほうに向かってトラックを走らせた。

乱暴に角を曲がったとたん、あやうくレドヴァースを撥《は》ねてしまいそうになった。彼は敏捷に動き、きわどい瞬間にトラックの下にころがりこんだ。勢いよく路地からとびだしてきた大佐のほうは、運がなかった。ブレーキはほかのふたつのペダルほど感度がよくなくて、トラックはすぐに停まらず、大佐はトラックのラジエーターグリルの右側にぶつかってしまったのだ。

嫌な衝撃が体に伝わってきた。

大佐のすぐあとから、ラドワも路地からとびだしてきた。ブレーキを床まで踏みこんでもトラックは停まらず、ラドワを轢《ひ》いてしまい、彼は前のタイヤの下敷きになった。右側の前輪部からまたもや衝撃が伝わってきて、顔がゆがむ。

ようやく、トラックが停まった。エンジンを切る。

ほんの一瞬前のエンジンの轟《とどろ》きと男たちの叫び声が嘘のように、いきなり静寂につつまれる。エンジンがぶすぶすと低く唸っているのと、路上に倒れている大佐の呻き声が聞こえてくるだけで、道路も路地も静かだ。わたしが運転席から降りるのに手間どっているあいだに、レドヴァースは大佐の手から銃を取りあげていた。

「ラドワも銃を持っているの？」わたしが訊くと、レドヴァースは右側のタイヤのそばにしゃがみこんで、トラックの下をのぞきこんだ。もしラドワも銃を持っているとすれば、発砲する間《ま》もないまま、トラックに轢かれてしまったのかもしれない。

「いや、銃は、大佐しか持っていなかったらしい」レドヴァースは取りあげた銃を大佐に向けている。銃口はぶれることなく大佐に向けられている。「もちろん、一挺しか持っていないとはかぎらないがね」

レドヴァースには見えないと承知のうえで、わたしはこくりとうなずいた。トラックの下からも呻き声が聞こえてくる。ラドワは瀕死状態なのか、それとも、トラックにぶつかった衝撃で意識を失っているだけなのか。きっと後者だろう。

むだなことだとはわかっているが、わたしは服をぱたぱたとはたいた。靴はもとより、ブラウスもスラックスもゴミ箱行き、まちがいなし。

震える足で大佐に近づき、腰に両手をあてて、倒れている彼を見おろす。大佐は土と砂利の路上で、呻きながら膝の下に手をのばそうとしていた。わたしが最初の衝撃を感じたのは、大佐の脚がタイヤに轢かれたときだったのだ。それとも足の甲を轢かれたのだろうか。どちらかわからないが、わたしは大佐を靴先でつついて、どこがいちばん痛むか見てやりたい、という衝動に駆られた。

だが、その衝動を抑えこむ。

「今後は、あのステッキがほんとうに必要になるでしょうね」自分の声がかすかに震えているのがわかる。胸の内は決しておだやかではないが、せめて外見はそう見えているといいのだが。

レドヴァースはにやっと笑った。「それはまちがいなさそうだ」

42

電話をみつけなければ。

アラビア語ができないにもかかわらず、わたしは電話を捜す役目を買って出た。手も足も震えているため、捕虜たちに銃を向けている自信がなかったからだ。うっかり、彼らを撃ってしまうかもしれないではないか。もっとも、ふたりとも悪質な犯罪者だから、誤って撃っても、それほど動転せずにすみそうだが。

高い建物が並んでいる道路沿いのエリアを、二ブロックほど歩く。頭上に、装飾的な造りの錬鉄《れんてつ》の手すりのついた小さなバルコニーが並び、いくつかの窓から洗濯ものが吊してあるところを見ると、一階が店舗で、二階以上は家族向けの住まいのようだ。誰かが起きて応えてくれないかと、次々にドアをノックしてまわる。ようやくある建物で、男が出てきてくれた。寝起きで髪も服装も乱れているし、不機嫌このうえなかったが、わたしは懸命に、手まねで電話をかけたいと伝えた。男はドアをばたんと閉めてしまおうかと思案しているように見えたが、しぶしぶと外に出てきて、わたしを一ブロック先の、塗料の剝がれた木のドアの前まで連れていってくれたうえに、彼みずからどんどんとドアをたたいてくれた。ここでも睡眠を邪魔されたった店主が応えて、ドアを開けてくれた。腹立たしげに体を揺らしながら話しあっているふたりの店主に、わたしは愛想よく笑いかけた。やっとのことで話が通じたらしく、ふたり目の店主がわきに寄り、わたしをなかに入れて、電話を使わせてくれた。電話交換手に警察につないでほしいと、ハマディ警部の名前を連呼しながら必死で訴える。交換手の英語は、わたしのアラビア語同様、お粗末だったが、ハマディ警部の名前はよく知られているらしく、交換手は警察につないでくれた。

数分後に警察が到着し、そのあとはすべてがスムースに運んだ。ハマディ警部は、なんらかの形でわたしが協力したという事実など、考えることすら拒否してわたしを無視し、ふたりの犯罪者を捕らえたレドヴァースの、機知に富んだすばやい判断を褒めちぎった。警部が前をふさいでいるため、警部のうしろにいるしかなかったわたしは、あからさまに渋い顔をしてやった。レドヴァースは表情も変えずに淡々と警部の褒めことばを受け流し、大佐の銃を警部にさしだした。

レドヴァースはうれしげにステイントン大佐の監視役を返上し、大佐の身柄を熱意あふれる警部に引き渡した。警官が五、六名がかりで、トラックの下からラドワを引きずりだす。ラドワの服は少々破れていたが、トラックの下敷きになったわりには、それほどひどい状態にはなっていない。ラドワ本人は、固い土の路面にしたたかに頭をぶつけた衝撃で意識を失い、片方の脚の骨が折れていた。

体じゅうを駆けめぐっていたアドレナリンの噴出がおさまると、全身がひどく震えだしたため、わたしは建物近くの道端に腰をおろした。体がつらい。ハマディ警部に任務を譲ったレドヴァースがそばにやってきた。

「すまない。上着があれば、あなたに着せてあげられるんだが、あいにくこの恰好だから」そういいながら長衣を手で示す。

「だいじょうぶよ」とんでもない一夜をすごしたというのに、おちついた、ふつうの声で話せることに、自分でも驚いた。「寒いわけじゃないの。ショックのせいだと思う」微笑を浮かべようとしたが、渋面にしかならない。

レドヴァースはわたしの隣に腰をおろして、うしろの建物の漆喰《しっくい》壁に背をもたせかけて、長い脚をのばした。「この件は警察の手に渡った。わたしたちもホテルにもどるアシをみつけなければ」

「トラックじゃだめ？　わたし、あれがとても気に入ったんだけど」

レドヴァースは微笑した。「あれは証拠として警察に押収される。トラックに積んである品品は、エンゲルバックに返されるはずだ。彼ならきちんと分類して、出土場所を確認できるだろう。エンゲルバックのやつ、さぞや胸をときめかせて仕事に励むだろうな」そういってから、わたしを見る。「それに、まだ時間がそれほどたっていないのに、あなたにまたトラックの運転を任せていいものかどうか、決めかねているんだ」

「冗談じゃないわ。あのトラックで、このわたしが、あなたの命を救ったのよ」

「かろうじて、ね。あやうくトラックに撥《は》ねられるところだった」レドヴァースはまじめな顔になった。「わたしの命を救ってくれてありがとう。これで二度目だ」

「わたしなしで、これまでどうしてあなたがやってこられたのか、不思議だわ」自分のことばを映すように、今度は本物の笑みを浮かべることができた。「わたしこそ、ありがとう。大佐とラドワをわたしから引き離そうと、あなたが囮になってくれたんですもの。いいチームワークだったわね」

レドヴァースはうなずき、わたしの手を取った。

わたしたちがこわばった体を持ちあげるようにして立ちあがると、ハマディ警部に、わたしたちを解放してホテルに帰すのではなく、カイロ署に同行して調書をとると通告された。レドヴァースが文句をいっても、一顧だにされなかった。ほとんどの警官が小型のバイクで現場に来ていたので、わたしたちは数台の警察車の一台に乗せられ、二マイルほどのがたがた道を警察署まで運ばれた。レドヴァースのいったことは正しかった——この距離を歩くなんて、いまのわたしの体調ではとても無理だっただろう。

警察署に着くころには、空が明るくなりはじめていた。車が停まると、レドヴァースに肘で小突かれて目が覚めた——車に揺られているうちに、目を開けていられなくなり、眠ってしまったのだ。眠い目で周囲を見まわす。カイロの繁華街や博物館に近いところにいるとわかった。警察署の薄いピンク色のファサードに、曙光《しょこう》がかすかにあたっている。驚いたことに、署のファサードは崩れかかっていた。あのやかまし屋のハマディ警部が、この現状に耐えているとは。

署のなかに入り、ロビーを抜けてオフィスエリアに向かう。狭いスペースに、傷だらけの木のデスクがいくつも押しこまれている。廊下の奥にはオフィスがふたつある。ひとつはハマディ警部のものだろう。連行されたステイントン大佐は怒声をはりあげたかと思うと、苦痛の悲鳴をあげている。大佐の脚の負傷など、誰も気にかけていないらしい。それを気の毒に思う気持など、わたしにはこれっぽっちもなかった。

取り調べ室は別のエリアにあるらしく、大佐は追いやられるように、そちらに連れていかれた。わたしたちは取り調べ室に行かなくていいのかなどと、よけいなことは訊かないことにする。ハマディ警部がそれならとばかりに、わたしをそちらに連れていこうなんて気になってはたまらない。

わたしたちの調書をとったのは、くるっとカールした口髭の警官で、ありがたいことにタイプを打つ速度がとても速かった。わたしたちの口述速度とほぼ同じ速さで、タイプライターのキーを打っている。レドヴァースは紳士的態度を発揮して、わたしが先に口述するようにしてくれた。ハマディ警部は怖い顔をして、タイプしている警官の横に陣取り、しょっちゅう横から口を出しては、するどい質問を投げかけてきた。警部がいなければ、わたしたちの口述は一時間足らずで終わっただろう。レドヴァースと交替すると、わたしは崩れるように壁ぎわの椅子にすわりこみ、壁に頭をもたせた。そして、あっというまに眠りこんでしまった。

ようやく解放されたときにはすでに太陽が昇り、わたしは疲労困憊のあまり、意識明瞭とはいえない状態だった。

ホテルまでの車中の記憶は朦朧《もうろう》としていて、ぼんやりと憶えているのは、よろよろと歩くわたしにレドヴァースが手を貸して、部屋まで連れていってくれたことだけだ。這うようにしてベッドにたどりつき、ばたんと倒れこむと、力づよい手が上掛けでくるんでくれた。

目が覚めると、太陽はいまにも地平線の下に隠れようとしていた——時計を見てみると、夕食はもうとっくに始まっている時間だった。胃が文句をいっているが、空腹感はない。風呂に入り、ダイニングルームに向かう前に、ミリー叔母の容態を確認しなければ。

なまぬるい湯にどっぷりとつかる。どれほど気をつけて洗っても切り傷やすり傷が痛くて、つい小さく悲鳴をあげてしまう。なまぬるい湯が冷えてしまうまで、打ち身だらけの体をバスタブに沈めていたが、空っぽの胃に急《せ》かされて浴室を出る。手持ちのなかで、かなりゆったりした服を着ると、叔母の部屋に向かった。ドアをノックする。留守にしていたあいだに、叔母の容態が悪化した場合にそなえて、気持を強くもとうと努める。ドアを開けてくれたドクターは、わたしの全身をじろじろと見た。

「なんだか潑剌《はつらつ》としてますね」

わたしはうなずいた。「長い一夜だったんですよ、ドクター・ウィリアムズ。叔母の容態は？」

ドクターはにっこり笑った——ドクターに会って以来、初めて見る、心からの笑みだ。

「お歳のわりにタフなかたです。あと数日で、すっかり元気になられるでしょう」

「昼間は起きて動きまわっていらっしゃいましたが、ベッドにもどるようにいいました。あと数日で、すっかり元気になられるでしょう」

わたしもにっこりした。叔母が順調に快方に向かっていると聞き、心底ほっとしたのだ。

「ミス・リリアンと友人のお嬢さんは夕食をとっていますが、じきにもどってこられるはずです」ドクターはわたしを部屋のなかには入れず、自分も廊下に出てきて、うしろ手にそっとドアを閉めた。

ミリー叔母が完全に回復したら、リリアンのことで腹蔵なく話をしてもらわなければならない。リリアンは自分の出生の秘密を知らないのだろうか。人生は短い。叔母とリリアンは、これ以上嘘や秘密を重ねることなく、ともに時間をすごす機会を有効に使うべきだ。そのためには、叔母には元気になってもらわなければ。

ドクターはまたわたしをじろじろと眺めた。「傷を診ましょうか?」わたしの腕や手くびを目で示す。

わたしはくびを横に振った。医者の手当が必要なほどひどい傷ではない。

「ですが、あとで軟膏を届けさせますよ。傷に塗ってください」

ロープでこすられた手くびの傷を、おそるおそるさすりながら、ドクターに礼をいう。かなりひどい膝の傷を見てもらおうかと思ったが、やはりやめにする。風呂で洗ったら、まあまあ見た目がよくなったのだ。手当するにしても、患部を清潔にして乾かしておくぐらいだろう。感染症の兆候が出てきたら、ドクターに相談しよう。

体を引きずるようにしてダイニングルームに向かう。叔母が早くも順調に回復していると知り、気持は軽くなったものの、肉体は苦痛を訴えている。夕食を終えたら部屋に引っこみ、また風呂を使おうかと思った。あるいは、意地を張らず、ドクターに苦痛を軽くする処方をしてもらおうか。

ダイニングルームの出入り口では、新参の給仕頭が迎えてくれた。新しい地位を得て、にこやかな笑みを浮かべ、誇りではちきれそうに胸を張っている。わたしも微笑を返したが、彼の陽気な態度を見ると、ザキのことが思い出されて寂しい気持になった。

ダイニングルームのなかをざっと眺めると、レドヴァースの姿が見えた。チャーリーとディアナといっしょにテーブルを囲んでいる。三人はもう食事を終えかけていたが、わたしは足を引きずりながらそのテーブルまで行き、椅子にすわった。すぐさま給仕がとんできたので、レンズ豆の煮込みをたのむ。なにか食べなければいけないのだが、肉などの重い料理は考えるのも嫌だった。興奮さめやらぬ経験のせいで、胃がまだもやもやしている。

「きのうの夜、なにがあったか聞いたわ、ジェーン」ディアナがいった。「相方《あいかた》の急場を救おうと、あなたが颯爽《さっそう》と乗りこんだと聞いても、驚きゃしないわ。女はいつだってそうするものですもん」

チャーリーとレドヴァースはそろって天を仰いだ。

「ありがとう、ディアナ」ディアナにほほえんでから、レドヴァースに目を向ける。「わたし、なにか聞き逃したかしら？　わたしたちが署を出たあとで、なにか進展があったかどうか、ハマディ警部から連絡がありました？」

「もちろん。このおふたりにそのことを話していたんですよ。ステイントン大佐はアンナ殺しを自供したとのことです。そのう、耐えきれなくって……」

わたしは顔をしかめた。警部と警官たちがよってたかって大佐に自白させる光景が想像できたからだ。大佐の犯した罪も、わたしをも殺すつもりだったことも承知しているが、それでもなお大佐が哀れに思えて、胸がちくっと痛んだ。

レドヴァースはさらにいった。「自己防衛のためだったと主張しているそうです。アンナに脅されていたとか」

わたしは驚いた。チャーリーは爆笑した。ディアナは信じられないというふうに眉をつりあげた。大佐が自己防衛で通そうとしているとは、理解しがたい。

「出土品の密輸のことで、アンナは父親を脅迫するか、あるいは父親を殺して組織を乗っ取るつもりだった、それは明らかだったといっているそうです」

「まあ、なんてかわいい娘だこと」ディアナは煙草に火をつけた。

「なぜあなたが大佐を轢《ひ》いたのか、警部は頭を悩ませていますよ、ジェーン」レドヴァースの目がちかっと光った――いや、わたしの見まちがいではない。

「わたしの記憶が正しければ、きのうの夜というか、今朝早くというか、そのことなら警部に訊かれましたよ――何度も何度も」わたしは肩をすくめた。「そんなつもりはなかった、と正直に答えました。あのトラックのブレーキはちょっと感度がよくなかったし、あなたたち三人が路地からとびだしてくるなんて思ってもいなかった、とも。ところで、警部はアンナが持っていた恐喝の書類をみつけたんですか？」

「いや、警察はまだ捜しています。だが、これをくれましたよ」レドヴァースはジャケットの内ポケットに手を入れ、小さなブローチを取りだすと、わたしにさしだした。

「わたしのスカラベ！」ブローチをブラウスに留める。「返してもらえてうれしいわ。これ、去年の誕生日に、ミリー叔母からもらったものなの」ディアナとチャーリーに説明する。

「叔母さんといえば、ぐあいはどうなんです？」チャーリーが訊く。

「とてもよくなってるわ。昼間は起きて動きまわったんですって。でも、もう少しようすを見たほうがいいみたい。完全に回復したとわかるまで」

チャーリーとディアナは目を見交わした。「それは残念だわ。だって、あたしたち、ここを発たなければならないから」ディアナはそういった。

「おれたちにはちょっと熱くなってきて。つまり、カードテーブルでおれが目をつけられはじめたっていう意味ですよ。だから、ホテル側につまみだされないうちに、移動するつもりなんです」チャーリーの口もとがかすかにゆがんで苦笑となった。

ディアナはわたしの手に自分の手を重ねた。「アメリカに帰ったら、知らせてね。そうよ、これからも連絡しあいましょうってこと」

わたしはほほえんでうなずいた。この夫婦とはつきあいをつづけるつもりだったからだ。そのあと、ふたりは荷造りをするといって席を立った。わたしたちはたがいに、さようならといいあった。明日の朝いちばんで発つ予定なので、会えるのはもうこれきりなのだ。

ふたりが行ってしまうと、わたしはレドヴァースに視線を向けた。「わからないことがいくつかあるの」

「ふむ」

「どうしてあのふたりは同じ銃を使ったの？」

「ああ、そこがおもしろい点でね。ザキがドクターの部屋から銃を盗みだしたのは、アンナが殺される前だった。それで誰もが、その銃がアンナ殺しに使われたとみなした。現場に凶器の銃がなかったからだ。だがザキは、ドクターの銃を自分の住まいに隠し持っていた。同じ型、同じ口径の銃――軍支給の制式拳銃。昨夜、わたしが大佐から取りあげた銃もそうだった」

「大佐を疑わなかったから、銃をチェックしようなんて、誰も考えなかったのね。凶器の銃をずっと持っていたなんて、大佐も大胆ねえ」わたしは吐息をついた。「あの事件の日、大佐は心底、茫然としているように見えた。たいした役者ね」

レドヴァースは鼻先で笑った。

「なぜわたしに遺体を発見させたかったのか、その説明もつくわ」

「自分が第一発見者になれば、必ず疑われるとわかっていたからだ」

「あのとき、どうしてあんな早い時間に彼女を起こそうとしたのか、それも不思議だった。どう見ても、アンナ・ステイントンは早起きタイプじゃなかったから。でも大佐は、彼女が死んでいることを知っていたんですものね」

レドヴァースは顔を曇らせてうなずいた。

レンズ豆の煮込みを食べ終えると、わたしはナプキンを置いた。「このまままっすぐベッドに逆もどりしそう。一週間はぶっつづけで眠れる気がする」

「あなたにはそうする権利があるよ」

わたしはレドヴァースの腕を取り、ロビーに出ていった。フロントマンがぱちっと指を鳴らして、レドヴァースの注意を惹いた。「電報がきておりますよ、ミスター・ディブル」フロントマンは電報の封筒をレドヴァースに渡した。

思わず、わたしは立ちどまった。「ディブル？」

レドヴァースのうなじが赤くなるのを、初めて目の当たりにした。

こほんと咳払いしてから、レドヴァースは周囲のひとたちに声が聞こえないところまで、わたしを引っぱっていった。

「いまのことは誰にもいってはいけない。心してくれ、ジェーン・ヴンダリー」するどい口調だったが、目は、たのむからと懇願している。

だがわたしは、どうしてもくすくす笑いを止められなかった。

「レドヴァース・ディブルというのが、あなたの本名なの？　あなたがフルネームを名のらないようにしている理由、察しがつくわ」

たまたま知っているのだが、ディブルには〝子福者〟の意味があるのだ。

またもや笑いがこみあげてきて、くすくす笑っていると、レドヴァースににらまれた。レドヴァースは頭を振って、片目でわたしをにらみながら電報を開いた。わたしが笑いの発作を抑えこもうとしているあいだに、レドヴァースは読み終えた電報をたたんで上着の内ポケットにしまった。

レドヴァースのようすを見て、わたしも真顔になった。「いい報せなの、ディブル？」

レドヴァースは威嚇《いかく》するように一歩前に足を踏みだし、鼻と鼻がくっつきそうになるほど顔を近づけてきた。フロントマンが不安そうにこちらを見ている。レドヴァースはそれを目の隅で捉えた。背筋をまっすぐにのばすと、レドヴァースはわたしの肘をつかんでロビーの廊下を曲がった。

わたしが彼の名字を知り、おもしろがっていたことは認める――だが、レドヴァース・ディブルを傷つける気はこれっぽっちもなかった。

「あなたに出会ったことを後悔しそうだ。そうじゃないか？」

修辞的な質問だとは思ったが、わたしは律儀に返事をした。「そうでしょうね」にやりと笑う。

レドヴァースはため息をつき、天井をにらんだ。

「で、どんな報せ？」わたしはしつこく訊いた。

レドヴァースはわたしに視線をもどした。「思っていたよりも早く、この国を出ることになった」その口ぶりに、いかにも残念そうな響きをこめるほどのたしなみはある。

わたしはといえば、心臓が胃のあたりまで沈みこむような気がしたが、平静なふりをしようと努めた。ミリー叔母が完全に回復して旅ができるようになるまで、わたしはここにとどまっているのだから、彼もまたとどまっているものと思いこんでいたのだ。あたかもそれが当然だとでもいうように。生命の危険にさらされないのなら、彼といっしょに時間をすごすのもいいかなという気持さえあった。

「どこに？」

返事はせずに、レドヴァースは微笑した。

胸がぞわっとした。

「また会いましょう、ジェーン・ヴンダリー。心配いりません」

その瞬間、彼のことしか考えられず、わたしは前に足を踏みだしていた。爪先立って両手を彼のくびにまわし、顔を引き寄せる。やわらかいくちびるがわたしのそれに重なる。ふたりのあいだに電流が走る。

わたしのほうから彼にキスをしたのだ。おざなりではなく、本気のキスを。

体を離す。微笑するのはわたしの番だ。

呆然とした顔で立ちつくしているレドヴァースを廊下に置き去りにしたまま、わたしは踵《きびす》を返してテラスに向かった。テラスで冷たくておいしい飲み物をたのもう。ジントニックがいいかも。

また会いましょう、ですって？　そんなことは、まったく想定外の話だ。

謝辞

大勢のかたに感謝している。いままでに出会ったすべてのひとに感謝している、といってもいい。

すばらしいエージェントのアン・コレット。あなたに出会えて幸運でした。

有能な編集者のジョン・スコナミリオ。あなたと仕事ができて楽しかった。そしてケンジントン社のスタッフのみなさん。あなたたちのおかげで仕事がしやすくなり、この作品に生気が宿りました。

ゾーイ・キング。彼女がいなければ、この作品を世に問うことはなかったでしょう。彼女の編集技術の確かさと、わたしを支え、励ましてくれたことを感謝しています。愛しているわ、ゾーイ。

むかしなじみの友人たちに感謝。ケート・コンラッド、ジェニー・ロア、エリン・マクミラン、ベス・マッキンタイヤ、ケティ・マイヤー、メーガン・ミュラー。みんな、愛してる。ことばではいいつくせないほど感謝してます。

クリス・ハモンド。あなたも古いですね。いえ、むかしからの古い友人だという意味ですよ。データ原稿を読んでくださったみなさん――初めから本作を読んでくださったかたがたに感謝。みなさんに励まされたおかげで、書きつづけることができました。ありがとう、ターシャ・アレグサンダー、スージー・コーキンス、デーナ・キャメロン、ケート・コンラッド、ジョーダン・フォスター、キャリー・ヘネシー、ティム・ヘネシー、カトリーナ・ニダス、ジェス・ローリー、メーガン・ミュラー、マンディ・ニューマン、そして、クレア・オドノヒュー。

ミステリ小説クラブに加入できたのは、ほんとうに幸運でした。クラブ員のみなさん、ありがとう。わたしが知っているなかでも、やさしくて、才能にあふれ、寛大なかたがたばかり。わたしを支援し、アドバイスや励ましのことばをかけてくださっただけではなく、口コミで宣伝してくださったかたもいらっしゃいました。ターシャ・アレグサンダー、グレッチェン・ベイトナー、リュー・バーニー、テリー・ビショッフ、スザンナ（スージー）・コーキンス、ヒラリー・デイヴィッドスン、マシュー・フィッツシモンズ、アンドリュー・グラント、アレックス・グレシャン、クリス・ホウム、カトリーナ・ニダス・ホウム、ロブ・ハート、リンダ・ジョーフィ・ハル、ダーナ・ケイ、エリザベス・リトル、ジェス・ローリー、ジェイミー・メイスン、ナディーン・ネットマン、マイク・マクレイ、カトリーナ・マクファースン、ローレン・オブライエン、ローリー・レイダ－デイ、ジョニー・ショウ、ジェイ・シェパード、ヴィクトリア・トンプスン、アシュレイ・ウィーヴァー、ジェームズ・ジスキン。以上のみなさま、心より感謝しています。どなたかのお名前がもれていたら、そのかたはわたしにビール一杯の貸しがあるか、あるいは、その逆かもしれませんよ。

わたしが書いたものをいっさい読まずにいてくれたブラッド・パークスに、特に感謝しています。

わたしにミステリ小説クラブを紹介してくれた、ジョン・ジョーダンとルース・ジョーダンご夫妻、および、リチャード・カッツに感謝。そして〈クライム・スフィア〉クラブのみなさん。ダンとケイトのマールモンご夫妻、ティムとキャリーのヘネシーご夫妻、ブライアン・ヴァンミッター、カイル・ジョー・シュミット。どうもありがとう。さらに〈ミルウォーキー号〉のクルーのみなさん。ダニエル・ゴルディン、ロウシェル・メランダー、ニックとマグレット・ペトリーご夫妻に感謝。あなたがたがいてくださったおかげで、数々の体験が盛りあがりました。

ウォリッド・ゴウネム、気遣いと博識満点のツアーガイドをありがとう。わたしの質問すべてに、ていねいに答えてくださっただけではなく、エジプト観光を楽しいものにしていただきました。

母のドロシー・ノイバウアー、妹のレイチェル、そして、サンディ、サラ、スーの叔母さまがたに愛と感謝を。そしてこの作品が完成するまで、絶大な支援をしてくれたノイバウアー一族のみなさんに愛と感謝を。ジャスティンとクリスティーンのキーザックご夫妻、ジェフとアニーのキーザックご夫妻。そして、イグナシオ・カトラル。いつまでもあなたの仲間に不思議がられる存在でいてください。

わたしの義理の子どもたちに、感謝のことばを大声で。エンジェル、マンディ、アレックス、アンディ、ありがとうね。

ベス・マッキンタイヤ。あなたにはいつも感謝しています。あなたがいなくては、この作品は本になりませんでした。

そして夫のガンター。あなたの確固とした愛と支えがあったおかげで、わたしは正気を保つことができました。

わたしの父、スコット・ノイバウアー警察署長が思いがけなく死去した一カ月後に、本書が刊行されるという知らせが届きました。わたしにとっては、つらいなかでのうれしい出来事となりました――父はわたしのいちばんの応援者であり、最大の支援者だったのです。もしわたしがたのんだら、父は天と地をも動かしてくれたでしょう。わたしたちがようやくそれを成し遂げたことを、父はもう知っているでしょう。

訳者あとがき

本書の時代設定は一九二六年の九月なかごろ、舞台はエジプトの首都カイロ近郊のギザにある、国際的な高級ホテル。

本書の主人公ジェーン・ヴンダリーは二十二歳のときに、若くして寡婦となった。一九一四年に勃発した大戦に、一九一七年、アメリカ合衆国が遅ればせながら参戦を宣言したときに、志願して出征した夫が終戦まぢかの一九一八年に戦死したからだ。

それから八年、三十歳になったジェーンは、裕福な叔母ミリーの誘いに応じて、アメリカのボストンから、はるばるエジプトにやってきた。ピラミッド見物や、出土品が展示されている博物館めぐりなど、楽しい計画に胸躍らせていたジェーンだが、ホテルに到着して三日目に殺人事件に遭遇し、しかも、死体の第一発見者になってしまう。第一発見者は第一容疑者というのが警察の基本的見解。警察がつかんだ不利な状況証拠とあいまって、ジェーンは容疑者になってしまう。自分が潔白であることは、誰よりも自分が知っているが、それを証明するのはじつにむずかしい。容疑を晴らすには、真相を追求して真犯人をみつけるしかない。

といっても、アメリカ人のジェーンは、異国の地にある一介の旅行客でしかない。まして事件の調査などとは無縁の民間人だ。エジプト警察のカイロ署に知人友人がいるはずもない。警察の捜査状況などわかるわけもない。しかもエジプトには到着したばかりだ。到着した日の夜に、ちょっとした経緯《いきさつ》があって、被害者の顔と名前は知っているが、それ以上のことはなにも知らない。ならば、まずは被害者のことを調べてみよう。ジェーンはそう決意して、真相追求のために動きだす。

国際的なホテルは、いろいろな国からいろいろな人々が集まる場所だ。観光地ならば、なおのこと。客室数の多いホテルでも、長く滞在すれば、宿泊客同士、顔見知りになって、ことばを交わすこともあるだろう。だが、たいていはどこの誰とも知らず、すれちがうだけというのがふつうだ。それぞれがどういう素性で、どういう日常を背負った人間なのか知らないままに、出会っては別れ、各自の旅をつづけていく、旅人たちの交差点のような場所。

メナハウスという高級ホテルに滞在することになったジェーンにしても、ひとにはいいたくない、つらい過去を背負っている。アイデンティティが崩壊しかねなかったほど、苛酷だった過去を。身の潔白を証明して容疑を晴らすことは、傷ついたアイデンティティを守るために必要なことでもある。

エジプトは大戦勃発時の一九一四年に英国の保護国となり、二二年に独立したばかりなので、キングス・イングリッシュではなくアメリカ英語でも、アラビア語ができなくても、現地の住人との意思の疎通は可能だ。ジェーンはホテルのスタッフや宿泊客など、いろいろなひとと話をして、断片的ながらも被害者に関する情報を集めることができた。そうやって得た情報から、あれこれと推測をたくましくして推理を重ね、あやしい人物を絞りこんでいく。

宿泊客のひとりに、長身でハンサムな英国人の銀行員、レドヴァースという男がいる。ジェーンはこの男と親しく口をきくようになる。銀行員とは思えない、謎めいたところのある男なのだが、話をしてみると、なかなかの情報通で、この殺人事件に、単なる興味本位とは思えない、強い関心をもっているようだ。しかも、カイロ警察の警部とも顔見知りときている。そのおかげで、レドヴァース経由で警察の捜査状況も多少はわかり、ジェーンにとってはありがたい協力者といえるのだが、正体不明のあやしさがつきまとい、いまひとつ信用できない面がある……。だが、レドヴァースの見解や所見は的確で、彼の協力をあおぎつつ、ジェーンは彼女なりの調査に邁進《まいしん》する。ちょっとあぶなっかしい邁進ぶりではあるが。

もちろん、素人探偵として血なまぐさい殺人事件の真相追求にのみ、終始したわけではない。なんといっても、せっかくのエジプト旅行なのだ。念願の観光もして、ピラミッドやスフィンクスはもちろん、出土品が展示されている博物館の見学、ラクダのレースやロバのレースの見物。カイロの市場での買い物など、ほんの少しにしろ、ジェーンもエジプトの魅力に触れることができた。


なお、舞台となっているメナハウスは、ギザにある実在の老舗の高級ホテルで、現在も営業している。もともとは王の離宮だったのだが、一八八六年にホテルとして開業。クフ王の大ピラミッドをはじめとするピラミッド群を眺望できる、絶好の立地条件が観光客を魅了している。

客室からのピラミッド・ヴューが最大の謳い文句だが、砂漠のまんなかにあるのに、プールやゴルフコースも完備している、なかなか贅沢《ぜいたく》なホテルだ。

作者エリカ・ルース・ノイバウアーは、本書で二〇二〇年のアガサ賞最優秀デビュー長編賞を受賞。そこに至るまでの経歴がちょっとユニーク。父親が警察官という家庭で育ち、アメリカ合衆国陸軍で十一年間をすごしたあと、二年ほどメリーランド州警察に勤務。そのあと人生のコースを転換して、一年間、ハイスクールで英語教師として勤め、そこから作家への道を歩きはじめたという。作家デビューの前は、数年間、『パブリッシャーズ・ウィークリー』や『ミステリ・シーン・マガジン』でミステリ小説やクライムフィクションの書評を担当していた。〈シスターズ・イン・クライム〉および〈アメリカ探偵作家クラブ〉の会員でもある。

素人探偵ジェーンの活動は本書で終わるわけではない。エジプトから英国に舞台を移した第二作がひかえている。

ジェーンと叔母のミリーはエジプトからアメリカに帰国せずに、その足で英国を訪れることになったのだ。二作目の舞台はミリー叔母の古い知人である英国貴族の館《やかた》。時代設定は、当然ながら本書と同じ一九二六年だが、九月なかばの暑いエジプトから、十月なかばとはいえもう寒いイングランドへと、背景が大きく変わる。

二作目にはどういう人物たちが登場し、どんな事件が起こり、ジェーンがどんな活躍を見せてくれるのか。どうぞお楽しみに。

二〇二三年　初春

山田順子

訳者紹介　1948年福岡県生まれ。立教大学社会学部社会学科卒業。主な訳書に、アーモンド『肩胛骨は翼のなごり』、キング『スタンド・バイ・ミー』、クリスティ『ミス・マープル最初の事件』、リグズ『ハヤブサが守る家』、プルマン『マハラジャのルビー』など。

検印
廃止

メナハウス・ホテルの殺人

2023年2月10日　初版
2024年9月6日　3版

著者　エリカ・ルース・ノイバウアー
訳者　山《やま》田《だ》順《じゅん》子《こ》

発行所　(株) 東京創元社
代表者　渋谷健太郎

162-0814/東京都新宿区新小川町1-5
電話　03・3268・8231-営業部
03・3268・8204-編集部
URL　http://www.tsogen.co.jp
DTP　工友会印刷
暁印刷・本間製本

乱丁・落丁本は、ご面倒ですが小社までご送付ください。送料小社負担にてお取替えいたします。

ISBN978-4-488-28607-1　C0197

創元推理文庫

命が惜しければ、最高の料理を作れ！

CINNAMON AND GUNPOWDER◆Eli Brown

シナモンとガンパウダー

イーライ・ブラウン 三角和代 訳

◆

海賊団に主人を殺され、海賊船に拉致《らち》された貴族のお抱え料理人ウェッジウッド。女船長マボットから脅され、週に一度、彼女だけに極上の料理を作る羽目に。食材も設備もお粗末極まる船で、ウェッジウッドは経験とひらめきを総動員して工夫を重ねる。徐々に船での生活にも慣れていくが、マボットの敵たちとの壮絶な戦いが待ち受けていて……。面白さ無類の海賊冒険×お料理小説！

元スパイ&上流階級出身の
女性コンビの活躍

〈ロンドン謎解き結婚相談所〉シリーズ

アリスン・モントクレア◎山田久美子 訳

創元推理文庫

ロンドン謎解き結婚相談所
王女に捧ぐ身辺調査
疑惑の入会者

✣